약편

仙道 체험기

15

신선神仙되는 길이 보인다
경이적인 현상이 눈앞에 펼쳐진다!!
선도수련의 현장을 체험으로 파헤친 충격과 화제의 소설

글터
GEUL TEA

약편 선도체험기 15권을 내면서

『약편 선도체험기』15권은 『선도체험기』 69권부터 73권의 【이메일 문답】 부분 전까지의 내용에서 선별하여 구성하였다. 시기적으로는 2002년 10월부터 다음해 12월까지 일어난 삼공 김태영 선생님의 선도 체험 이야기, 수련생과의 수행과 인생에 대한 대화, 이메일 문답 내용이다.

우리가 죽음 앞에서 위축되지 않고 떳떳한 삶을 살았다고 외칠 수 있다면 좋겠다. 그러자면 이 세상에 원한이나 미련 같은 것을 남겨 놓지 말아야 할 것이다. 더욱이 수행자로서 자신의 실체를 모른다면 아쉬움이 크게 남을 것이다. 결국 생사를 초월한 경지에 도달한 사람만이 죽음 앞에 떳떳하고 의연할 수 있는 것이다.

그런 경지에 도달하려면 생사를 스스로 지배하고 다스려야 한다. 마음만 비울 수 있다면 누구나 다 그렇게 될 수 있다. 이기심(利己心) 즉 사욕(私慾)을 비우는 것이다. 사욕을 비우면 비울수록 그 공간은 점점 더 넓어질 것이며 어느 때인가는 우주 전체가 들어갈 만큼 넓어질 것이다.

우리의 마음이 무한히 넓어져 우주 전체를 내 것으로 품을 수 있게 되었을 때 우리는 생사 따위에 더이상 구애당하지 않게 된다. 왜냐하면 생사는 그 우주 전체 속에 포함되어 있기 때문이다. 생사뿐 아니라 그 외의 모든 것이 그 속에는 다 들어 있다. 더이상 아쉬울 것도 부러울 것도 없어지게 된다. 가장 떳떳한 삶이란 바로 이런 것이다.

　우리는 누구나 다겁생(多劫生)의 업보로 이 세상에 생을 받아 떨어졌다. 생을 받아 떨어진 이 자리가 바로 우리가 짚고 일어서야 할 바로 그 자리이다. 이것을 인정하고 그렇게 해야겠다는 마음의 자세가 되어 있으면 그가 어디에 처해 있든지 간에 그곳이 바로 극락이다. 그러한 마음을 가지고 있는 한 그 사람은 어디를 가든지 그곳이 비록 무간지옥이라고 해도 한순간에 천당으로 바꾸어 놓을 수 있을 것이다.

　왜냐하면 그의 마음 자체가 어떤 독물이라도 순식간에 정화할 수 있는 가장 강력한 정화 장치이기 때문이다. 그러한 마음이 이기심(利己心)과 사욕(私慾)이 비워진 마음이다. 그것이 인간 본래의 마음이다. 그래서 그것을 보고 근원으로 돌아간 마음이라고 한다. 그것을 포착한 사람에게는 이미 생사가 없는 것이다. 이처럼 생사를 초월했을 때 우리는 비로소 육체의 죽음 앞에서도 얼마든지 떳떳하고 위축당하지 않을 수 있다. (이상 본문에서 인용 및 편집)

　이렇게 떳떳한 삶을 살고자, 마음을 비우고자 수행함에 있어서 『약편 선도체험기』가 나침판이 되어 줄 것으로 믿는다. 마지막으로, 교열을 도와주는 후배 수행자 덕분에 글의 오류를 줄이고 있으니 지면을 빌려 그들에게 감사의 뜻을 전한다. 그리고 이번 『약편 선도체험기』 15권이 발행되는 데 지원을 아끼지 않으시는 글터사 한신규 사장님의 후의에 감사 인사를 드리는 바이다.

단기 4354년(2021년) 12월 20일

엮은이　조　광　배상

차 례

〈69권〉

다음은 단기 4335(2002)년 10월 4일부터 같은 해 12월 2일 사이에 필자와 수련생들 간에 있었던 수행과 인생에 대한 대화와 함께 필자 자신의 선도 수련 체험과, 독자들과 필자 사이에 오고간 이메일 문답 내용을 수록한 것이다.

하루 두 끼 식사에 대하여

우창석 씨가 말했다.

"선생님께서는 요즘 하루 두 끼 식사를 하신다는 얘기를 들었는데 그게 사실입니까?"

"사실입니다."

"왜 하루 세끼 식사를 하시다가 두 끼 식사로 바꾸셨습니까?"

"삼공재에 오는 수련생들 중에 일일이식(一日二食)하는 사람이 여럿 있는 것에 자극을 받았을 뿐만 아니라 그전부터 다석(多夕) 유영모(柳 永模) 선생과 그의 제자인 함석헌 옹이 일일일식(一日一食)했다는 글을 읽고는 나도 언젠가는 그렇게 하기로 이미 10여 년 전부터 작정을 하고 있었습니다. 일일일식(一日一食)을 하자면 그 중간 단계로 반드시 일일 이식(一日二食)을 거쳐야 하므로 우선 이것부터 시작한 것입니다."

"하루 세끼 식사를 하시다가 갑자기 두 끼로 바꾸면 우선 영양실조 현상이 일어나지 않을까요?"

"그렇지 않다는 것을 나는 이미 11년 전에 체험했으므로 그 점에서는 자신이 있습니다."

"그게 무슨 뜻입니까?"

"11년 전에 나는 수련을 위해서 21일간 단식(斷食)을 해 본 일이 있는데 영양실조로 쓰러지거나 병이 난 일은 없었습니다. 영양실조는커녕 도리어 단식 기간에 근 60년간 부려만 먹느라고 군데군데 고장나고 나사가 풀어지고 몸속 깊숙한 곳곳에 잔뜩 끼어 있던 찌든 때인 숙변(宿便)을 말끔히 청소할 수 있었습니다.

몸이 정화(淨化)되니까 마음까지도 깨끗해져서 그전에는 보이지 않던 것까지 볼 수 있었습니다. 그리고 여느 때 같으면 도저히 경험할 수 없었을 여러 가지 현상들을 체험할 수 있었습니다. 결과적으로 나는 단식 21일 동안에 내가 늘 의문을 품어 왔던 모든 화두가 거의 다 풀렸습니다.

심신이 정화되면서 마치 안경에 잔뜩 끼었던 먼지를 닦아 내었을 때처럼 그전에는 볼 수 없었던 것을 다 볼 수 있었고 느낄 수 없었던 민감한 것들을 감지할 수 있었다는 얘기입니다. 21일간의 단식으로 나는 그전에는 도저히 상상도 할 수 없었던 엄청난 자신감을 가질 수 있게 되었습니다. 바로 이러한 자신감이 있었기 때문에 다석 선생이나 함석헌 옹처럼 일일일식(一日一食)도 능히 할 수 있다는 생각을 갖게 된 것입니다."

"일일이식(一日二食)하신 지는 얼마나 되었습니까?"

"10월 18일부터 시작했으니까, 벌써 한 달쯤 되었습니다."

"해 보시니까 어려운 점은 없었습니까?"

"남들은 현기증과 배고픔으로 처음 일주일 동안은 무척 고생들 했다고 하는데 나는 단식 경험이 있어서 그런지 별로 어려움을 느끼지 않았습니다."

"일일이식(一日二食)이라고 해도 아침과 저녁 식사만 드는 경우가 있는가 하면 점심과 저녁만 드는 경우가 있다고 하는데 선생님께서는 어느 쪽을 택하셨습니까?"

"나는 아침에 시간 여유가 있기 때문에 아침과 저녁을 드는 쪽을 택했습니다. 그러나 아침 식사를 할 시간 여유가 없는 직장을 가진 사람은 좀 이른 점심과 저녁을 드는 쪽이 편리할 것입니다."

"현대 영양학에서 사람은 2천 5백 내지 3천 칼로리의 영양을 흡수해야 건강을 유지할 수 있고 물도 하루에 2리터 이상을 마셔야 탈수증에 걸리지 않는다고 하는데 그 점에 대해서는 어떻게 생각하십니까?"

"단식을 체험해 보니까 현대 영양학은 전연 현실에 맞지 않는다는 것을 알 수 있었습니다. 현대 영양학대로라면 사람은 일주일 동안 아무것도 안 먹으면 굶어 죽게 되어 있습니다. 그러나 나는 3주일을 단식을 하고도 아무 일 없지 않았습니까?

더구나 40일 단식을 하고도 아무렇지 않은 사람들을 나는 직접 만나볼 수 있었습니다. 이것은 현대 영양학이 큰 오류를 범하고 있다는 것을 말해 주고 있습니다. 그와는 반대로 만병의 원인은 도리어 무절제한 과식(過食)에 있다는 것이 속속 입증되고 있습니다. 학자들이 동물실험을 해 본 결과 무절제하게 과식하는 그룹보다는 절제하면서 소식

(小食)하는 그룹이 훨씬 더 건강하고 활력이 있고 병 없이 오래 산다고 합니다."

"실제로 하루 세끼 식사를 하시다가 아침과 저녁 두 끼만 드시면 점심 때 시장하지 않으십니까?"

"아무래도 오랜 동안의 습관이 있으니까 점심때가 되면 좀 허전하기도 하지만 유난히 배가 고프지는 않았습니다. 일일삼식(一日三食)을 하다가 어느 날 갑자기 일일이식(一日二食)으로 바꾼 것이 아니라 오래 전부터 그렇게 하기로 별러 왔던 일이어서 그런지 나는 별 어려움은 겪지 못했습니다. 우리가 무슨 일을 하기로 작정을 하면 우리 몸은 그 일을 하기 쉽도록 미리 생체 리듬을 조정을 해 놓으므로 별 어려움은 없었습니다."

"식사량은 어떻게 하셨습니까?"

"점심 건너뜀 것을 생각하고 아침 식사 때 전에는 생식을 두 숟갈 하던 것을 세 숟갈로 늘렸습니다. 저녁 식사 때도 역시 전에 두 숟갈 먹던 것을 세 숟갈로 늘렸습니다. 그러나 이것도 한 일주일 해 보니까 한 끼에 생식을 세 숟갈씩 먹는 것이 부담이 되어 다시 한끼 두 숟갈씩으로 되돌아왔습니다. 그리고 아침 식사 후에는 저녁 식사 때까지 아무것도 먹거나 마시지 않습니다."

"아니 그럼 아침 식사 후에는 저녁 식사 때까지 식음(食飮)을 전폐(全廢)하신다는 말씀입니까?"

"그렇습니다."

"왜 물까지도 전연 마시지 않으십니까?"

"전에 단식할 때 보니까 물을 마시면 도리어 몸이 축 처지고 힘이 빠진다는 것을 알았습니다. 특히 낮에 물을 마시면 그렇다는 것을 알았습니다. 그 후에 알았는데 그것은 낮에는 태양과 함께 양기가 발동되므로 물을 마시면 양기를 끄는 것이 되어 도리어 힘이 빠지는 것이 틀림없습니다."

"그럼 아침 식사와 저녁 식사는 각각 몇 시에 하십니까?"

"아침은 오전 7시에 저녁도 오후 7시에 합니다."

"그러니까 아침 드신 후 꼭 열두 시간 만에 저녁 식사를 드시는군요."

"그렇습니다. 아침 식사 후에 저녁 식사 때까지 고체 음식은 말할 것도 없고 물도 마시지 않는다면 몸안에 내내 양기가 가득차 있게 되므로 배가 고프지 않습니다. 단식을 할 때처럼 항상 속이 든든합니다. 특히 운기조식(運氣調息)하는 사람은 더욱더 그렇습니다."

"그건 왜 그럴까요?"

기체식(氣體食)

"바로 기체식이라는 것을 하기 때문입니다."

"기체식이라뇨?"

"사람은 이 세상에 태어나서 식사 패턴을 세 번 바꾸게 됩니다. 모태에서 갓 태어나서는 이가 없으니까 젖을 먹습니다. 이처럼 젖 먹는 것을 액체식(液體食)이라고 합니다. 대체로 6개월에서 1년 안에 유아(乳兒)는 젖을 떼고 밥과 반찬을 먹게 되어 있습니다. 그 후 유년기, 소년기, 청년기까지는 고체식(固體食)을 하게 되고 청년기 이후부터는 기체식을 해야 하는데 대부분의 사람들은 죽을 때까지 기체식을 하지 않습니다."

"그럼 어떤 사람들이 기체식을 합니까?"

"운기조식(運氣調息)하는 구도자나 수련자들 중에서도 극히 일부만
이 기체식을 합니다."

"어떤 식사 방법을 기체식이라고 합니까?"

"하루에 세끼 식사를 꼬박꼬박 해 가지고는 기체식을 할 여유를 가
질 수 없습니다."

"그럼 어떻게 해야 기체식을 경험해 볼 수 있겠습니까?"

"기체식을 직접 경험해 볼 수 있는 것은 가끔 가다가 하루 24시간 동
안이라도, 그것이 힘들면 12시간 동안만이라도 굶어 보는 수밖에 없습
니다. 그리고 기체식을 더욱더 확실하게 알아볼 수 있는 방법은 영양
학자들이 말하는 대로 일주일 동안 굶으면 정말 죽나 죽지 않나 직접
체험해 보는 수밖에 없습니다.

일주일 동안 아무것도 먹지 않고 쫄쫄 굶었는데도 죽지 않고 멀쩡하
게 살 수 있었다면 현대 영양학이 잘못된 것입니다. 그리고 단식을 했
는데도 살아남을 수 있었던 것은 그동안에 기체식을 했기 때문이라고
말할 수 있습니다."

"도대체 기체식(氣體食)이라는 것이 무엇입니까?"

"사람은 음식을 먹지 않아도 공기만 마시고도 상당 기간 살 수 있다
는 말입니다."

"공기만 마시고도 어떻게 살 수 있죠?"

"공기 속에는 사실 우리 몸이 필요로 하는 온갖 영양소가 골고루 다
들어 있기 때문입니다."

"그건 좀 이해가 가지 않는데요."

"만약에 공기 속에 아무런 영양분이 녹아 있지 않다면 먹지 않고도

상당 기간 살 수 없을 것입니다."

"그럼 상당 기간이란 어느 정도를 말하는 것인가요?"

"사람이 굶으면 일주일 내에 죽는다는 고정관념에 사로잡혀 있는 사람이 어쩔 수 없이 굶어야만 할 처지에 놓이게 된다면 그 사람은 그 고정관념 때문에 대체로 일주일 안에 죽을 가능성이 많습니다. 그러나 그런 고정관념 없이 사람은 공기만을 마시고도 살 수 있다는 확신을 가진 사람이라면 50일 또는 100일까지도 먹지 않고 살 수 있습니다.

그리고 특이한 경우 몇 년 또는 몇십 년까지도 심지어 평생 동안 먹지 않고 살고 있는 사람들이 실제로 있습니다. 옛 선인(仙人)들이나 인도의 요기들 중에 그런 사람들이 많습니다. 그러나 보통 사람들은 그런 능력을 발휘할 수 없으므로 함부로 선인이나 요기의 흉내를 내면 위험한 지경에 빠질 수도 있으니 조심해야 합니다."

"그럼 보통 사람은 어떻게 해야 기체식에 접근할 수 있습니까?"

"우선 하루 세끼 식사를 하더라도 아침에 일어나 빈속에 물 마시지 말고, 식사 시에는 국이나 찌개 같은 물기 많은 음식을 피하고, 물은 반드시 식후 두 시간 이후에 마셔야 합니다. 그리고 간식과 야식을 하지 말아야 합니다."

"식사와 물을 그렇게 따로 먹는 이유는 어디에 있습니까?"

"우리가 음식을 먹으면 밥주머니인 위(胃)에 들어가 반죽을 하게 됩니다. 이때 위액이 나오는데 그 위액 속에는 쇳조각도 녹일 수 있는 강력한 염산 성분이 들어 있습니다. 그런데 이때 위 속에 음식과 함께 물이 섞여 들어가면 위액이 묽어져 소화가 제대로 되지 않습니다.

그러나 식후 두 시간 뒤에 물을 마시면 위액이 음식과 충분히 분해

15

혼합되어 반죽이 끝난 상태이므로 소화 흡수에 지장을 받을 우려는 없어집니다. 그러나 음식과 물을 함께 섞어 먹으면 위액이 묽어져서 음식이 충분히 소화가 되지 않은 채 장으로 내려가게 되어 완전 소화가 되지 않게 됩니다. 자동차로 말하면 연료가 불완전 연소가 되어 배기관(排氣管)으로 시꺼먼 매연이 뿜어져 나오는 것과 같은 결과를 가져오게 됩니다."

식사 따로 물 따로

"식사와 물을 따로 구별하여 먹었을 때와 섞어 먹었을 때와 실제로 우리 몸에 어떤 현상이 일어나는지 말씀해 주시겠습니까?"

"우선 물을 식사와 구별하여 먹기 시작한 지 3일쯤 후에 방귀를 뀌어 냄새를 맡아 보면 확연히 알 수 있습니다."

"무엇이 다릅니까?"

"다르고말고요."

"어떻게 다릅니까?"

"방귀에서 전연 구린내가 나지 않습니다. 그리고 민감한 사람은 자기 몸에서 평소에 나던 냄새가 거의 사라진 것을 알 수 있을 것입니다. 다시 말해서 평소의 좋지 않던 냄새 대신에 향긋한 향내가 나는 것을 알 수 있을 것입니다.

자기 몸에서 남들이 불쾌해하는 냄새가 나는 원인은 입으로 들어간 음식이 제대로 소화 흡수 연소되지 못했기 때문입니다. 자동차로 말하면 연료가 불완전 연소가 되었기 때문에 아황산가스 같은 것이 섞여 나오기 때문에 냄새가 나는 것과 같은 이치입니다.

위에 들어간 음식이 위액과 제대로 혼합되어 충분히 반죽도 되기 전에 물이 들어와 위액이 희석되면 그곳에서부터 불완전 연소가 시작됩니다. 이것이 장으로 내려가 흡수되면 탁한 혈액이 되어 심장에 부담을 주고 이것을 걸러내야 할 간장, 담낭, 신장, 방광, 췌장 등에도 부담을 주게 됩니다.

그리하여 비위가 나쁜 사람은 구린내를 풍기고, 간담이 나쁜 사람은 신내를, 심소장이 나쁜 사람은 탄내를, 폐대장이 나쁜 사람은 비린내를 그리고 신방광이 나쁜 사람은 퀴퀴한 지린내를, 심포삼초가 나쁜 사람은 단내를 풍기게 됩니다. 이 냄새만 맡아 보고도 민감한 사람들은 그가 무슨 장기에 이상이 있는지 금방 알아낼 수도 있습니다.

상대방의 장기(臟器)의 이상을 이처럼 냄새로 알아낼 뿐만 아니라 얼굴 빛깔로도 알아낼 수 있습니다. 얼굴이 검푸른 사람은 간담에 이상이 있고, 얼굴이 빨간 사람은 심소장에, 얼굴이 황갈색인 사람은 비위에, 얼굴이 창백한 사람은 폐대장에, 얼굴이 검은 사람은 신방광에 그리고 얼굴이 황색인 사람은 심포삼초에 이상이 있습니다.

그러나 식사와 물을 철저히 구별하여 먹는 사람은 음양의 조화가 이루어지고 오행생식을 하는 사람은 오행의 상생, 상극, 상화의 조화가 제대로 이루어지므로 몸에서 냄새도 나지 않고 얼굴 색깔도 보기 좋은 정상입니다. 그뿐만 아니라 식사와 물을 따로 먹는 사람은 양변기에 대변을 보면 전연 냄새가 나지 않고 물에 뜨게 됩니다.

대변에서 악취가 나고, 물에 가라앉는 것은 음식이 소화 흡수가 덜 되었다는 가장 확실한 증거입니다. 그리고 물을 따로 먹으면 음식을 완전 연소하기 때문에 같은 양의 식사를 해도 그전보다 더 많은 영양을 섭취할 수 있으므로 끼니때가 되어도 배가 고프지 않게 되어 식량이 줄어들게 됩니다. 더구나 식사와 물을 구별하여 먹는 사이에 음양 조화가 이루어져 웬만한 지병은 저절로 낫게 될 것입니다.”

“선생님, 저도 사실은 식사와 물을 구별해서 따로 먹는 것이 좋다는 말을 듣고 며칠 동안 실천해 보았는데 식사 도중에 전에 늘 먹던 국과 찌개와 물김치를 없애 버렸더니 식사를 해도 먹은 것 같지 않고 무엇보다도 목이 메어서 음식이 목구멍으로 넘어가지가 않았습니다. 그럴 때는 어떻게 하죠?"

"무슨 일이든지 오랫동안 습관이 된 것을 하루아침에 갑자기 바꾸어 버리기는 어렵습니다. 그럴 때는 무리가 가지 않도록 물기 많은 음식의 섭취량을 단계적으로 서서히 줄여 나가야 합니다.

처음엔 식후 늘 마시던 커피나 차를 식후 2시간 후로 미룹니다. 이 정도는 누구나 마음만 먹으면 실행할 수 있을 것입니다. 그다음 단계로는 국을 줄이고 그것에 성공하면 찌개를 먹지 않는다든가 부득이한 경우 건더기만 들면 될 것입니다.

내가 아는 사람 중에 위산과다증이 있는 분이 있었는데 식사와 물을 따로 구별하여 먹는 것이 좋다는 말을 나한테서 듣고 며칠 동안 실천해 보았더니 갑자기 위산이 과다 분비되어 배가 쓰려서 혼이 났다고 하면서 항의를 했습니다."

"그럴 땐 어떻게 하죠?"

"일종의 지병으로 인한 금단증상(禁斷症狀)이니까 그렇게 항의만 할 것이 아니라 차근차근 단계적으로 실천해 나가야 합니다. 흡연자가 흡연이 몸에 나쁘다는 것을 뻔히 알면서도 금연을 못 하는 것은 바로 그 금단증상을 극복하지 못하기 때문입니다. 알코올 중독자나 마약 중독자도 마찬가지입니다."

"금단증상이 무엇입니까?"

"아무리 나쁜 습관이라도 일단 체질화된 후에는 그것을 바꾸기가 쉽지 않은데 바로 이 체질화된 습관을 바꿀 때 일어나는 부작용을 말합니다. 물과 밥을 섞어 먹어 버릇해 온 지가 수십 년이 되었는데 그것을 갑자기 밥 따로 물 따로 먹기로 바꾸려니까 그러한 부작용이 일어난 것입니다. 이것을 명현반응(瞑眩反應) 또는 호전반응(好轉反應) 또는 금단증상(禁斷症狀)이라고 합니다. 아무런 지병이 없는 사람도 식사 때 물 먹는 습관을 일시에 중단하면 금단증상으로 심한 몸살을 앓게 됩니다. 나 역시 근 한 달 동안 내내 앓았습니다."

"그러니까 처음부터 단단히 각오를 하고 착수해야겠군요."

"물론입니다. 이것 역시 자기 자신과의 치열한 싸움입니다."

"그런데, 선생님, 전에는 생식을 할 때 두유, 베지밀, 우유, 생수 한 컵 정도에 생식을 타서 드시지 않았습니까?"

"그랬죠."

"식사할 때 물을 따로 먹어야 할 때는 그럼 어떻게 하죠?"

"자기가 먹을 만큼의 생식을 두 숟갈이면 두 숟갈 또는 세 숟갈이면 세 숟갈을 공기에 담고 군소금과 생강차 그리고 조청이나 흑설탕을 자기 식성대로 넣고 물이나 두유 같은 것을 데워 두세 숟갈 붓고 혼합하여 한데 비벼서 반죽처럼 만들어 먹습니다.

산에 갈 때나 출장을 갈 때는 생식에 군소금, 생강차, 흑설탕을 잘 섞어서 가지고 다니다가 끼니때 그냥 입에 털어 넣으면 짠맛, 매운맛, 단맛이 우러나와 군침이 돌아서 물 없이도 충분히 씹어 먹을 수 있습니다."

일일이식(一日二食)의 장점

"일일이식을 해 보시니까 일일삼식에 비해 어떤 장점이 있다고 보십

20

니까?"

"첫째로 단식할 때와 비슷하게 덜 먹는 것만큼 심신이 정화(淨化)되고 몸이 가벼워지고 활력이 나는 것을 느낄 수 있습니다. 심신정화(心身淨化)는 수련자가 필수적으로 갖추어야 할 덕목이라고 생각합니다. 심신이 정화됨으로써 수련자는 사물을 바르고 정확하게 관찰할 수 있는 안목을 갖게 됩니다. 자기 자신과 자기 주변을 바르고 정확하게 관찰할 수 있다는 것은 구도자로 하여금 자기 자신의 존재의 실상을 깨닫게 하는 데 큰 도움을 줄 것입니다.

둘째로 이 지구상에 사는 날까지 건강하게 살 수 있는 자연치유력(自然治癒力)을 획기적으로 향상시켜 줌으로써 자기 병을 스스로 다스릴 수 있는 능력을 키워 줍니다.

셋째로 노쇠(老衰)를 방지함으로써 수련하고 유익한 일을 할 수 있는 기간을 늘려 줄 것입니다.

넷째로 생활 수준 향상으로 인한 과식(過食)과 영양과다로 야기되는 고혈압, 당뇨, 비만, 관절염, 두통, 요통, 견비통, 각종 암과 같은 온갖 성인병으로부터 해방될 수 있습니다. 그뿐만 아니라 자연치유력이 극도로 발휘됨으로써 각종 성인병과 전염병으로부터도 보호받을 수 있습니다.

다섯째로 점심을 생략하는 데서 오는 시간을 다른 유익한 일에 이용할 수 있다는 것입니다. 고도의 집중과 연속성을 필요로 하는 일을 하다가 점심 식사 때문에 일을 일시 중단해야 할 필요가 없어집니다. 하루 세끼 중 한끼만이라도 먹고 마시는 본능적이고 소비적인 일에서 해방되어 보다 생산적인 일을 할 수 있는 이점(利點)이 있습니다.

역사 기록을 살펴보아도 우리나라에서 하루 세끼 식사를 하기 시작한 것은 고작 100년 안팎입니다. 그전까지는 조석(朝夕) 끼니 즉 하루 두 끼니가 정상이었습니다. 소식은 건강을 보장해 주지만 과식은 만병의 근원이라는 것을 알아야 할 것입니다."

사람이 죽으면 어디로 가는가?

우창석 씨가 또 물었다.

"선생님, 그럼 사람이 죽으면 어디로 갑니까?"

"지구상에서 사는 동안 터득한 인생 공부의 성적에 따라 정확히 갈 곳이 정해집니다."

"아니 그렇다면 지구는 사람들이 공부하는 하나의 배움터라는 말씀인가요?"

"그렇고말고요. 지구를 고등학교라고 가정해 봅시다. 고교를 졸업한 학생들은 상급 학교에 진학할 때 시험을 치든지 안 치든지 간에 각기 고교 성적에 따라가야 할 대학이 결정되는 것과 똑같습니다.

사람이 하는 일에선 시행착오도 있고 부정행위도 있을 수 있지만 하늘이 하는 일에는 추호의 오차도 있을 수 없습니다. 그러니까 자기가 할 일을 충실히 다한 사람은 죽어서 어디로 가게 될까 하고 걱정할 필요도 없습니다. 진인사대천명(盡人事待天命)이니까요."

"하늘이 하는 일이니, 진인사대천명에 나오는 천(天)이니 하는 것은 도대체 무엇입니까?"

"그게 바로 인과응보(因果應報)입니다."

"인과응보라뇨?"

"자기가 심은 대로 정확히 거둔다는 뜻입니다. 그러니까 누구나 자기가 지구상에서 사는 동안 무슨 일을 해 왔는가를 곰곰이 생각해 보

23

면 자기가 사후에 가야 할 곳이 저절로 결정되게 되어 있습니다. 과거 생의 나는 오늘의 나를 보면 알 수 있고 나의 미래상(未來像)은 오늘의 나를 잘 살펴보면 곧 알 수 있습니다.

현재의 나 자신 속에 과거와 현재와 미래가 다 함께 공존하고 있음을 알 수 있습니다. 결론적으로 말해서 모든 것은 현재의 나 자신 속에 다 들어 있다는 얘기입니다. 그리고 앞으로 내가 어떻게 될 것인가 하는 것은 지금의 나의 공부 성적에 따라 추호의 오차도 없이 결정됩니다."

"가령 저의 공부의 수준이 생사윤회를 마친 정도라면 어떻게 될까요?"

"불교에서는 모든 생명체가 소속되어야 할 세계를 크게 십계(十界)로 나누고 있습니다."

"그 십계 속에는 어떤 것들이 들어 있습니까?"

"제일 낮은 것부터 순차적으로 말하면 1. 지옥계(지렁이), 2. 아귀계(세균), 3. 아수라계(벌레), 4. 축생계(짐승), 5. 인간계(사람), 6. 천상계(우주인)입니다. 이상 말한 6계(界)에 속한 생명체는 아직 업장이 소멸되지 않아 생로병사의 윤회를 계속해야 합니다. 만약에 우창석 씨의 공부가 생사의 윤회를 벗어난 수준에 도달했다면 당연히 지금까지 말한 6계에는 속하지 않게 됩니다."

"그럼 어디에 속하게 될까요?"

"7. 성문계(聲聞界)나 8. 연각계(緣覺界)나 9. 보살계(菩薩界)나 10. 부처계 중 어느 하나에 속하게 될 것입니다. 이것은 불교에서 방편상 구분해 놓은 것일 뿐 꼭 이렇다고 단정할 수는 없습니다. 그러나 대체로 이와 비슷한 순서로 되어 있을 것으로 생각됩니다.

위에서 본 바와 같이 인간계는 10계 중에서 꼭 한가운데에 들어 있습니다. 공부 열심히 한 사람은 단숨에 부처계까지도 뛰어오를 수 있지만 타락하여 벌레보다도 못한 짓을 하면 지옥계로 곤두박질할 수도 있습니다.

지렁이가 되든 부처가 되든 그것은 순전히 우창석 씨나 나나 자기하기 나름입니다. 다시 말해서 이 우주의 10계가 전부 다 나 자신의 마음속에 들어 있는 이상 선택은 남이 하는 게 아니라 바로 나 자신이 한다는 얘기입니다."

"그래서 인간은 소우주라고 하는 모양이죠?"

"그렇습니다. 소우주라는 말 역시 방편으로 생겨난 말이지 사실은 우아일체(宇我一體)라는 말이 더 정확합니다."

"우아일체를 깨닫지 못한 사람도 그렇다는 말씀입니까?"

"깨닫고 깨닫지 못하고는 관계없이 산은 산이고 물은 물이고 사람은 역시 사람일 뿐입니다. 우주의 삼라만상은 예외 없이 어느 것이나 하나에서 출발해서 하나로 돌아오게 되어 있습니다. 단지 다른 것이 있다면 다 같은 사람이면서도 전체를 깨닫지 못하고 부분에 사로잡혀 있느냐 아니냐의 차이가 있을 뿐입니다.

전체를 하나로 깨달은 사람은 생사윤회에서 이미 벗어난 존재이고 그렇지 못한 사람은 부분에 사로잡혀 그 미망에서 벗어날 때까지 무명중생(無明衆生)으로 남아 있게 되어 있습니다."

"다시 말해서 자기 존재의 실상을 깨달은 사람은 부처고 그렇지 못한 사람은 무명중생이지만 부처건 중생이건 본질적으로 우아일체임에는 변함이 없다는 말씀이군요."

"바로 그겁니다."

"그럼 깨달음이란 결국 무엇입니까?"

"악몽에서 깨어나듯 미망(迷妄)에서 깨어나는 겁니다."

"미망에서 왜 깨어나야 하는데요?"

"미망은 집착이고 집착은 욕심의 산물이고, 욕심은 인생고(人生苦)를 가져오고 인생고는 생로병사(生老病死)의 고통을 사람들에게 덮어씌우기 때문입니다."

"요컨대 미망에서 벗어나는 것이 공부의 관건이군요."

"그렇습니다. 그 미망에서 벗어난 사람은 우주를 내 것으로 소유할 수 있을 뿐만 아니라 그 속의 어느 것에도 붙들리지 않고 유유자적할 수 있지만 그렇지 못한 사람은 육체를 가진 인간의 생명이 전부인 줄 알고 그것에 집착합니다. 우주는 끊임없는 변화와 순환의 과정 속에 있다는 것을 잠시라도 잊어버리면 그렇게 됩니다."

"모든 것은 변화의 과정 속에 있다는 사실을 잠시라도 망각하면 미망에 빠질 수 있다는 말씀이군요."

"그렇습니다."

"그래서 『예기(禮記)』 중용(中庸) 편에 보면 다음과 같은 구절이 보입니다.

'도야자(道也者), 불가수유리야(不可須臾離也), 가리비도야(可離非道也)'

즉, 진리란 잠시도 도에서 떠나 있어서는 안 된다. 떠나면 진리가 아니기 때문이라는 뜻입니다."

구도자는 무엇을 먹어야 하나?

우창석 씨가 또 물었다.

"선생님, 구도자는 무엇을 먹는 것이 좋습니까? 화식(火食)이 좋습니까? 생식(生食)이 좋습니까?"

"그 대답을 하기 전에 먼저 알아 두어야 할 것이 있습니다."

"그것이 무엇인데요?"

"도를 이루려면 기본적으로 식욕(食慾)과 성욕(性慾)에서 벗어나야 합니다. 그런데 식욕은 맛을 탐하는 데서 나옵니다. 음식의 맛은 어디서 나오는지 아십니까?"

"요리법에서 나오지 않습니까?"

"그렇습니다. 음식의 맛은 각종 요리법에서 나옵니다. 요리란 무엇인지 아십니까?"

"요리란 음식을 맛있게 만드는 기술입니다."

"그런데 음식을 맛있게 하려면 어떻게 해야 합니까? 첫째로 불을 이용하여 열을 가해야 합니다. 음식을 어떻게 익히느냐에 따라 요리는 천만 가지 맛을 낼 수 있습니다. 다시 말해서 끓이고 지지고 볶고, 굽고 데치는 정도에 따라서 수없이 다양한 맛을 창출해 낼 수 있습니다.

요리는 음식을 익히는 정도와 방법에 따라서도 다르지만 어떤 요리사가 어떻게 만드느냐에 따라서도 얼마든지 개성 있는 다양한 맛을 낼 수 있습니다. 그래서 똑같은 재료와 조리법을 쓰는 냉면집이면서도 잘

되는 집이 있고 안되는 집이 있습니다. 그래서 음식 맛을 추구하다 보면 전국 구석구석을 누비는가 하면 전 세계 방방곡곡을 찾아다니는 식도락가(食道樂家)나 미식가(美食家)도 있습니다.

맛에 홀려 버리면 제정신을 잃어버리는 경우도 있습니다. 로마 제국의 귀족들은 식도락을 추구한 나머지 맛있는 요리를 먹고 배가 부르면 토하고 다시 먹고 하면서 미식을 탐하다가 나라가 망하는 것도 몰랐다고 합니다. 미식은 나라만 망칠 뿐만 아니라 개인도 가정도 망칠 수 있습니다.

그리하여 구도자들은 예부터 식욕에서 벗어나기 위한 방편으로 생식을 택했습니다. 음식은 생존을 위해서 필요한 것이지 맛을 즐기기 위해서 필요한 것이 아니라고 생각했기 때문입니다. 다시 말해서 사람은 살기 위해서 먹는 것이지 먹기 위해서 사는 것은 아니라는 것이었습니다.

깊은 산속 토굴에서 외롭게 수행에 여념이 없는 구도자에게는 시간과 노력이 많이 드는 화식을 할 수도 없습니다. 어쩔 수 없이 생식을 할 수밖에 없었습니다. 그러나 개중에는 화식을 고집하는 구도자도 있습니다. 요리할 시간이 있는 수행자는 화식을 해도 좋을 것입니다.

그러나 요리할 시간 여유가 없는 구도자는 생식을 택할 것입니다. 어느 쪽을 택하든지 구도에 보탬이 된다면 선택은 자유입니다. 그래서 나는 무엇을 먹느냐보다는 어떻게 먹느냐가 더 중요하다고 생각합니다."

"무엇을 먹느냐보다는 어떻게 먹느냐가 더 중요하다고 말씀하셨습니까?"

"그렇습니다."

"무슨 뜻인지 좀 알아듣기 쉽게 설명해 주시겠습니까?"

"사람은 무엇이 되느냐가 중요한 것이 아니라 어떻게 사느냐가 더 중요하다는 말 들어 본 일 있습니까?"

"네."

"그와 비슷한 논리라고 보면 됩니다. 사람은 대통령이 되느냐 국회 의원이 되느냐 박사가 되느냐가 중요한 것이 아니라 인생을 바르게 사느냐 사기꾼으로 사느냐, 착하게 사느냐 제 욕심이나 채우면서 짐승처럼 사느냐, 슬기롭게 사느냐 어리석게 사느냐가 즉 무엇이 되느냐보다는 어떻게 사느냐가 더 중요하다는 말입니다.

그와 마찬가지로 생식을 하느냐 화식을 하느냐, 꽁보리밥을 먹느냐 산해진미를 먹느냐가 중요한 것이 아니라 무엇을 먹더라도 어떻게 하면 자연의 이치와 생명의 법도에 맞게 먹느냐가 더 중요하다는 말입니다."

"어떻게 하는 것이 자연의 이치와 생명의 법도에 맞게 먹는 거죠?"

"지나치게 맛을 탐하지 말고 늘 조금 모자라게 소식을 하고, 씹어 먹는 것과 마시는 것을 따로 구분하여 드는 겁니다."

"그렇게 먹어 가지고는 영양실조에 걸리지 않을까요?"

"운기조식(運氣調息)을 하면서 생명의 법도에 맞게만 하면 소식을 해도 영양실조에 걸리는 일은 없습니다."

"그건 왜 그렇습니까?"

"그렇게 절도 있는 식사를 하면 사람이 갖고 있는 고유한 자연치유력(自然治癒力)과 80조에 달하는 세포의 자생력(自生力)이 최대한으로 발휘되기 때문입니다. 그 실례로 서화담, 곽재우 같은 도인들은 보름 이상씩 식음을 전폐하고도 얼굴에 굶주린 빛 하나 없이 살아 있었다는 사실이 『일성록(日省錄)』 같은 기록에 지금도 전해 오고 있습니다.”

"하긴 선생님도 1991년 봄에 21일간 단식을 하신 일이 있지 않았습니까?"

"그렇습니다. 21일 단식은 아직 약과고 40일 50일 단식을 한 사람도 있고, 양애란이란 여자는 4십 년 동안 아무것도 안 먹고도 살아 있는 경우도 있습니다.”

"그런 걸 생각하면 집단적으로 굶어 죽는 사람들이 세계 도처에 널려 있는 것은 무엇 때문일까요?"

"일주일 이상 굶으면 죽는다는 고정관념에서 오는 공포심 때문입니다.”

"한두 사람도 아니고 집단적으로 아사하는 것은 무엇 때문일까요?"

"굶으면 죽는다는 집단 공포심이 삶의 의지를 앗아갔기 때문입니다.”

"그런데 수행자들은 어떻게 돼서 아무것도 안 먹고도 보름이나 한 달씩 살아남을 수 있을까요?"

"수행자는 그 대신 마음이 안정되어 있고 운기조식을 하므로 공기 속에서도 얼마든지 인체가 필요로 하는 에너지를 흡수하여 이용할 수 있기 때문입니다.”

"제 친구 하나는 자기는 먹는 즐거움을 버릴 수가 없어서 구도자가 되고 싶어도 될 수 없다고 말합니다. 이런 친구에게 들려줄 만한 교훈이 되는 말이 없을까요?"

"그런 사람은 그런 사람들대로 바르고 지혜롭게 살아가면 되지 않겠습니까? 어줍잖게 구도자가 되라고 권고할 것까지는 없다고 봅니다. 그래도 그 친구에게 우창석 씨가 어떻게 하든지 계속 그를 구도자로 만들고 싶어서 어떤 영향력을 행사하고 싶다면 우창석 씨 자신이 말

없는 가운데 그를 감동시키고 휘어잡을 수 있는 확실한 면모를 보여줄
수 있어야 합니다.

그리하여 그 친구가 과연 우창석 씨에게는 남이 가지고 있지 않는
무엇인가가 분명 있는데, 그게 무엇일까? 하고 깊은 의문을 품게 만들
어야 합니다. 그것이 바로 깊은 수련으로 구축된 인격의 향기요 보이
지 않는 인격의 무게일 것입니다. 이러한 매력이 그 친구를 계속 우창
석 씨에게 끌어당길 수 있게 해야 합니다. 그렇게 되면 그 친구는 구태
여 우창석 씨가 무슨 말을 하지 않아도 스스로 다가오게 될 것입니다.

"말 없는 가운데 스스로 구도자로서의 모범을 보여 주라는 말씀이군요."

"그렇습니다. 말은 사람을 속일 수 있어도 무의식적으로 반복되는
일상적인 생활 모습과 행동만큼은 아무도 속일 수 없을 것입니다."

건강하게 사는 비결

정지현 씨가 말했다.

"선생님, 요즘 무병장수를 위한 갖가지 비방(秘方)들이 쏟아져 나오고 있는데 그중에서 가장 확실한 방법은 무엇이라고 보십니까?"

"장수라고 하면 얼마까지를 말합니까?"

"어떤 사람은 천년일기(千年一期)를 말하고 있지만 사람이 지구상에서 그렇게까지 오래 살 필요까지는 없을 것 같고, 사는 날까지 건강하게 살면서 자기 할 일 다 마치면 미련 없이 훌쩍 떠나는 날까지를 말한다고 생각합니다. 다시 말해서 무병하게 노쇠하거나 치매에 걸리지 않고 사는 것을 저는 무병장수라고 봅니다.

만약에 누구나 다 천 살까지 살 수 있다면 가뜩이나 인구 과잉 상태로 아사자(餓死者)가 속출하는 지구는 신진대사가 안 되어 인구 과잉으로 위기 상황에 빠지지 않을 수 없게 될 것입니다. 현대인의 수명을 백 살로 볼 때 만약에 수명이 천 살인 인구를 지구가 수용하려면 출생률을 지금의 10분의 1로 줄여야 현재의 인구수를 유지할 수 있을 것입니다."

"그러고 보니 사람이 너무 오래 산다는 것도 대단히 복잡한 문제를 일으키겠군요."

"그렇습니다."

"그렇지만 무병장수는 인류의 영원한 꿈이 아닐까요?"

"그렇습니다. 그 꿈을 이룰 수 있는 가장 확실한 방법은 무엇이라고 보십니까?"

"나는 음식을 될 수 있는 대로 적게 먹는 것이라고 봅니다."

"너무 적게 먹어도 영양실조에 걸리지 않을까요?"

"영양실조에 걸리지 않을 정도까지 즉 허기지지 않을 정도까지 식량을 줄이는 것이 무병장수의 지름길이라고 봅니다."

"그럴까요?"

"그렇습니다. 최근 강연차 귀국한 재미 동포로서 세계적인 노화(老化)학자인 유병팔(71, 텍사스대 명예교수) 박사는 건강을 위해서는 식탐(食貪)에서 벗어날 것을 강조하고 있습니다. 그는 쥐의 열량을 30%만 줄여도 수명이 45%가 늘어난다고 말했습니다.

쥐는 평균 23개월을 살지만, 식량을 줄인 쥐는 38개월을 산다고 말합니다. 그러니까 15개월을 더 산다는 얘기죠. 인간의 수명을 100세라고 할 때 145세까지 살 수 있다는 얘기입니다. 미국에서는 침팬지를 네덜란드에서는 사람을 대상으로 절식의 건강 효과를 연구 중인데 쥐와 비슷한 효과를 낸다고 말했습니다.

미국 노년학회 회장을 지낸 그는 1973년부터 2000년까지 미 텍사스대 생화학 교수로 재직하면서 절식(節食)의 노화 방지 효과에 대한 논문을 120편이나 발표한 절식 이론의 대가입니다. 절식이란 음식의 부피보다 열량을 줄이는 것을 말합니다. 그는 사람도 30% 가량 열량을 줄여야 한다고 주장합니다.

이를 위해서는 밥공기를 현재의 3분의 2 정도 줄여야 한다고 합니다. 적게 먹으면 비실대고 허약해지리라는 생각은 오해이며 오히려 많이 먹으면 체력이 떨어진다는 겁니다. 절식(節食)한 쥐는 매일 4천 미터를 달릴 정도로 원기왕성(元氣旺盛)하지만 많이 먹은 쥐는 꼼짝 않고 어슬렁거리기만 한다고 합니다."

"그럼 절식(節食)이 몸에 좋은 이유가 뭘까요?"

"절식은 산화(酸化)와 균형(均衡)을 바로잡기 때문에 건강에 좋다고 합니다. 많이 먹으면 신진대사가 산화 쪽이 우세하게 변하며 이때 생기는 다량의 유해 산소가 노화와 질병을 유발한다고 합니다. 인체란 원래 생존을 위해서 먹도록 진화되어 왔는데도 현대인은 단지 식탐(食貪) 때문에 필요 이상으로 음식을 먹게 되어 옛날에는 없던 각종 성인병이 생겨났다고 그는 말하고 있습니다.

'식사량은 길들이기 나름입니다. 허기를 면할 정도면 충분합니다. 식욕의 노예가 되지 마십시오' 하고 그는 강조하고 있습니다. 그는 지난 30년 동안 하루에 점심 한끼씩만 먹고 살아왔다고 합니다. 그것을 열량으로 환산하면 1천 8백 칼로리 정도입니다. 성인 한 명에게 필요한 하루 열량이 대체로 2천 5백 칼로리는 것을 감안하면 턱없이 모자라지만 그는 지금도 매일 새벽 5킬로를 30분에 주파한다고 합니다."

"과연 건강의 비결은 소식(小食)에 있다고 하더니 맞는 말인 것 같습니다."

"그렇고말고요. 다석 유영모 선생과 그분의 수제자인 함석헌 옹이 하루 한끼 식사를 했다고 하지만 지금은 모두 고인이 되었습니다. 그러나 지금도 국내에는 일일일식(一日一食)하는 사람들이 많습니다."

소식은 건강과 수행의 출발점

"그분들이 혹시 누군지 아십니까?"

"그중에서도 유명인사로는 조계종 원로의원이며 곡성 성륜사 조실인 청화(淸華) 스님(79세)이 있습니다. 그는 하루 점심 한끼만 먹는 일중식(日中食)을 수십 년간 해 온 것으로 알려져 있습니다.

'부득이한 경우에는 가끔 지키지 못하는 수도 있지만 음식을 많이 먹으면 나 같은 늙은이가 이렇게 꼿꼿이 앉아서 이야기하지 못할 것입니다. 소식(小食)이야 말로 건강과 수행의 출발점입니다' 하고 청화 스님은 최근 그를 찾아간 기자에게 말했습니다. 그 밖의 유명 인사인 한국소설가협회의 정을병 회장도 1년 전부터 하루 점심 한끼만 든다고 합니다."

"선생님도 원래 소식을 하시지 않습니까?"

"지난 12년 동안은 생식을 해 왔으므로 자연 소식을 하지 않을 수 없었습니다. 그러나 하루 세끼씩을 해 왔었는데 두 달 전에 식사와 물을 따로 먹기 시작하면서부터 점심을 건너뛰어 하루에 아침저녁 두 끼만 하고 있습니다."

"저도 얼마 전에 하루 두 끼 식사를 시작했다가 지금은 중단하고 말았습니다."

"왜요?"

"수십 년 동안 길들여 온 습관이 되어서 그런지 점심을 건너뛰니까 직장일 때문에 그런지 몰라도 허전하고 배가 고파서 도저히 못 견디겠던데요."

"점심을 건너뛰기 어려우면 아침을 건너뛰어 보세요."

"그것도 시도해 보았습니다. 그런데 새벽에 조깅을 한 시간 하고 나면 허기가 져서 도저히 안 되겠더라구요."

"물론 힘들지요. 수십 년 된 식습관을 하루아침에 갑자기 바꾸는 일이 어디 그렇게 쉽겠습니까?"

"정말 그런 것 같습니다. 배고프고 힘이 달리니까 별생각이 다 들었습니다."

"무슨 생각이 들었습니까?"

"모두가 먹고 살자고 하는 일인데 이렇게 배를 쫄쫄 곯아 가면서까지 고통을 참을 필요가 있을까 하는 강한 회의가 일었습니다."

"그러나 사람은 살기 위해서 먹는 것이지 먹기 위해서 사는 것은 아니지 않습니까?"

"그 말씀이 옳고 맞는 줄은 잘 알지만 사람은 역시 먹는 즐거움도 무시할 수 없는 것이 아닐까 하는 생각이 들었습니다."

"역시 도를 이루자면 식탐(食貪)을 이겨야 합니다. 어디 도뿐이겠습니까? 건강을 얻기 위해서도 식탐은 반드시 극복해야 합니다."

"역시 선생님께서는 좀 특이하십니다."

"뭐가요?"

"하루 세끼 식사를 두 끼로 줄이신 거 말입니다. 처음에 좀 어렵지 않았습니까?"

"왜 어렵지 않았겠습니까? 처음엔 21일간 단식한 경험이 있으니까 점심 한끼쯤 건너뛰는 것은 식은 죽 먹기라고 가볍게 생각했었는데 막상 시작하고 나서 보니까 그것도 만만치 않았습니다. 사흘까지는 간단히 넘길 수 있었습니다. 그러나 그 이후부터는 점심때만 되면 꼭 무엇을 잃어버린 것 같고 가슴 한 귀퉁이가 펑 뚫려나간 것같이 허전하기도 하고 힘도 빠지고 이상야릇했습니다."

"혹시 시장하시지는 않았습니다."

"때로는 배가 고프기도 했죠. 그러나 못 견딜 정도는 아니었습니다. 아무리 어렵고 힘든 일이라고 해도 시간이 흐르면 습관화되지 않는 것이 없다는 확신을 가지고 있었으므로 꾸준히 밀고 나가기로 했습니다."

"제일 어려웠을 때가 언제였습니까?"

"내 경우는 일주일에 한 번씩 하는 등산 때였습니다. 하루 세끼씩 먹고도 일곱 시간 동안 암벽 등반을 하려면 힘이 드는데 두 끼씩만 먹고 하려니까 현기증도 나고 정말 힘이 들었습니다. 하루 두 끼를 시작한 후 첫 번째 등산이 제일 힘이 들었습니다. 그러나 두 번째 세 번째 횟수가 거듭될수록 차츰 익숙해졌습니다.

그러나 일일이식(一日二食) 이후 23일째 되는 네 번째 등산 때부터는 일일삼식(一日三食) 때 못하지 않는 힘이 나기 시작했습니다. 이것으로 무슨 일이든지 새로운 일을 시작하여 삼칠일(三七日)만 넘기면 어느 정도 몸에 익숙해진다는 것이 사실임을 확인하게 되었습니다. 담배 끊는 것도 삼칠일만 잘 넘기면 반 이상은 성공했다고 할 수 있습니다. 새벽 달리기도 삼칠일만 넘기면 적응하게 되어 있습니다.

다석 선생이 하루 한끼 식사하는 것을 본 그의 제자들이 수없이 그것을 따르려고 시도했지만 전부 다 실패하고 성공한 사람은 오직 함석헌 옹 한 사람뿐이었다고 합니다. 실패한 원인을 자세히 살펴보면 대체로 시작 초기의 삼칠일을 뚫지 못한 것임을 알 수 있습니다.

이것은 마치 지상에서 발사된 로켓이 대기권을 뚫는 것처럼 어려운 일입니다. 그러나 그것 역시 습관 들이기에 달려 있습니다. 불퇴전(不退轉)의 결의와 강인한 의지와 인내력과 지구력만 있으면 21일간의 배고픈 고통쯤은 누구나 이겨낼 수 있을 것입니다."

"일일삼식(一日三食)에서 일일이식(一日二食)으로 전환하는 과정에서 무슨 변화는 일어나지 않았습니까?"

"머리가 한결 더 맑아지고 운기조식(運氣調息)도 더 활발해져서 단전도 더 많이 달아오르고 머리도 더 시원해지고 그전보다 단침도 더 많이 고이고 체중이 3킬로그램 줄었습니다. 신장 171에 63이었었는데 지금은 60으로 줄었습니다. 방금 전에도 말했지만 일일이식 시작한 지 21일 되기 전에는 좀 힘이 들었는데 그 고비를 넘긴 뒤로는 일일삼식 때보다 더 좋은 컨디션을 유지할 뿐만 아니라, 몸이 한결 더 가벼워졌습니다."

"앞으로 일일일식(一日一食)을 하실 생각은 없으십니까?"

"일일이식(一日二食)이 완전히 정착한 뒤에 생각해 볼 것입니다. 하루 한끼뿐만 아니라 형편 보아서 이틀에 한끼, 사흘에 한끼로 확대해 볼 작정입니다."

"과연 그렇게 하실 수 있겠습니까?"

"21일간 단식도 해 보았는데 못 할 것도 없습니다. 음양식사법을 발견한 이상문 씨는 이틀에 한끼를 들고 있다고 합니다. 또 음양식사를 하는 어느 여성은 사흘에 한끼 식사를 하면서도 아주 건강하게 잘살고 있다고 합니다.

백 년 전만 해도 삼순구식(三旬九食)이란 말이 보편화되어 있었습니다. 30일 동안에 겨우 아홉 끼의 식사를 한다는 말입니다. 이인직(李人稙)의 '귀(鬼)의 성(聲)'이라는 소설에는 '우리 어머니를 데려다가 삼순구식을 하더라도 한집에서 지내는 것이 내 도리가 아니오리까?' 하는 대목이 나옵니다. 개화기 때만 해도 가세가 기운 사람은 삼순구식이 보통이었던 것 같습니다.”

“누구나 결심만 하면 하루 한끼 식사를 할 수 있을까요?”

“우선 기초 생명력이 고갈되지 않은 사람이라야 합니다. 두 번째로
는 기체식(氣體食)에 쉽게 적응할 수 있는 체질이라야 합니다. 대부분
의 사람들은 이 두 가지 기질을 가지고 있지만 간혹 가다가 그렇지 않
은 사람도 있습니다.”

“어떤 사람입니까?”

“대부분의 사람들은 단식을 하면 건강이 좋아지는데 간혹 가다가 단
식으로 오히려 건강이 악화되든가 머리가 허옇게 세는 사람이 있습니
다. 이런 사람은 절식이나 단식이 해로우니까 조심해야 합니다.”

“절식과 단식도 조심해야겠군요.”

“그렇습니다. 그러나 수련이란 원래 세속적인 통념을 깨는 작업이기
도 합니다. 그 통념을 깨어 버리지 않으면 진리를 발견할 수 없기 때문
입니다. 바로 그 작업을 몸으로 실천하여 확인해 보는 것이 수련입니
다. 그러니까 항상 모험이 따를 수밖에 없습니다.”

옹녀 아내 둔 막내동생의 고민

40대 초반의 자영업체를 운영한다는 변성민 씨가 물었다.

"선생님, 이런 의논드리기가 좀 무엇합니다만 과연 괜찮겠는지 모르겠습니다."

"무슨 일을 가지고 그러시는데요?"

"근엄한 선생님 앞에서 감히 말씀드리기가 좀 거북해서 그럽니다."

"무슨 일인지는 모르겠습니다만 그 일로 이렇게 일부러 찾아오신 모양인데 괜찮으니까 말씀해 보세요."

"그럼 염치 불구하고 말씀드리기로 하겠습니다. 다소 심기가 불편하시더라도 용서하여 주시기 바랍니다."

"개의치 마시고 어서 말씀부터 해 보세요."

"저는 삼남이녀의 맏이인데요. 증권 회사에 다니는 제 막내동생이 요즘 부부 불화로 몹시 고민을 하고 있습니다. 해결책을 강구해 보려고 백방으로 애써 보았지만 이렇다 할 묘책이 나오지 않아서 고민 중에 있습니다."

"막내동생이 지금 나이가 어떻게 됩니까?"

"서른다섯 살입니다."

"결혼한 지는 얼마나 되었는데요?"

"3년 되었습니다."

"아이는 없습니까?"

"네 아직 없습니다. 요즘 젊은 부부들은 그전과는 좀 다른 것 같습니다. 저희들 때만 해도 결혼하면 금방 아이가 들어서곤 했었는데 요즘은 아이를 갖고 싶어도 들어서지 않는다고 합니다."

"환경 공해 때문에 남자의 정자수가 현저히 감소해서 그렇다는 설이 있습니다. 그럼 불임 문제 때문인가요?"

"그건 아닙니다."

"그럼 무엇 때문에 부부 불화가 일어났습니까?"

"그게 그러니까..."

"그럼 혹시 불륜(不倫) 때문인가요?"

"그것도 아닙니다."

"그럼 좀 특별한 이유라도 있는 모양이군요."

"순전히 막내 제수씨의 과도한 밤일 요구 때문입니다."

"그래요?"

"네."

"어느 정도인데요?"

"거의 하루도 거르지 않고 매일 밤 요구하는 모양입니다, 그것도 한 번으로 끝나는 것이 아니고 하룻밤에도 보통 서너 번씩 요구하는 바람에 도저히 견디어 낼 수가 없다고 합니다."

"막내 제수씨는 결혼 전에 무슨 일을 했는데요?"

"초등학교 교사로 지금도 재직 중에 있습니다. 제수씨도 결혼 전에는 자기가 그렇게 섹스가 강한 줄은 전연 몰랐다고 합니다. 결혼을 하고 부부생활을 하다가 보니까 자기가 다른 여자 친구들보다 유난히 색을 바친다는 것을 알게 되었다고 합니다.

막내동생도 결혼 후 1년까지는 아내의 요구를 충분히 들어주고도 남을 정도로 정력이 왕성했었지만, 결혼생활 12개월이 지나면서부터는 차츰 기운이 달리기 시작했다고 합니다. 그런데 제수씨는 그와는 반대로 점점 정력이 세어지고 있다고 합니다. 그러나 그런대로 결혼 24개월 동안은 근근이 버티어 올 수 있었는데 결혼 3년이 되고부터는 힘이 자꾸만 달려서 도저히 아내의 요구를 들어줄 수가 없는 지경에 이르렀다고 합니다."

"부인에게 사정 얘기를 하고 빈도(頻度)를 조절할 수 있는 것도 아닌가요?"

"물론 막내동생은 아내에게 몸이 지쳐서 그런다고 사정 얘기를 했지만, 이성(理性)적으로는 충분히 납득을 하면서도 실제로 잠자리에 들면 몸이 달아올라서 도저히 참을 수가 없는 모양입니다. 그래도 남편이 꿍꿍 앓는 소리를 하면서 기운을 못 차리고 곯아떨어지면 제수씨는 참다못해 욕실에 가서 찬물로 샤워를 하는 등 자기 깐에는 참으려고 애를 쓰는 모양인데도 욕망을 채우지 못하면 도저히 밤잠을 못 이루고 밤을 하얗게 샌다고 합니다.

동생은 아내에게 하도 시달리다 보니까 자기 힘으로는 도저히 아내를 만족시킬 수가 없으니 남편 모르게 자기 스스로 알아서 해결할 방법이 없나 하고 고민도 많이 했다고 합니다. 그러나 제수씨는 비록 색골이긴 해도 자위기구를 이용한다든가 윤리에 어긋나는 일은 절대로 하지 않는 아주 강직한 성격이라고 합니다. 그러니까 오직 남편한테만 매달리지 않을 수 없는 것 같습니다."

"혹시 동생분이 건강을 해친 일은 없었습니까?"

"왜 없었겠습니까? 얼마 전에는 회사에서 실시하는 건강검진에서 심근경색증(心筋梗塞症)에다가 신장(腎臟)까지 좋지 않다는 진단을 받았다고 합니다."

"혹시 그것이 악화되지는 않았습니까?"

"어디요, 몸이 부실해지니까 문제지요. 제수씨도 사태의 심각성을 깨달았던지 한동안 휴식기간을 주어 몸이 어느 정도 회복되자 기다렸다는 듯이 또다시 달려들었다고 합니다. 그전의 습성이 다시 도진 것이지요. 그래서 막내동생은 한때는 배 위에서 실신하여 병원 응급실에 실려가기까지 했다고 합니다."

"저런! 어떻게 됐습니까?"

"다행히도 사흘 만에 정상을 회복하여 퇴원을 했습니다. 그러자 아내는 사흘 굶은 아귀처럼 또 달려들었다고 합니다. 동생은 장고(長考) 끝에 이대로 결혼생활을 계속하다가는 아무래도 제명에 죽지 못하겠다는 결론을 내리고는 아내에게 넌지시 이혼 얘기를 꺼냈습니다."

"그래 반응이 어땠습니까?"

"죽어도 이혼은 못 해 주겠다고 합니다. 그래서 동생은 아내에게 당신은 아무래도 '가루지기타령'에 나오는 옹녀(雍女)와 같은 여자니까 변강쇠(卞剛釗) 같은 남자를 만나 팔자를 고치는 것이 좋겠다고 말하자 자기는 결혼할 때 무슨 일이 있어도 일부종사(一夫從事)하기로 굳게 결심했으니까 그런 말 다시는 하지 말라고 강경하게 나왔다고 합니다.

아내가 하도 당당하게 나오니까 동생은 아내를 만족시켜 주지 못하는 남편으로서의 자기 약점도 있으니까 잔뜩 주눅이 들어서 더이상 어떻게 해 볼 수도 없었다고 합니다. 그렇다고 이런 문제를 가지고 소송을 제기할 수도 없고 혹시 무슨 좋은 방법이라도 없을까요?"

"옹녀 같은 아내를 조강지처로 맞이한 것도 전생의 업보라고 생각하고 이혼 같은 것은 생각하지 않는 것이 좋을 것입니다."

"전생의 업보라면?"

"전생에는 처지가 지금과는 정반대로 그 막내동생이 지금의 아내를 성적으로 무척 괴롭혔던 것 같습니다."

"그럼 인과응보라는 말씀인가요?"

"그렇고말고요."

"그럼 이혼을 하면 어떻게 되겠습니까?"

"어거지로 이혼을 한다면 그 업보는 내세에까지 계속 연장될 것입니다. 그러니까 남에게 빚을 졌으면 제때에 갚을 생각을 해야지 도망쳐 버리면 그것으로 빚이 탕감되는 것은 아닙니다. 다음에 어느 땐가는 반드시 갚아야 하는데 이자에 복리까지 붙어서 갚으려면 더욱더 허리가 휠 것입니다.

요즘 젊은 부부들은 수틀리면 이혼하기를 식은 죽 먹듯이 하는데, 그것으로 당장은 문제가 해결된 것처럼 생각될지 모르지만 그것은 내일을 내다볼 줄 모르는 하루살이와 같은 단견에 지나지 않습니다. 업장이란 것은 그렇게 제 마음대로 이혼을 한다고 해서 벗어날 수 있는 것이 아닙니다."

결자해지(結者解之)

"그럼 어떻게 하는 것이 상책일까요? 선생님."

"그런 여자와 결혼하게 된 것도 결코 우연이 아니고 필연이란 것을 깨닫고 결자해지(結者解之)의 이치에 따라 지혜롭게 처신해야 합니다."

"그렇다면 선생님, 제 막내동생이 전생에 제수씨에게 못할 짓을 저질렀다는 것을 어떻게 알 수 있습니까?"

"만약에 제수씨가 막내동생과는 아무런 인과관계도 없는 그저 단순한 색골에 지나지 않는다면 정력이 달리는 남편이 이혼을 하자고 하면 기다렸다는 듯이 선뜻 응했을 것입니다. 그리고 남편이 시원치 않으면 자위기구를 이용한다든가 불륜을 저지르면서도 욕망을 충족시키려 했을 것입니다.

그러나 어떻습니까? 그와는 반대로 무조건 이혼은 반대하고 끝까지 한 남편만 따르겠다는 일부종사를 주장하지 않았습니까? 이것만 봐도 알 수 있는 일입니다. 분명 전생의 원한을 갚겠다는 무의식적인 복수심의 소산이 아닐 수 없습니다."

"그럴 때는 어떻게 해야 합니까?"

"성욕으로 표출된 제수씨의 그 무의식적인 강한 복수욕을 녹일 수 있는 가장 효과적인 방법을 강구해야 합니다."

"그게 뭐죠?"

"혹시 막내동생 되는 분은 구도(求道)나 수련(修鍊) 같은 것에 관심을 가져 본 일은 없습니까?"

"글쎄요. 제가 아는 한에서는 그런 데는 아직까지 별로 관심을 가져 본 일이 없는 것 같은데요."

"내가 보기에 최선의 해결책은 제수씨로 하여금 구도에 관심을 갖게 하여 그녀 스스로 인과응보의 이치를 깨닫고 수행에서 오는 희열(喜悅)이 성욕을 능가할 수 있는 경지로 이끌어 가는 겁니다. 그리하여 성욕도 오욕칠정(五慾七情)의 하나로서 인간이 그것에 굴복만 할 것이 아니라 마땅히 극복해야 할 대상임을 깨닫게 해 주어야 합니다.

"그렇게 하자면 막내동생부터 먼저 구도자가 되어 아내의 신뢰와 존경을 받는 남편이 되어 아내를 수행 쪽으로 이끌어 갈 수 있게 해야 합니다. 이것이 내가 보기에는 최선의 해결 방법입니다. 왜냐하면 성욕과 식욕을 가장 효과적으로 제압할 수 있는 길은 수행의 희열밖에는 없으니까요."

"그러나 제 막내동생은 유감스럽게도 구도나 수행에는 문외한입니다. 그것 이외에 성욕을 이길 수 있는 효과적인 방법이 없을까요?"

"제수씨가 종교나 철학이나 학문이나 예술 방면에 특별한 소질이 있어서 그것에라도 몰두할 수 있다면 성욕을 극복할 수도 있을 것입니다."

"제가 보기에는 제수씨에게 그런 소질은 없는 것 같습니다. 그밖에 성욕을 누를 수 있는 다른 묘책은 없을까요?"

"음주, 마약, 도박, 사이비 종교에 탐닉하는 것 따위가 있지만 이것은 빈대 잡으려다 초가삼간 태우는 것과 같이 어리석은 짓이 될 것입니다. 병균 잡으려다가 사람을 잡을 수는 없으니까요."

"제수씨의 성격으로 보아 그런 것에는 눈길도 주지 않을 것입니다."

"그럴 것입니다."

"도망도 칠 수 없고 이혼도 할 수 없는 것은 제 막내동생도 막연하나마 알고 있는 것 같습니다. 그렇다면 어떻게 하죠?"

"차선책으로는 현실을 있는 그대로 받아들이고 살아남을 수 있는 구체적인 방법을 강구할 수밖에 없습니다."

"그게 정말 가능할까요?"

"비상한 각오만 한다면 이 세상에서는 어떠한 환경 속에서도 적응하지 못할 일이 없습니다. 어느 책에서 읽은 얘기인데 일본의 어떤 부부는 나이가 70이 넘도록 결혼 후 단 하루도 밤일을 거른 일이 없었다고 합니다.

왜정 말기에 종군 위안부로 끌려 나간 한국인 처녀들의 일부는 몇 해 동안 하루에 수십 명씩의 일본 군인들에게 짓밟히고도 끝내 살아남았다고 합니다. 이처럼 인간의 적응력은 거의 무한대라고 할 수 있습니다."

"그렇다면 제 막내동생도 제수씨의 요구를 만족시켜 주고도 살아남을 수 있는 무슨 묘안이라도 있다는 말씀입니까?"

"전연 없다고 할 수도 없습니다."

"그게 뭐죠?"

"옛날 중국 황제들은 전국에서 뽑혀온 미인들로 이루어진 수만 명의 궁녀들과 비빈(妃嬪)들의 꽃밭 속에서 살아야 했습니다. 열 계집 싫어할 사내 없다는 속담 그대로 마음에 드는 여인들을 일일이 다 상대하다가는 아무리 황제라고 해도 살아남을 수 없었을 것입니다. 그리하여 몸을 상하지 않으면서도 적당히 섹스를 즐겨 가면서 살아갈 수 있는 묘책을 강구하게 되었습니다. 그것이 이른바 제왕학(帝王學) 제1조라는 겁니다."

"그게 뭐죠?"

"그게 바로 접이불루(接而不漏)라는 방사(房事)의 기법입니다."

"그게 무슨 뜻입니까?"

"스스로 섹스를 즐기고 여자 쪽을 만족시켜 주면서도 자기 자신은 끝까지 사정(射精)만은 하지 않는 겁니다."

"그건 아무나 할 수 있는 일이 아니지 않습니까?"

"그러나 막내동생이 아내에게서 도망치거나 이혼하지 않고도 살아 남을 수 있는 방법은 이 길밖에 없습니다. 그것은 막내동생이 스스로 알아서 지혜롭게 처신할 일입니다. 생존을 위해서라면 무슨 일인들 못 하겠습니까?"

"참으로 이 세상 살아가기 힘들군요."

"그러나 알고 보면 그게 다 자업자득(自業自得)입니다. 내 탓이지 남의 탓이 아니라는 말씀입니다. 그러나 뭐니 뭐니 해도 역시 궁극적인 해결책은 수행에서 찾을 수밖에 없습니다."

"그게 무슨 뜻입니까?"

"접이불루(接而不漏) 역시 운기조식(運氣調息)을 제대로 할 수 있는 사람이라면 그리 어려운 일도 아니기 때문입니다."

"그럼 성사에 관계없이 막내동생에게 수행을 권해 보도록 하겠습니다."

"좋은 생각입니다. 요컨대 성행위를 하면서도 사정(射精)을 하지 않는 기법을 스스로 터득하면 얼마든지 상대를 만족시키면서도 살아남을 수 있습니다. 기공부를 하는 사람은 능히 이것을 할 수 있습니다. 이것만이 궁극적인 해결책입니다."

【이메일 문답】

일상의 만족에서 도약하기

삼공 선생님께.

선생님, 그간 안녕하셨습니까? 저 상주 사는 이미숙입니다. 지금 제가 살고 있는 이 시간, 이 장소, 이 사람들에게 몰두하여 지내다 보니 벌써 또 한 달이 후딱 가 버렸습니다. 참 시간이 잘 갑니다. 물론 수련에 매진하는 시간은 쪼끔 부족하긴 해도 오히려 긴 안목으로 보고 길게 호흡하려 합니다. 조급증을 내다 쉬이 지쳐 포기하는 어리석음을 다시 저지르지는 말아야지요.

지난번 다친 손가락은 이제 다 나아서 불편함이 없습니다. 주사도 항생제도 안 먹었지만 잘 아물고 새살이 돋아났습니다. 겨우 손가락 하나가 다쳤을 뿐인데도 어찌나 걸리는 일들이 많던지, 우리 몸 구석구석 하나하나가 얼마나 소중한 줄 새삼 알게 되었습니다.

선생님, 맘이 차분하니 날씨가 갑자기 추워져도 그 나름대로 좋구요, 학교가 가을 예술제 때문에 무척 바빠도 괜스레 할 일이 있다는 게 행복합니다. 한동안 몸살기 때문에 애를 먹긴 했는데 엊그제부터는 다시 원상태로 돌아오는 듯합니다. 선생님 뵈러 간다고 생각하니 다 나은 모양입니다. 내일 찾아뵙도록 하겠습니다. 안녕히 계십시오.

2002. 10. 25.

상주에서 이미숙 올립니다.

【필자의 회답】

구도자가 늘 자기 자신과 주변을 말끔히 정리해 두는 것은 언제 무슨 일이 닥쳐도 당황하지 않고 침착하게 대응하기 위해서입니다. 이미숙 씨는 지금 자기 정리가 끝나 있는 것 같아 보기가 참 좋습니다. 손가락에 상처를 입었는데도 주사나 항생제를 쓰지 않고도 다 나았다니 다행입니다. 운기조식(運氣調息)과 수행으로 자연치유력(自然治癒力)이 유감없이 구사된 것이 틀림없습니다. 그러나 심신에 아무런 장애가 없을 때는 새로운 변화의 분기점일 수 있습니다.

부디 일상생활의 만족 속에서도 일신(日新) 우일신(又日新)의 기쁨을 발견하시고 하루하루가 보람된 나날이 되어 주시기 바랍니다. 그러기 위해서는 자기 자신이 행여 일상의 매너리즘에 빠져 있지 않나 늘 새로운 점검이 필요할 것입니다.

가장 행복한 것은 무엇일까요? 수행과 공부와 실생활에서 발견한 나만이 알고 체험한 진리를 나만이 즐거워할 것이 아니라 가장 가까운 이웃들에게도 나누어 줌으로써 그들도 나처럼 행복해지게 하는 것입니다. 가장 가까운 이웃이란 누구일까? 배우자와 자녀와 부모형제와 늘 얼굴을 대하고 지내야 하는 직장 동료들입니다.

이들이 나와 같이 행복해지지 않는 한 진정한 의미의 행복이란 있을 수 없다는 것을 늘 염두에 두시기 바랍니다. 그들도 나처럼 행복해지는 것이 사실은 진정한 나의 행복이 아니겠습니까? 화두의 초점을 늘 여기에 맞출 때 구도자는 크나큰 우주의 에너지를 받게 될 것입니다.

걸림 없는 생활

안녕하세요? 그동안 자주 찾아뵙지도 못하고 소식도 자주 전해 드리지 못해서 죄송합니다. 봄에 관악산으로 암벽 등반을 다녔던 때가 엊그제 같은데, 겨울의 문턱을 성큼 넘어섰습니다.

암벽 등반도 못 하고 있고 찾아뵙지도 못하고 있지만, 스승님의 가르침에 따라 일상생활 자체가 수련이라 생각하고 늘 제 자신을 지켜보면서 살아가고 있습니다. 도인체조를 하고 명상을 하고 몸 운동을 하는 것만이 수련이 아니고, 잠시 잠깐의 생각까지도 놓치지 않고 깨어 있으려고 노력하고 있습니다.

하루가 얼마나 빨리 지나가는지, 밤 12시에 퇴근을 해서 새벽에 아르바이트를 하고, 아침에 운동을 갔다가 오후에 출근을 하는 생활을 하다 보니, 등산하는 것과 스승님 찾아뵙는 일에 소홀해지고 있습니다. 하지만 늘 무엇에도 집착하지 않고 걸림 없는 생활을 하려고 하고 있습니다. 추운 날씨에 건강 조심하시옵고, 안녕히 계십시오.

김영희 올림

【필자의 회답】

그렇지 않아도 어제 등산하면서 정숙 씨하고 영희 씨 얘기 많이 했습니다. 그렇게 열심히 살아가는 얘기를 들으니 대견하다는 생각이 듭니다. 삼공재 찾는 일이야 시간 날 때 하면 되지 않겠습니까?

두 가지 일을 한꺼번에 수행하면서도 그렇게 마음이 늘 평안하다니 얼마나 다행한 일입니까? 우리가 수행을 하는 첫째 목적도 바로 그 마음의 평안을 얻자는 것이 아니겠습니까? 마음이 평안해야 바르고 착하고 슬기롭게 이 세상을 살아갈 수 있을 테니까요.

〈70권〉

다음은 단기 4335(2002)년 12월 3일부터 4336(2003)년 1월 31일까지 필자와 수련생 사이에 있었던 수행과 인생 문제에 대한 대화를 위시하여 필자의 선도수련 체험과, 『선도체험기』 독자들과 필자 사이에 오고간 이메일 문답을 수록한 것이다.

수련이 잘 안됩니다

박동환이라는 대학생 수련생이 찾아와서 제법 심각한 얼굴을 하고 입을 열었다.

"선생님, 긴히 말씀드릴 것이 있습니다."

"그래요?"

"네."

"그럼 어서 기탄없이 말해 보세요."

"저는 『선도체험기』 시리즈 69권을 두 번이나 읽고 거기에 씌어 있는 대로 단전호흡, 등산, 도인체조, 달리기를 아무리 해 보려고 해도 잘되지 않습니다. 이럴 때 어떻게 하면 좋을지 유익한 방법을 좀 알려주셨으면 합니다."

"몸은 건강합니까?"

"네, 건강에는 이상이 없습니다."

"그럼 무엇이 문젭니까?"

"수련을 하려고 해도 몸이 제 뜻대로 움직여 주지 않습니다."

"만약에 박동환 군이 야생마에 올라타고 먼 길을 떠났다고 할 때 그 말이 뜻대로 움직여 주지 않으면 어떻게 하겠습니까?"

"글쎄요. 아무래도 잘 길들이도록 노력해야 하지 않겠습니까?"

"그렇습니다. 자기 몸을 야생마라고 생각하고 이제부터 자기 뜻대로 움직이도록 연구하고 노력해야 합니다. 그 야생마가 바로 박동환 군의 몸나입니다."

"몸나가 뭐죠?"

"육아(肉我)를 우리말로 표현한 것입니다. 내 몸은 내가 이 세상에서 숨을 거둘 때까지 평생 부려먹어야 할 말과 같은 것이라고 생각하면 됩니다. 수행자가 된 이상 우리는 어떻게 하든지 이 말이 우리를 목적지까지 안전하게 운반할 수 있도록 정성을 다해서 길들이고 보살펴 주어야 할 것입니다.

말을 잘 안 듣거나 명령을 거스른다고 하여 폭력만을 쓴다면 말은 도리어 반항을 하거나 주인을 배반하고 해칠 수도 있습니다. 그런 일이 없도록 우리는 말을 잘 길들여야 할 것입니다. 수행자가 진리라는 목적지에 도달하고 못 하는 것은 자기가 타고 가야 할 말을 어떻게 잘 다루느냐에 달려 있습니다.

이 말이 바로 몸나입니다. 이 몸나를 우리는 흔히 나 또는 자기 자신이라고 합니다. 그래서 인생의 성패를 우리는 흔히 자기 자신과의 싸움에서 이기느냐 지느냐에 달려 있다고 말합니다. 여기서 말하는 나 또는 자기 자신이 바로 거짓 나 즉 가아(假我)입니다. 이 거짓 나를 또 마음이라고도 합니다.

그래서 수련의 승패는 자기 마음을 다스리는 지혜와 능력에 달려 있다고 말합니다. 자기 마음을 뜻대로 다스릴 수 있는 사람이 남도 다스릴 수 있고 가족도 단체도 나라도 세계도 우주도 다스릴 수 있습니다. 그리하여 마침내 우주의 주인이 될 수 있습니다."

"거기까지는 너무나 거창하구요. 저는 어떻게 하든지 수련이라도 잘 할 수 있었으면 합니다."

"아까 단전호흡, 등산, 도인체조, 달리기 얘기를 했는데, 그 네 가지를 한꺼번에 다 하려고 하지 말고 그 네 가지 중에서 가장 쉽고 자신 있는 것을 단 한 가지라도 먼저 시작해 보도록 하세요. 한꺼번에 안 하던 일을 하려고 하니까 힘이 들고 거부반응이 오는 겁니다."

"솔직히 말해서 그 네 가지 중에서 제가 할 수 있는 것은 등산과 달리기밖에 없습니다."

"그럼 우선 그것부터 시작해 보도록 하십시오."

"그래도 됩니까?"

"되고말고요. 우선 일주일에 한 번씩 거르지 말고 등산부터 시작해 보세요. 그것이 습관화되는 데도 상당한 시일이 걸릴 것입니다. 한 6개월 동안만 꾸준히 하다가 보면 어느덧 일요일 아침만 되면 자기도 모르게 배낭을 메고 등산화를 신게 될 것입니다.

그렇게 등산이 일상생활화되고도 힘이 남아돌 때가 반드시 올 것입니다. 바로 그러한 때를 지체 없이 포착하여 등산 안 하는 날 새벽 일찍 일어나 조깅을 시작합니다. 처음 며칠 동안은 힘이 들고 팔다리가 뻐근하고 피곤도 하고 잠도 쏟아질 것입니다.

그러나 그렇다고 해서 좌절하지 말고 꾸준히 계속합니다. 너무 힘이 들면 하루나 이틀쯤 푹 쉬고 나서 힘이 나면 다시 시작합니다. 이렇게 끈질기게 계속하다가 중간에 몸살도 앓을 때가 있고 힘이 부쳐서 포기하고 싶을 때도 있을 것입니다.

그러나 초지일관(初志一貫)하다가 보면 어느덧 한 달이 지나게 될 것입니다. 적어도 한 달만 버티면 몸에는 어느덧 관성(慣性)이 생겨서 일정한 시간이 되면 자기도 모르게 달리고 싶은 욕구가 치밀어 오르게 될 것입니다. 일이 이쯤 되면 성공한 것과 같습니다."

"단전호흡과 도인체조는 그럼 어떻게 합니까?"

"등산과 달리기할 때 축적된 노하우를 적용하면 앞으로 무슨 일인들 못하겠습니까?"

"잘 알겠습니다. 선생님 말씀대로 그렇게 차근차근 단계적으로 서두르지 않고 차분하게 해 보겠습니다. 그런데 선생님, 때로는 괴롭고 착잡한 일로 마음이 안정되지 않아서 수련은 물론이고 공부나 만사가 다 귀찮아질 때가 있습니다. 그럴 때는 어떻게 해야 할까요?"

"내 경험담을 하나 얘기하겠습니다. 1959년경 내가 포병 중위로 일선에서 근무할 때 일입니다. 무슨 일로 하루 종일 영외에서 일을 하다가 저녁 늦게 어둑어둑해서 숙소로 돌아와 보니까 단독 막사인 내 숙소가 온데간데없이 사라졌습니다.

그리고 그 자리는 화재 난 곳에서만 나는 톡 쏘는 특이한 연기 냄새와 타다 만 재와 막사 주위에 파 놓았던 배수로에 물기만 흥건할 뿐 어느덧 말끔히 정리되어 있었습니다. 하도 어처구니가 없어서 멍청하니 서 있자니까 그때서야 부하들이 어디선가 헐레벌떡 달려왔습니다. 그중 하나가 말했습니다.

"두 시간쯤 전에 소각장에서 불똥이 날아와 순식간에 불이 붙어 올라 미처 손써 볼 틈도 없이 홀라당 다 타 버리고 말았습니다. 저도 불이야 소리를 듣고 황급히 달려와 보았지만, 그동안에 막사는 벌써 다타 버리고 겨우 타다 남은 책 몇 권밖에 건지지 못했습니다."

"그런데 왜 화재 현장은 흔적도 없지?"

하고 내가 묻자

"상부에서 알면 골치 아픈 일이 일어날까 봐서 대대장님이 흔적을 완전히 없애라고 지시했거든요."

졸지에 나는 소지품 일체와 침구류까지 몽땅 잃어버리고 완전히 빈털터리가 되었습니다. 그 후 마음의 안정을 다시 찾는 데 일주일은 족히 걸렸습니다. 사람은 일생을 살다 보면 이렇게 전연 예상치도 못했던 일로 상심을 할 때가 있습니다. 그 당장에는 괴로워서 못 견딜 것 같고 미칠 것 같을 때가 있습니다.

그러나 그러한 괴로움은 언제까지 계속되는 것은 아닙니다. 사람들은 그 당장의 괴로움이 영원히 계속되는 줄 착각을 하고 발광을 하든가 폭음을 하고, 폭력을 행사하거나 자살을 하기도 합니다. 그러나 생각이 있는 사람은 아무리 미칠 것 같은 괴로움이나 슬픔이나 상실감도 알고 보면 태풍처럼 지나가 버리고 마는 하나의 과정에 지나지 않는다는 것을 잘 알고 있습니다.

결국 지내 놓고 보면 이 세상에는 시간이 해결해 주지 않는 역경이나 난제나 괴로움이나 슬픔이나 분노나 증오나 두려움이나 탐욕이나 상실감 같은 것은 없습니다. 그러니까 지금은 아무리 마음이 착잡하고 괴롭더라도 시간이 흐르면 그 색깔과 농도가 바래고 엷어진다는 것을 알고 참아야 합니다.

인내력과 자기성찰

참을 인(忍)자 셋이면 살인도 면한다는 말이 있지 않습니까? 수능시험 낙제생이 가끔 자살하는 것은 백발백중 참을 줄을 모르기 때문입니다."

"그러나 도저히 참을 수 없을 때도 있지 않습니까? 그럴 때는 어떻게 해야 합니까?"

"격분이나 슬픔이나 절망을 참을 수 없을 때는 고함을 치고 소란을 피우든가 울음을 터뜨리든가 하면 타는 불에 기름을 붓는 것과 같습니다. 더구나 주색잡기(酒色雜技)는 건강을 해칩니다. 그러므로 그런 때는 조용히 한 자리에 앉아서 호흡을 가다듬고 단전호흡을 하면서 마음부터 가라앉혀야 합니다.

폭풍이 휘저어 놓은 못물을 가라앉히려면 가만히 놓아두어도 물속에서 떠오른 찌꺼기와 오물들이 스스로 가라앉게 되어 있습니다. 마음속에 일어난 폭풍을 가라앉히는 것도 마찬가지입니다. 조용히 앉아서 술렁이는 마음을 지켜보고 있노라면 시간이 흐르면서 조금씩 조금씩 가라앉게 되어 있습니다."

"결국은 명상을 하라는 말씀입니까?"

"그렇습니다. 착잡하고 괴로운 마음을 안정시키는 지름길은 그것밖에 없습니다. 명상으로 일단 마음이 가라앉으면 그 마음을 관찰합니다. 마음을 관찰하다가 보면 마음이 착잡해진 원인과 괴로움의 뿌리가 어디에 있는지 하나하나 드러나게 되어 있습니다.

그것을 계속 지켜보고 있노라면 괴로움과 분노의 인과관계가 일목요연하게 눈앞에 펼쳐질 것입니다. 일단 그 인과관계가 정리되면 해결책은 스스로 드러나게 되어 있습니다. 이것을 일컬어 자기성찰(自己省察)이라고 합니다.

아무리 심한 괴로움과 난관과 역경도 자기성찰로 해결이 안 되는 것은 있을 수 없습니다. 자기성찰의 간과할 수 없는 특징은 이것을 하면 할수록 지혜가 싹터 오른다는 것입니다. 따라서 자기성찰을 하면 할수록 시행착오를 줄일 수 있어서 사람은 시간이 흐를수록 슬기로워지게 되어 있습니다.

더욱 중요한 것은 이러한 자기성찰의 지혜가 쌓이고 쌓이다 보면 어느덧 자기 자신 속 깊은 곳에 숨겨져 있던 참나가 스스로 싹이 터서 자기 존재의 실상을 드러내게 해 준다는 것을 잊지 말아야 합니다."

참나와 영혼은 같은 것일까?

"선생님, 어떤 사람은 영혼과 참나는 같다고 말하는 사람이 있는데 그게 맞는 말입니까?"

"틀린 말입니다."

"왜 그렇죠?"

"참나는 탐진치(貪瞋癡)와 오욕칠정(五慾七情)의 거짓 나의 업보(業報)에서 완전히 벗어나 진아(眞我)로 거듭나 상대세계인 차안(此岸)에서 절대세계인 피안(彼岸)으로 옮겨간 존재를 말합니다. 견성 해탈(見性解脫) 또는 견성성불(見性成佛)했거나 성통공완(性通功完)한 존재를 말합니다. 그러나 영혼은 아직 그 단계까지는 수행이 진전되지 않는 상대세계에 머물러 있으면서 윤회를 끝내지 못한 존재입니다."

"그런데 선생님, 두레 판 『다석사상전집』 3권 131쪽에 보면 다음과 같은 말이 나옵니다.

'제나(自我)로는 누구나 일왕불복(一往不復)이다. 한 번 가면 다시 못 온다. 제나(自我)의 윤회란 있을 수 없다.'

여기서 말하는 제나란 아직 탐진치(貪瞋癡)에서 벗어나지 못한 거짓 나가 아닙니까?"

"그렇습니다."

"그런데 그러한 제나가 일왕불복(一往不復)이라니 그게 무슨 말입니까?"

"일왕불복(一往不復)이란 글자 그대로 한 번 가면 다시 돌아오지 않는다는 말입니다."

"그렇다면 상대세계(相對世界)인 차안(此岸)에서 절대세계(絶對世界)인 피안(彼岸)으로 갔다는 얘기인가요?"

"문맥으로 보아서 그런 뜻은 아닌 것 같습니다."

"그럼 무슨 뜻입니까?"

"윤회를 부인하는 말이 아닌가 생각됩니다. 그 책의 저자는 업보와 전생과 윤회를 미신(迷信)이라 하여 부인하려는 의도로 그런 말을 한 것 같습니다."

"그렇다면 탐진치(貪瞋癡)의 업보에서 벗어나지 못한 사람이 사망하면 그의 영혼은 어떻게 됩니까?"

"그 역시 업보에서 완전히 벗어나 참나로 거듭날 때까지 언제까지나 윤회를 거듭하게 되어 있습니다."

"그런데 윤회를 부인한다면 그 영혼은 어디로 갑니까?"

"그 책의 저자의 말대로 영혼이 바로 참나가 될 수 있다면 문제될 것이 없습니다. 참나는 다시 윤회할 필요가 없으니까요. 그러나 참나로 거듭나지 못한 거짓 나인 제나인 채로 사망한 사람도 일왕불복(一往不復)이라면 그건 말이 되지 않습니다. 왜냐하면 그런 일은 있을 수 없기 때문입니다.

그러나 업보와 윤회 자체를 부인하는 일부 기독교도는 덮어놓고 일왕불복(一往不復)이라고 주장할 수도 있을 것입니다. 그러나 그것은 탐진치의 업보에서 벗어나지 못한 영혼은 결코 참나가 될 수 없다는 것을 모르는 데서 오는 터무니없는 억지에 지나지 않습니다. 인과응보를 모르는 사람은 업보를 모르게 되고 업보를 모르면 윤회를 모르게 되니까 그런 억지를 부리게 됩니다."

"그래도 그 책의 저자는 탐진치(貪瞋癡)에 대해서는 잘 알고 있는 것 같던데요."

"탐진치(貪瞋癡)는 알고 있지만, 그것이 바로 업보(業報)와 윤회의 산물이라는 것까지는 모르기 때문에 그런 말을 하는 겁니다."

"그리고 영혼과 성령은 어떻게 다릅니까?"

"영혼은 탐진치와 오욕칠정(五慾七情)의 업보에서 벗어나지 못하여 윤회가 끝나지 않는 존재이고 성령은 에고(ego)에서 벗어난 참나 즉 진아(眞我)를 말합니다."

"그럼 니르바나(하느님)와 참나는 어떤 관계에 있습니까?"

"하느님은 전체이고 참나는 개체입니다."

"구도자의 관점에서 볼 때 하느님과 참나는 어떻게 다릅니까?"

"하느님이 주체(主體)라면 참나는 주체의 부림을 받는 절대세계의 개체적 존재로서 진아(眞我) 즉 얼나를 말합니다. 진아는 기독교식으로 말하면 성령(聖靈)이고, 불교식으로 말하면 법신(法身)이며, 유교식으로 말하면 인덕(仁德)이고, 도교(道敎)식으로 말하면 천도(天道)입니다.

십자가 보혈(寶血)이 과연 구원이 될 수 있을까?

"그렇군요. 그리고 기독교의 십자가 구속 신앙(救贖信仰)에 대해서는 어떻게 생각하십니까?"

"십자가 구속 신앙은 예수와는 아무런 관계도 없습니다. 4대 복음을 아무리 읽어 보아도 예수는 십자가의 보혈이 죄를 사하여 준다는 말은 한 마디도 한 일이 없습니다."

"그런데 교회에 가면 어떻게 돼서 목사들이 한결같이 이구동성으로 '아담과 하와의 원죄로 인하여 멸망에 빠진 인류를 구원하려고 하느님께서 친히 사랑하는 독생자 예수 그리스도를 세상에 보내어 십자가에 못 박혀 죽게 하였는데, 그가 십자가에 매달려 죽어 가면서 흘린 피가 모든 사람들의 죄를 사하여 준다는 것을 믿으면 누구나 구원을 받는다'고 말합니다. 그럼 그건 어떻게 된 겁니까?"

"그건 예수의 말이 아니고 목사들이 한 말일 뿐입니다."

"그렇다면 예수가 흘린 십자가의 보혈을 믿어야만이 구원받을 수 있다는 말은 어디서 나왔습니까?"

"그건 원래 사도 바울이 한 말입니다."

"그럼 사도 바울은 왜 그런 말을 했을까요?"

"예수가 말한 대로 거짓 나에서 참나로 거듭나지 못했기 때문에 그런 말을 한 것이 틀림없습니다."

"그러나 신약 성경에 보면 사도 바울은 성령을 받은 것으로 되어 있지 않습니까?"

"비록 성령을 받았다고 해도 예수 자신처럼 완전히 참나로 거듭나서 하느님 아들이 되지 못했기 때문에 그런 말을 한 겁니다."

"기독교에서 말하는 구원을 받는다는 것은 무엇을 말합니까?"

"죽을 수밖에 없는 거짓 나인 몸나에서 태어나지도 않고 죽지도 않는 영원한 생명 즉 참나로 솟아나는 것을 말합니다. 그러자면 천상 탐진치의 업보에서 벗어나야 합니다. 이런 일은 각자의 수행에 관한 문제이지 누가 외부에서 가져다 주는 것은 결코 아닙니다.

악몽(惡夢)에 시달리는 사람은 악몽임을 깨닫고 깨어나야 합니다. 악몽은 스스로 깨어나야지 아무도 대신해서 깨어날 수는 없습니다. 마치 내가 앓고 있는 병을 그 누구도 대신해서 앓아줄 수 없는 것과 같습니다. 수행자 각자가 스스로 탐욕의 화신인 에고(ego)에서 벗어나야 합니다. 이런 것은 각자가 자기의 노력과 인내력과 절제력으로 달성할 수 있는 성질의 것이지 예수가 십자가에서 흘린 피와는 전연 상관이 없는 일입니다."

"그런데 교회의 목사들은 이구동성으로 왜 그렇게도 열정적으로 예수가 흘린 십자가의 보혈을 믿는 자만이 구원받을 수 있다고 강조하는 것일까요?"

"한마디로 그들 스스로 수련을 하여 참나를 체득하지 못했으므로 신학교에서 배운 것을 그대로 앵무새처럼 되풀이하기 때문입니다."

"그렇다면 예수의 십자가의 보혈과 구원과는 아무런 관련도 없습니까?"

"없고말고요. 그거야말로 터무니없는 기독교적인 미신입니다."

"고등 종교를 표방하는 세계 최대의 종교를 자랑하는 기독교가 그런 미신에 빠질 수 있다는 것이 아무래도 실감이 나지 않습니다. 도대체 왜 그런 일이 일어날 수 있을까요?"

"예수의 진정한 가르침보다는 기독교 교회 조직을 유지하자니까 그런 발상이 싹트지 않았나 생각됩니다. 한 번 교회에 발을 들여놓은 신자는 죽을 때까지 교회를 떠나지 못하게 하려면 교회를 떠나면 안 된다는 강력한 최면을 걸어둘 필요를 느꼈을 것입니다. 그렇게 하려면 자력 구도(自力求道)가 아니라 타력 신앙(他力信仰)이라야 신자들을 교회에 평생 동안 묶어 둘 수 있습니다."

"그럼 예수는 참나로 거듭나려면 어떻게 해야 된다고 말했습니까?"

"가장 기초적인 것은 예수의 6계명에 잘 나와 있습니다."

"십계명은 들어 보았어도 예수의 6계명이란 말은 처음 들어 보는데요."

"마태복음 19장 16절에서 22절까지 읽어 보면 예수의 6계명이 다음과 같이 나옵니다.

1. 살인하지 말라.
2. 간음하지 말라.
3. 도둑질하지 말라.
4. 거짓 증언하지 말라.
5. 부모를 공경하라.
6. 이웃을 네 몸처럼 사랑하라."

"그럼 그 6계명만 지키면 과연 영원한 생명인 참나로 거듭날 수 있을까요?"

예수의 진의(眞意) 왜곡(歪曲)

"완전히 참나로 거듭나지는 못한다고 해도 그 기초 요건은 갖추게 될 것입니다. 사실 이것은 탐진치와 오욕칠정의 거짓 나를 다스릴 능력이 없는 하근기(下根器)와 중근기(中根器)에 속하는 사람들을 위한 계명입니다."

"그럼 그다음 단계에는 어떤 것이 있습니까?"

"예수가 친히 제자들에게 가르쳐 준 주기도문을 외우고 실천하는 일입니다."

"그럼 그 주기도문 내용도 좀 말씀해 주시겠습니까?"

"그러죠. 여러 가지 번역이 있는데 그중에서도 가장 원문에 충실한 것으로 보이는 개신교와 천주교의 공동 번역을 인용해 보겠습니다.

하늘에 계신 우리 아버지
온 세상이 아버지를 하나님으로 받들게 하시며
아버지의 나라가 오게 하시며
아버지의 뜻이 하늘에서와 같이
땅에서도 이루어지게 하소서.
오늘 우리에게 필요한 양식을 주시고
우리가 우리에게 잘못한 이를 용서하듯이
우리의 잘못을 용서하시고
우리를 유혹에 빠지지 않게 하시고
악에서 구하소서.

주기도문을 읽어 보면 기도하는 사람 자신의 자주적이고 적극적인 수행 의지는 빠져 있고 하늘나라가 이 땅에 임하고 일용 양식을 주고 죄와 유혹과 악으로부터의 구원을 하나님 아버지에게 구하고 있는 것이 특징입니다. 타력 신앙(他力信仰)의 어쩔 수 없는 한계입니다.

그러나 예수는 이러한 기도 과정을 통해서 거짓 나인 제나(假我)에서 영원한 생명인 얼나(靈我)로 거듭나기를 희망했던 것입니다. 이처럼 예수는 자신의 6계명과 주기도문을 실천함으로써 생멸(生滅) 없는 영원한 생명인 참나를 얻게 하려고 했습니다."

"그러나 요즘 교회에 가면 6계명과 주기도문 실천보다는 신도들 앞에서 목사들의 공개적인 통성 기도가 판을 치고 있지 않습니까? 그리고 그 기도 내용도 신자의 가정의 행복이나 입신출세나 교회의 번영, 국가의 번영 발전이나 남북의 평화와 통일 같은 것들이 주류를 이루고 있지 않습니까?"

"그렇습니다. 예수가 만일 이런 광경을 보았다면 아연실색했을 겁니다."

"왜요?"

"예수는 생전에 제자들에게 남들 앞에서 하는 공개적인 기도를 엄격히 금했습니다. 그는 다음과 같이 말했습니다.

'기도할 때에도 위선자들처럼 하지 말아라. 그들은 남에게 보이려고 회당이나 한길 모퉁이에 서서 기도하기를 좋아한다. 나는 분명히 말한다. 그들은 이미 상을 다 받았다. 너는 기도할 때에 골방에 들어가 문을 닫고 보이지 않는 네 아버지에게 기도하여라. 그러면 숨은 일을 보시는 아버지께서 다 들어 주실 것이다.' (마태 6 : 5-6)

　이것을 보아도 신도들 앞에서 하는 목사들의 통성(通聲) 기도는 예수의 본뜻과는 완전히 어긋난다는 것을 알 수 있습니다. 그리고 기도 내용은 오직 하늘나라가 땅 위에 임하는 것과 일용할 양식을 주고 죄를 사하여 주고 유혹과 악에 빠지지 않게 해 달라는 것이어야지 세속적인 행복이나 요구 조건을 내세워서는 안 됩니다. 그런 기도는 종교를 무속(巫俗)과 같이 한갓 기복 신앙(祈福信仰)으로 타락시킬 뿐입니다.

　다시 말해서 세속적인 일, 세상 되어 가는 일은 하늘의 뜻에 맡기고 오직 죽을 수밖에 없는 거짓 나에서 벗어나 생사를 초월한 영원한 생명인 참나로 거듭나기만을 구하여야 합니다. 기독교식으로 말해서 죄에서 벗어나 성령을 받아 하느님의 아들이 되기를 기도해야 한다는 말입니다.”

　“하느님 아들은 예수 한 사람뿐이 아닙니까?”

　“그렇지 않습니다. 예수가 위대한 것은 그가 가난한 목수인 요셉과 그의 아내 마리아 사이에서 태어나 지극히 미천한 신분으로 수행을 통하여 큰 깨달음을 얻어 하나님 아들로 거듭났다는 것입니다. 그리고 자기만 하느님 아들로 거듭난 것이 아니라 이 땅의 어떠한 사람들도 마음만 먹는다면 예수처럼 하느님 아들이 될 수 있다는 확신을 모든 사람들에게 심어준 것입니다.

　예수가 광야에서 40일 단식 끝에 구경각(究竟覺)을 얻기 전까지는 우리들 보통 사람들과 같은 몸나에 묶인 무명중생에 지나지 않았지만 구경각을 통하여 영원한 참나인 하느님 아들로 솟아난 것입니다. 그는 다른 사람도 누구나 자기처럼 하느님 아들인 인자(人子)가 될 수 있다는 모범을 보여 주었다는 것이 바로 그의 위대한 점입니다.”

"그러나 교회에서는 예수는 처음부터 하느님의 아들로서 숫처녀인 동정녀 마리아에게 남녀의 합방을 거치지 않고 오직 성령(聖靈)의 점지만으로 태어났다고 하지 않습니까?"

"그거야말로 예수 자신도 가장 싫어했을 우상화, 신격화 작업의 산물입니다. 예수가 죽은 후에 그의 제자들이 교회 조직을 유지 강화하기 위해서 성경을 왜곡(歪曲), 가필(加筆)한 것에 지나지 않습니다. 그 증거로 4복음 중에서 제일 먼저 나온 것으로 알려진 마가복음에는 동정녀(童貞女) 얘기가 일체 나오지 않습니다."

우상화(偶像化)와 신격화(神格化)

"예수를 우상화, 신격화하기 위해서 후대 교역자들의 의해 가필 왜곡된 것은 동정녀 마리아만은 아니지 않습니까?"

"그렇습니다. 그것 외에도 수도 없이 많습니다."

"주로 어떤 것들이 있죠?"

"동방박사 셋이 예수 탄생을 축하하기 위해서 찾아왔다는 것 역시 예수를 우상화(偶像化), 신격화(神格化)하기 위해서 후세에 가필된 것으로서 신빙성이 없기는 마찬가지입니다. 그리고 예수가 구사했다는 각종 이적(異蹟)과 기사(奇事) 예컨대, 죽은 자를 살려내고 샘물로 포도주를 만들고 앉은뱅이, 장님, 문둥병자를 현장에서 낫게 해 주고 떡 두 개와 생선 다섯 마리로 5천 명을 먹이고도 남았다든가, 물 위를 땅 위처럼 걸었다든가 하는 것 역시 후대에 우상화 신격화로 교회 조직과 권위 강화를 위해서 창작, 날조해서 가필했을 것으로 보입니다. 교조에 대한 신격화는 비단 기독교에만 국한된 것이 아니고 불교를 비롯한 모든 종교에 공통된 현상입니다."

"그럼 예수가 십자가에 매달려 죽은 지 사흘 후에 육체로 부활했다는 것은 어떻게 생각하십니까?"

"죽었던 예수가 영체(靈體)로 다시 살아났다는 일은 동양에도 시해선(尸解仙)이니 우화등선(羽化登仙)이니 하여 흔히 있었던 일입니다. 그러나 한 번 죽었던 사람이 육체로 부활했다는 말은 믿을 수 없는 얘기입니다. 그 증거로 부활한 예수가 방문이 닫혀 있는데도 방안에 모여 있던 제자들 앞에 나타난 얘기가 신약 성서에 나오는 것만 보아도 알 수 있습니다. 영체가 아닌 우리와 똑같은 육체를 가진 예수가 닫힌 문을 통과해서 들어올 수는 없는 일입니다."

"아니 선생님, 그렇다면 우리가 흔히 제사 지낼 때 조상령(祖上靈)을 맞아들이기 위해서 방문을 열어 놓은 것은 어떻게 된 것입니까?"

"그것은 영혼이 사람처럼 문을 열어 놓아야 들어올 수 있는 것으로 사람들이 착각을 했기 때문에 빚어진 현상입니다. 제사 때 조상 신령들은 방문을 닫아 놓아도 얼마든지 들어올 수 있습니다."

"그렇군요. 후대의 교역자(敎役者)들이 예수의 육체 부활을 가필한 이유는 교회 조직의 권위 강화를 위해 조작된 것 외에 다른 이유는 없었습니까?"

"있었습니다."

"그게 뭡니까?"

"그것을 가필한 후대의 교역자들의 수행 수준이 지극히 낮았다는 것이 그 이유입니다. 예수가 생전에 제자들에게 가르친 것이 무엇인가를 잘 알아야 합니다. 그것은 거짓 나인 몸나를 여의고 태어남과 죽음이

71

없는 영원한 생명인 참나인 하느님 아들로 거듭나라는 것이었는데 그들은 이것을 이해하지 못했습니다.

여기서 말하는 참나는 시공(時空)과 물질(物質)을 초월한 영적인 존재인데 이것을 죽은 육체가 다시 살아나는 것으로 오해했던 것입니다. 이것으로 보아 예수의 육체 부활을 가필한 후대의 제자들의 수행 정도는 예수의 발뒤꿈치에도 훨씬 못 미치는 지극히 저급한 수준이었던 것을 알 수 있습니다."

우창석 씨가 또 물었다.

"선생님께서는 혹시 교회에 나가 보신 일이 있습니까?"

"있고말고요."

"언제요?"

"20대 중반에서 20대 말에 걸쳐서 한 5, 6년 기독교 장로교 계통의 교회에 한때 열심히 나간 일이 있었습니다."

"그런데 왜 신앙생활이 5, 6년밖에 지속되지 못했습니까?"

"그 당시 내가 나가던 교회의 목사는 캐나다에서 신학교를 나온 60대였는데, 그분의 설교의 핵심은 언제나 '예수의 십자가의 보혈을 믿어야만 원죄로부터 구원받을 수 있다'는 것이었습니다. 그는 설교 때마다 이것을 반복해서 열정적으로 강조했습니다. 이것은 내가 성경을 읽고 크게 감동을 받고 매력을 느낀 것과는 전연 맞지 않는 것이었습니다."

"선생님께서 성경에서 감동과 매력을 느끼신 것이 무엇이었는데요?"

"네 이웃을 네 몸처럼 사랑하라. 누가 겉옷을 달라거든 속옷까지 벗어주고, 5리를 같이 가자고 하면 10리까지라도 같이 가 주어라. 이웃이 네게 용서를 구하거든 일곱 번씩 일흔 번이라도 용서해 주어라. 남을 도울 때는 오른손이 하는 것을 왼손이 모르게 하라. 남에게 섬김을 받으려 하지 말고 남을 섬겨라. 잔칫집에 초대받거든 제일 말석에 앉으라. 원수를 사랑하라 등등의 끝없는 겸손, 자기 부정 그리고 박애 정신이었습니다.

그런데 막상 교회에 나가 보니 목사가 공개 석상에서 신도들을 굽어보면서 통성(通聲) 기도를 하지 않나, 예수의 가르침 어디에서도 찾아볼 수 없는 십자가의 보혈을 열정적으로 되풀이해서 강조하지를 않나, 죽은 지 사흘만의 육체 부활이나 황당무계한 예수의 동정녀 탄생이나 기적이사(奇蹟異事)를 확대 해석하여 신격화, 우상화하지 않나 처음부터 모두가 내 마음에 거슬리는 일들뿐이었습니다.

더구나 사도신경에 나오는 예수가 장사한 지 사흘 만에 죽은 자 가운데서 살아나 하늘에 올라 전능하신 하나님 우편에 앉아 계시다가, 저리로서 산 자와 죽은 자를 심판하러 온다는 것과 교회가 죄를 사하여 주는 것을 믿을 수 없었습니다.

이 중에서도 특히 십자가 속죄, 동정녀 탄생, 기적이사(奇蹟異事), 예수 재림과 심판, 교회의 속죄는 그때도 그랬지만 지금 생각해 보아도 고등 종교로서의 보편타당성도 없고 다른 종교와의 공통성이나 호환성(互換性)과 경쟁력이 전무한 것이라는 생각이 들었고 그럴수록 내 마음속에서는 자꾸만 이상야릇한 거부반응이 일어나는 것이었습니다."

하느님은 어디에 계셔요?

아홉 살짜리 손녀가 할아버지에게 물었다.

"할아버지, 하느님은 어디에 계셔요?"

"하느님은 사람들의 마음속에 계시단다."

"그럼 제 맘속에도 계시단 말예요?"

"그렇고말고."

"그런데 왜 사람들은 하느님은 하늘 높은 데 계시다고 그래요?"

"하느님은 어디든지 계시지 않는 데가 없으니까 그렇게 말할 수도
있지."

"그럼 이 세상 어디나 하느님이 안 계시는 곳은 없단 말예요?"

"그렇단다."

"그럼 하느님이 제 맘속에 계시다는 것을 어떻게 알 수 있어요?"

"네 동급생들 하나가 백혈병에 걸려서 입원을 했는데 부모가 가난해
서 치료비를 낼 수 없는 처지라면 지연이는 어떤 생각이 들겠니?"

"불쌍한 생각이 나서 도와주고 싶은 생각이 일어날 꺼예요."

"그렇게 불쌍한 친구를 도와주겠다는 생각이 바로 하느님 마음이란
다. 그리고 힘이 좀 세다고 해서 약한 아이들을 때리고 돈을 빼앗는 아
이를 보면 어떤 생각이 일어나겠니?"

"그건 나쁜 아이나 하는 짓이예요."

"그렇지, 그건 바른 일이 아니지?"

"예에."

"바르지 못한 것을 보면 바르지 못하다고 생각하는 마음이 바로 하느님 마음이란다. 이렇게 불쌍한 동무를 보면 도와주고 싶은 착한 마음이 일고, 친구를 때리고 돈을 빼앗는 나쁜 아이를 보면 바르지 못하다고 생각하는 것은 하느님이 바로 너의 마음속에 들어와 있기 때문이란다. 또 친구들이 서로 자기를 깔보았다면서 싸우는 것을 보면 어떤 생각이 일어나지?"

"친구끼리는 서로 조금씩 양보해서라도 싸우지 않도록 말려야겠다는 생각이 듭니다."

"그래. 그게 바로 슬기로운 생각이란다. 그렇게 슬기로운 생각 역시 하느님 마음이란다. 서로 싸워 봤자 좋을 것은 없으니까 서로 화해하도록 하겠다는 생각이 현명한 생각이지. 이렇게 바르고 착하고 슬기로운 생각이 드는 것은 우리의 마음속에 하느님이 들어와 계시기 때문이란다.

그런데 사람의 마음속에는 언제나 이렇게 바르고 착하고 슬기로운 마음만 있는 것이 아니고 때로는 남이 가진 것을 나도 가지고 싶고 공연히 화가 날 때도 있고 약한 아이를 보면 때려 주고 싶은 충동이 일 때도 있지. 지연인 가끔 그런 생각 안 드니?"

"아뇨. 저도 가끔 그런 생각이 들 때가 있어요."

"그럴 때는 어떻게 하지?"

"갈등을 느끼죠."

"왜 그럴까?"

"저도 잘 몰라요."

"약한 아이를 때려 주고 싶은 욕망을 잘 다스리면 하느님 마음이 이기는 것이고 그 욕망에 지면 하느님 마음이 지는 것이란다. 제 욕심을 이기면 하느님이 이기는 것이고 욕심대로 행동하면 제 속의 하느님이 지는 것이지. 다시 말해서 욕심대로 행동하면 깡패가 되는 것이고 욕심을 누르면 착한 사람이 되는 것이지.

그런데 이 세상에서 제 욕심대로 사는 사람은 결국은 불행해지지. 그런 사람은 비록 부귀영화를 누린다고 해도 마음은 늘 편안치 않단다. 마음이 편안치 않으면 행복하다고 할 수 없지. 제 욕심대로 살면 누구나 이렇게 된단다.

제 욕심대로 사는 사람은 그럴수록 하느님과 멀어질 것이고 제 욕심을 이기고 남을 편안케 하는 데 마음을 쓰는 사람은 그럴수록 하느님과 더욱더 가까이 다가가 마침내 하느님과 한 몸이 된단다. 그런 사람은 몸은 비록 늙어서 죽지만 마음만은 하느님과 한 몸이 되어 영원히 살 수 있단다."

"그건 왜 그렇죠?"

"사람은 누구나 하느님과 원래부터 한 몸이었으니까 그렇단다. 그리고 하느님 나라에서는 나와 남이 따로 있는 것이 아니고 다 같이 한 몸이지. 그래서 이 세상에서도 남을 좋게 해 주는 것은 결국은 자기를 좋게 해 주는 것과 같단다."

"그걸 어떻게 증명할 수 있죠?"

"어려운 이웃을 도와주고 나면 마음이 홀가분하고 편안하고 기분이 좋은 것을 보면 알 수 있지. 그러나 그와는 반대로 남의 물건을 빼앗거나 도둑질하면 늘 마음이 꺼림칙하고 불안하고 기분이 좋지 않은 것을 보면 알 수 있단다. 너는 어떻게 생각하니?"

하느님은 어떻게 생겼어요?

"할아버지 말씀이 맞는 거 같아요. 그런데 할아버지, 하느님은 어떻게 생겼어요?"

"하느님은 모습이 없이 계신단다."

"어떻게 모습 없이 계실 수 있죠?"

"이 세상에는 분명히 있기는 있는데 그 모습이 보이지 않는 것이 있단다. 지연이는 바람을 본 일이 있니?"

"바람요?"

"그래."

"바람이 부는 것은 알겠는데 눈에는 보이지 않아요."

"그럼 바람이 부는 것을 어떻게 알 수 있지?"

"바람이 불면 머리가 날리고 모자도 벗겨지고 먼지가 날리고 하는 것을 보면 알 수 있어요."

"그렇단다. 바람이 부는 것은 느낌으로 분명히 알겠는데 그 모습을 볼 수 있을까?"

"그러고 보니 바람은 모습이 보이지 않네요."

"그럼 지연이는 전기를 볼 수 있니?"

"전기요?"

"그래."

"전등을 켜면 불이 들어오지 않아요?"

"그야 그렇지. 그러나 그건 전기가 전깃불의 형태로 우리 눈에 나타난 것뿐이지 전기의 본래 모습은 아니지. 텔레비전에 스위치를 켜면 화면이 뜨지?"

"네."

"텔레비전에 화면이 들어오는 것은 전기가 작용을 한 것이지 그것이 바로 전기의 생김새는 아니란다. 그것처럼 사람의 마음도 눈으로 볼 수 있는 것은 아니란다. 어떤 사람은 착한 일을 하는 것을 보면 그 사람은 마음이 착하다고 말할 수는 있지. 그 착한 마음이 양심인데 그것은 그림이나 색깔이나 조각처럼 어떤 모습으로 나타나는 것은 아니란다.

이처럼 전기, 바람, 마음처럼 있는 것은 확실한데 모습으로는 볼 수 없는 것처럼 하느님 역시 우리들의 마음속에 양심의 형태로 숨어 있으면서 필요할 때 그 사람의 언행으로 나타나긴 하지만 어떤 모양이나 형태로 우리 눈에 보이는 것은 아니란다."

"그런데 어떤 책에는 하느님 모습을 아주 인자한 할아버지로 그려져 있는 것이 있는데 그것은 어떻게 되는 거예요?"

"그건 마치 이솝 우화에 입으로 바람을 불어 대는 험상궂은 사나이를 그려 놓고 바람이라고 하든가, 번쩍이는 파란 번갯불 모양을 그려 놓고 전기라고 하는 것과 같은 거란다. 그림 그리는 사람이 상상력으로 바람과 전기의 모습을 상징적으로 그린 것일 뿐 그것이 바람이나 전기의 진짜 모습은 아니지.

하느님도 어떤 화가가 자기의 상상력으로 인자한 할아버지 모습으로 그릴 수는 있지만 그것이 하느님의 진짜 모습일 수는 없단다. 바람, 전기, 양심, 하느님은 이렇게 모습 없이 존재한단다. 사람의 마음도 그와 마찬가지지. 그래서 우리 속담에 열 길 물속은 알아도 한 길 사람 속은 알 수 없다고 하지."

자살 충동(自殺衝動)에서 벗어나려면

40대 초반의 주부인 박영희 씨가 말했다.

"선생님, 저 어떻게 하면 좋죠?"

"왜요?"

"자꾸만, 자살을 하고 싶은 충동이 일어납니다. 이대로 가다간 아무래도 죽을 것 같은 예감이 듭니다."

"왜요?"

"저도 모르겠습니다. 꼭 누가 빨리 자살하라고 뒤에서 충동질하는 것 같습니다."

"그럼 그런 말도 안 되는 충동 따위는 처음부터 무시해 버리면 되지 않겠습니까?"

"저도 그렇게 하려고 하지만 그게 마음대로 안 됩니다."

"박영희 씨의 목숨을 남이 왜 이래라저래라 하게 내버려둡니까? 그런 것은 얼씬도 못 하게 쫓아 버리세요."

"그게 혹시 빙의령(憑依靈)일까요?"

"그럴 수도 있습니다."

"왜 그런 빙의령이 저한테 들어왔을까요?"

"무슨 이유가 분명 있을 겁니다."

"무엇 때문에 하필이면 저에게 그런 것이 들어왔을까요?"

"그것이 바로 인과응보(因果應報)입니다."

"인과응보라뇨?"

"자업자득(自業自得)이란 말입니다."

"그럼 제가 전생에 누구를 자살하게 만들어서 그 사람의 중음신(中陰神)이 저에게 빙의되어 들어와서 빚을 받아 가려고 한다는 말씀인가요?"

"바로 맞히셨습니다. 심은 대로 거둔 겁니다. 원인 없는 결과란 있을 수 없으니까요."

"그럼 저는 어떻게 처신을 해야 합니까?"

"그 빙의령을 관(觀)하셔야 합니다."

"어떻게 하는 게 관하는 것인데요?"

"자살 충동을 일으키게 하는 그 빙의령에게 마음을 집중하라는 말입니다."

"마음만 집중하면 됩니까?"

"빙의령에게 마음을 집중한 다음에 단전에 의식을 두고 호흡을 무식(武息)으로 강하고 깊게 해야 합니다. 숨을 들이쉬면서 자살 충동은 이미 내 힘으로 다스렸다 하고 생각합니다. 그리고 숨을 천천히 내쉬면서 자살 충동은 이미 빠져나갔다 하고 생각합니다.

나에게 일어난 어떠한 충동도 그리고 어떠한 강박관념도 내 힘으로 다스릴 수 있다는 자신감을 잃지 말아야 합니다. 자살 충동 역시 오욕칠정(五慾七情) 중의 하나에 지나지 않습니다. 어떠한 충동, 강박관념, 슬픔, 절망, 공포, 분노, 증오심도 영원한 것은 없습니다. 모두가 일시적으로 폭풍처럼 지나간다는 것을 알아야 합니다.

그러나 시험에 떨어져 절망한 낙제생들은 그 절망이 영원히 사라지지 않을 것처럼 생각하기 때문에 그 절망을 이기기 못하고 자살을 택합니다. 결혼을 약속한 애인의 변심에 낙심한 사람도 그 낙심이 평생 동안 계속될 것으로 착각을 하기 때문에 자살을 택합니다.

그러나 사실은 그렇지 않습니다. 절망이나 낙심은 제아무리 강렬한 것이라도 일시적인 폭풍과 같은 것에 지나지 않습니다. 자살 충동이 일어날 때도 일시적인 폭풍이라 생각하고 단전호흡을 강하게 하여 강하게 중심을 잡고 그 폭풍에 꺾이지 않는 뿌리 깊은 나무처럼 슬기롭게 견디어 내야 합니다. 그러나 사람들은 그 일시적인 폭풍을 견디어 내지 못하고 주색(酒色)이나 도박이나 마약에 빠집니다. 이것은 독을 마시는 것과 같습니다."

"그런데 자꾸만 죽고 싶은 충동이 일어나는 것은 왜 그렇습니까?"

"그것은 박영희 씨가 자신의 감정이 빙의령에게 흔들리기 때문입니다."

"무엇 때문에 제가 빙의령에게 흔들릴까요?"

"평소에 공부를 열심히 하지 않아서 기력(氣力)이 약해서 그렇습니다."

"어떻게 하면 그 기력을 높일 수 있겠습니까?"

"지금부터라도 늦지 않았으니까 세 가지 공부를 열심히 하여 기력을 강화해야 합니다. 박영희 씨가 강해지면 감히 빙의령 따위에게 흔들리지 않게 될 것입니다."

"그 기력을 강화할 수 있는 가장 빠른 지름길을 좀 가르쳐 주시겠습니까?"

"그렇게 하죠. 그런데 그것은 쉽고도 어려운 것입니다."

"어떻게 하는 것인데요?"

"박영희 씨 자신이 지금 가지고 있는 온갖 세속적인 욕심에서 벗어나야 합니다. 왜냐하면 그 욕심이 빙의령을 불러들였으니까요."

"마음을 비우라는 말씀인가요?"

"그렇습니다. 이기심(利己心)의 덩어리인 지금의 거짓 나에서 벗어나야 합니다."

"어떻게 하면 거짓 나에서 벗어날 수 있습니까?"

"마음속에서 온갖 욕심을 말끔히 씻어내야 합니다. 박영희 씨의 마음속에서 이기심과 욕심 즉 탐진치(貪瞋癡)를 완전히 비워 버리면 망아(忘我)의 경지에 들어가게 됩니다. 이기심 즉 에고이즘이 사라진 바로 그 빈자리에 참나가 가득 채워지게 될 것입니다. 이것을 망아지경(忘我之境)이라고 합니다. 이 경지에 오른 사람은 삼매경(三昧境)에 들게 됩니다. 삼매경에 든 사람에게는 빙의령 따위는 문제가 되지 않습니다."

"왜 그렇게 됩니까?"

"탐욕이 사라진 사람은 우주의 핵심으로부터 엄청난 기운을 받을 수 있으므로 비록 빙의령이 들어왔다고 해도 별로 영향을 끼치지 못합니다. 마음을 비운 사람은 이미 이기심을 가진 거짓 나에서 참나로 거듭났기 때문입니다."

"선생님, 그런데 그 참나라는 게 무엇입니까?"

"그 참나가 바로 진아(眞我)입니다."

"진아가 무엇입니까?"

"진아란 석가가 말한 니르바나이고 공자가 말한 인덕(仁德)이며 노자가 말한 도(道)이고 선도에서 말하는 자성(自性), 본성(本性) 또는 하느님입니다. 그리고 예수가 말한 하나님 아버지입니다."

"그 경지는 깨달음을 얻어야 들어갈 수 있는 세계가 아닙니까?"

"그렇습니다. 열심히 공부하고 수련하면 누구나 체득할 수 있는 경지입니다. 동서고금을 막론하고 모든 수련자가 도달하려고 하는 목표이기도 합니다."

"그러나 지금 당장 자살 충동에 시달리는 저에게는 방금 선생님이 말씀하시는 경지는 그림의 떡에 지나지 않습니다. 실감이 나지 않습니다. 저에게 지금 당장 필요한 것은 자살 충동에서 벗어나는 겁니다. 그것이 급선무입니다. 어떻게 해야 되죠?"

"비록 위기에 처해 있더라도 지금의 자기 자신을 잊고 주변에 도울 사람이 없는가 살펴보고 도와줄 만한 사람이 있으면 도움을 주도록 해 보세요."

주부우울증(主婦憂鬱症)

"제 코가 석잔데 어떻게 남을 생각할 수 있겠습니까?"

"몸나(肉我)는 죽더라도 참나(眞我)가 사는 길은 그 길밖에 없습니다. 자살 충동에 위협을 느끼는 것은 몸나의 죽음을 두려워하기 때문입니다. 몸나가 바로 거짓 나입니다. 거짓 나에 집착하기 때문에 사람들은 죽음을 두려워합니다.

그러나 참나를 깨달은 사람은 몸나가 이 세상을 살아가는 데 필요한 겉옷 정도로밖에는 생각지 않습니다. 그리하여 자신의 몸나의 죽음을 낡은 겉옷을 벗어 던지는 것으로밖에 생각지 않습니다. 그렇기 때문에 그런 사람은 비록 치명상을 입어도 죽음 같은 것을 두려워하지 않습니다.

4·19 때 이런 일이 있었습니다. 어떤 대학생이 시위를 하다가 경찰이 쏜 총탄에 맞아 병원 응급실에 실려 왔습니다. 그러나 이미 병원은

중고등학생 부상자들로 만원이었습니다. 그러나 그 대학생이 촌각을 다투는 위급한 중상자임을 알아차린 간호원들이 그를 수술실로 옮기려 하자 그는 말했습니다.

'나는 괜찮으니 저 어린 동생들을 먼저 수술해 주세요.'

하고 응급 수술을 완강히 거절했습니다. 그의 양보로 중고등학생 부상자들이 수술을 받은 대신 그는 끝내 과다 출혈로 숨을 거두었습니다. 내가 보기에 이 대학생은 무의식적으로 참나 앞에서 몸나의 죽음은 대수로운 것이 아니라는 것을 알고 있었던 것입니다.

강기슭을 지나가다가 어린이가 물에 빠져 허위적대는 것을 본 중년이 자기도 모르게 물속에 뛰어들어 아이를 건지고 자기는 기진하여 물에 빠져 숨을 거두었습니다.

고려의 창업 공신인 신숭겸(申崇謙)은 견훤군에 완전 포위당한 왕건(王建)을 살리기 위해서 자기가 왕건의 복장을 하고 왕건을 탈출시키고 자신은 견훤군과 싸우다가 장렬한 전사를 했습니다. 평주(平州) 호족 반란군에게 완전 포위당한 고려 제4대 광종 황제를 살리기 위해 내봉성령 유신성 역시 황제를 탈출시키고 자신은 황제의 복장을 하고 반란군과 싸우다가 불에 타 죽었습니다.

이순신 장군은 노량해전에서의 왜 수군과의 마지막 전투를 지휘하다가 적탄에 맞아 쓰러지면서도 아군의 사기를 생각하여 자신의 죽음을 알리지 말라고 주위에 부탁하고 숨을 거두었습니다. 그는 자기의 죽음보다는 아군의 사기가 떨어질 것을 더 걱정했습니다. 모두가 고귀하고 거룩한 죽음입니다.

대학생이나 중년이나, 신숭겸이나 유신성이나, 충무공 역시 무의식적으로나마 몸나가 전부가 아니고 몸나를 뛰어넘는 의(義)를 존중하고 참나를 깨닫고 있었기 때문에 그렇게 할 수 있었던 것입니다. 이타행을 할 수 있는 참나를 그들은 이미 찾았고 바로 그 참나로 살고 있었던 것입니다. 그들은 추워서 벌벌 떠는 이웃에게 겉옷을 벗어 주는 것 정도 이상으로 자신의 육신을 생각지 않았던 것입니다."

"저도 그렇게 되면 자살 충동 같은 것에 시달리지 않을 수 있을까요?"

"그렇고말고요. 자살은 알고 보면 일종의 무책임한 현실도피입니다. 이타행을 하려는 사람에겐 현실도피는 사치입니다."

"저도 이타행을 할 수 있는 사람이 되었으면 합니다."

"막연하게 그렇게 희망 사항 정도로만 생각지 말고 확실하게 선택을 하셔야 합니다. 그래야 참나로 자기중심을 잡을 수 있게 됩니다."

"제 처지에서 어떻게 하면 되겠습니까?"

"박영희 씨는 가족 관계가 어떻게 됩니까?"

"남편과 저 단둘이 살고 있습니다."

"자녀는 없습니까?"

"결혼한 지 15년 되었는데 아직 아이는 하나도 없습니다."

"남편은 무슨 일을 하고 있습니까?"

"증권회사 팀장으로 있습니다."

"그럼 경제적 어려움 같은 것은 없겠군요."

"네. 그리고 저는 오히려 시간이 남아돌아서 걱정입니다."

"남편이 아이 못 낳는다고 구박하지 않습니까?"

"아뇨. 그리고 아이는 여자 혼자 낳는 것은 아니지 않습니까?"

"하긴 그렇군요."

"그리고 남편은 아이를 원하는 것 같지도 않습니다."

"그럼 박영희 씨는 무엇이 문제입니까?"

"주부우울증(主婦憂鬱症)이 문제입니다. 그 때문에 규칙적인 운동도 할 수 없어서 이렇게 비만입니다."

그녀는 정상 체중보다 15킬로그램이 더 나갔다.

"그럼 그 주부우울증부터 치료해야 됩니다."

"그런데 그게 마음대로 치료가 안 됩니다. 병원에서도 속수무책입니다."

"주부우울증의 원인이 무엇이라고 생각하십니까?"

"아직 확실한 원인을 알 수가 없습니다."

"왜 주부우울증에 걸렸다고 생각하십니까?"

"제 동창생들에 비해서 저는 지금껏 아무것도 이루어 놓은 것 없는 너무나 보잘것없는 낙오자가 된 것이 원인인 것 같습니다."

"한마디로 세속적으로 성공한 동창생들을 부러워하는 것은 다 부질없는 짓입니다. 왜냐하면 세상 떠날 때는 그 성공을 가지고 가는 것은 아니니까요. 동창생은 동창생이고 박영희 씨는 박영희 씨입니다.

무엇 때문에 남과 자기를 비교하여 스스로 자기를 낮추어야 합니까? 그게 다 쓸데없는 욕심이 너무 많아서 생긴 병입니다. 한마디로 주부우울증의 원인은 속된 욕심입니다. 그 욕심이 집착을 낳고 집착이 욕구불만을 낳고 욕구불만이 우울증을 불러온 것입니다."

"그럼 어떻게 해야 우울증에서 벗어날 수 있겠습니까?"

"욕심을 버리면 만사가 다 해결됩니다."

"어떻게 하면 욕심을 버릴 수 있겠습니까?"

"자기성찰을 하여 스스로 탐진치(貪瞋癡)에서 벗어날 수 있도록 해

야 합니다. 조직적인 수련을 하는 방법이 있고 불우한 이웃을 돕는 이
타행을 하는 방법도 있습니다."

"그런데 선생님, 저는 아무래도 수련 체질은 아닌 것 같습니다."

"왜 그렇게 생각하십니까?"

"수련을 하려면 인내(忍耐)와 절제(節制)가 필요한데 저는 생래적으
로 인내와 절제에는 약한 것 같습니다. 그래서 저는 이렇게 비만 체질
도 극복하지 못하고 있는 것 같습니다."

"그렇다면 봉사 활동 같은 이타행(利他行) 쪽을 선택해 보세요."

"저 같은 사람이 손쉽게 할 수 있는 일이 무엇이죠?"

"적십자 봉사 활동이나 불우 이웃 돕기, 소년 소녀 가장 돕기, 노인,
장애인 돕기 같은 것이 있지 않습니까? 남을 돕는 일을 하는 동안에 기
쁨을 느낄 수 있으면 우울증 같은 것은 간단히 날려 버릴 수 있습니다.
남편과의 관계는 원만합니까?"

"네, 아직 남편이 속 썩인 일은 없습니다."

"그리고 보니 박영희 씨는 일상생활에서 해결해야 할 문제가 없다는
것이 도리어 문제가 된 것 같습니다. 이럴 때는 남을 돕는 것이 자기 자
신을 돕는 것이 될 것입니다. 여인방편자기방편(與人方便自己方便)이
죠. 욕심 외에도 박영희 씨가 주부우울증에 걸린 이유가 또 있습니다."

"제가 자살 충동과 주부우울증에 시달리는 이유가 욕심 외에 또 있
다는 말씀입니까?"

"있습니다."

"그게 무엇이죠?"

"게으름입니다."

"게으름이라뇨?"

"『소학(小學)』에 보면 이런 말이 있습니다.

'화생어해태(禍生於懈怠).'

화(禍)는 게으름에서 온다는 뜻입니다. 무슨 일이든지 자기 주변에서 자기가 해야 할 일을 찾아내어 열심히 부지런하게 심신을 움직이면 자살 충동이니 주부우울증 같은 데 시달릴 틈새가 어디에 있겠습니까?"

"무조건 열심히 부지런하기만 하면 되겠습니까?"

"나보다는 남을 위해 유익한 일을 찾아 열심히 부지런하게 살아가야 합니다. 그런 것을 착한 일이라고도 합니다. '적선지가(積善之家)에 필유여경(必有餘慶)'이라고 했습니다. 착한 일을 많이 한 집에는 반드시 경사가 있다는 뜻입니다.

다시 말해서 착한 일을 하는 사람에겐 복이 온다는 말입니다. 복생어근면(福生於勤勉)이라고 해야 할 것입니다. 복은 부지런함에서 오게 되어 있으니까요.

가장 가까운 사람부터 살펴보아야

사심(私心) 없이 남을 돕게 되면 받은 사람도 주는 사람에게 속마음을 열어 주어 참마음의 교류가 이루어집니다. 이웃과 속마음의 교류가 이루어지면 자살 충동이나 주부우울증 같은 것이 어디 감히 끼어들 자리가 있겠습니까?"

"제가 도와줄 대상이 얼른 나타나지 않을 땐 어떻게 하죠?"

"우선 관심을 가지고 박영희 씨와 가장 가까운 사람부터 유심히 살펴보세요."

"저와 가장 가까운 사람이라면 누구를 말하죠?"

"박영희 씨와 가장 가까운 위치에 있는 사람이 누굽니까?"

"제 남편인가요?"

"그렇습니다. 우선 남편이 나에게 원하는 것이 무엇인가를 면밀히 살펴보아야 합니다. 박영희 씨 자신의 처지가 아니라 남편의 처지에서 박영희 씨 자신을 냉정하게 바라보라 그겁니다. 눈으로 보는 것이 아니라 마음으로 살펴보는 겁니다. 이것을 관(觀)이라고 합니다. 이렇게 상대의 입장에 서서 자신을 관찰하면 이외에도 평소에는 모르고 지내던 자신의 장단점들이 낱낱이 드러나게 될 것입니다. 장점은 키우고 단점들은 하나하나 고쳐 나가면 됩니다.

이렇게 자신과 남편과의 관계를 하나하나 쇄신해 나가면 부부 사이에 지금까지 맛보지 못했던 새로운 활력이 생겨나게 될 것입니다. 이 생동감이 바로 행복을 몰아올 것입니다. 이처럼 남편을 살펴본 뒤에는 그다음에 가장 가까운 대상이 누구인가를 찾아내야 합니다. 시부모일 수도 있고 시동생이니 시누이일수도 있습니다. 그중 한 사람을 택하여 그의 입장에 서서 자기 자신을 냉정하게 관찰하는 것입니다.

이와 같은 요령으로 관심의 범위를 점차 넓혀 나갑니다. 가족에서 지역 사회로 말입니다. 그렇게 해 나가다가 보면 박영희 씨의 인생에도 전에는 보이지 않던 새로운 행복의 지평선이 열리게 될 것입니다. 이처럼 이타행(利他行)이 쌓여 나가다가 보면 어느 날 문득 깨달아지는 것이 있을 것입니다."

"무엇이 말입니까?"

"자살 충동이나 주부우울증이나 그 밖의 오욕칠정에서 오는 온갖 불행이 전부 다 이기심(利己心)에서 오는 것이라는 것을 문득 깨닫게 될 것입니다. 결국 탐욕은 나도 죽이고 남도 죽이지만 이타심은 남도 나도 다 같이 사는 일이라는 것을 체험으로 실감하면서 생생하게 터득하게 될 것입니다.

이기심을 추구하는 것은 자기와 이웃을 다 같이 파멸로 이끌지만 이타행은 전체를 다 같이 살린다는 것을 알게 될 것입니다. 이기심을 버리고 이타심을 넓혀 나갈수록 부분보다는 전체가 다가온다는 것을 알게 될 것입니다. 이기심을 비울수록 전체가 그 빈자리를 채운다는 것도 알게 될 것입니다.

우리 인간은 개체이지만 그 마음만은 전체를 포용할 수 있습니다. 개체는 전체의 한 부분이지만 그 개체 속에는 전체가 들어 있다는 것입니다. 다시 말해서 나 개인 속에 전체가 들어 있고 전체 속에 내가 한 부분으로 용해되어 있다는 것입니다.

예수는 이 전체를 하나님 아버지라고 했습니다. 그래서 그는 '내가 아버지 안에 있고, 아버지께서 내 안에 계시다고 한 말을 믿어라'(요한 14 : 10 - 11)고 했는데 이것은 맞는 말입니다.

이리하여 부분과 전체는 하나라는 것을 몸으로 깨닫게 될 것입니다. 이 전체를 내 마음속에 수용할 때 우리는 무한한 희열을 느낄 수 있다는 것을 알게 될 것입니다. 이 희열이 무엇인지 아십니까?"

"잘 모르겠는데요."

"아직은 모를 겁니다. 그러나 박영희 씨도 내가 말한 대로 실천해 보면 조만간(早晩間) 그 희열을 맛보게 될 것입니다. 석가모니는 6년 고행 끝에 네란자라 강가의 보리수 밑에서 깊은 선정(禪定)에 들어 있다가 큰 깨달음을 얻고 이 희열을 맛보았습니다. 그는 3주 동안이나 그 희열 속에서 헤어나지 못했다고 합니다.

이 희열(喜悅)을 일컬어 법열(法悅)이라고 합니다. 니르바나 즉 열반(涅槃)을 깨달은 즐거움입니다. 다석(多夕)은 이 희열이 오면 저절로 팔다리가 움직여져서 춤이 나온다고 했습니다. 생멸(生滅)이 없는 영생의 즐거움입니다.

선도의 하늘, 하느님, 노자의 도(道), 유교의 인(仁), 석가의 법(法), 진리, 기독교의 성령(聖靈)이 각자(覺者)의 마음속에 찾아올 때의 희열입니다. 이른바 성불(成佛), 해탈(解脫)과 성통(性通)과 대각(大覺), 또는 구경각(究竟覺)의 즐거움입니다. 박영희 씨도 이타행에 열중하다가 보면 반드시 그러한 때가 올 것입니다."

"저는 깨달음보다는 자살 충동에서 벗어나는 것이 더 시급한 일입니다."

"그렇다면 남이 나에게 해 주었으면 하고 바라는 것을 박영희 씨 스스로 앞장서서 남에게 해 주려고 노력해 보세요. 길이 있는데도 그 길로 나아가려고 하지 않는 이상 누구도 박영희 씨에게 도움을 줄 수는 없을 것입니다. 이제 박영희 씨에게는 선택하고 실천하는 길밖에 남아 있지 않습니다.

기맹(氣盲)이 발생하는 이유

50대 초반의 가정주부 수련생인 장효영 씨가 말했다.

"선생님, 모 수련원에서 10년, 15년씩 수련을 했다는 사람들에게 기에 대해서는 물어보면 아무것도 모르고 있었습니다. 아무래도 뭔가 잘못된 거 아닐까요?"

"선도수련을 10년, 15년씩 한 수련자가 기(氣)를 모른다면 그건 정상이 아닙니다. 선도수련의 기본은 기를 터득하는 데 있기 때문입니다."

"저도 하도 이상해서 제 이웃에 사는, 모 수련원에서 10년, 15년씩 수련을 해 왔다는 사람 둘을 만나서, 그렇게 수련을 많이 하고도 기를 모른다면 아무래도 무엇인가 근본적으로 잘못되었다는 것을 일깨워 주었더니 오히려 저를 이상한 눈으로 쳐다보았습니다. 그래서 저는 기 수련하는 곳에서 그렇게 오래 수련을 하고도 기를 모른다면 기맹(氣盲)이 틀림없다고 말해 주었더니 기맹이 무엇이냐고 물었습니다."

"그래서 뭐라고 대답해 주었습니까?"

"글을 모르는 것을 문맹(文盲)이라고 하고 색을 구별하지 못하는 것을 보고 색맹(色盲)이라고 하고 컴퓨터를 모르는 사람을 보고 컴맹이라고 하는 것과 같이, 기공부를 하면서도 기를 모르는 사람을 보고 기맹(氣盲)이라고 한다고 말해 주었습니다."

"그랬더니 뭐라고 하던가요?"

"기맹(氣盲)이라니 난생 처음 듣는 말이라고 했습니다. 그래서 저는 기맹이란 말은 제가 처음 만들어 냈다고 말해 주었습니다. 그랬더니 그럼 어떻게 하면 기맹에서 벗어날 수 있느냐고 제법 진지하게 물어 왔습니다. 그래서 저는 제가 경험한 얘기를 해 주었습니다."

"무슨 얘기 말입니까?"

"제가 10년 전에 남편이 사업을 하다가 부도를 내고 살던 집까지 압류되어 길바닥으로 나앉게 되자 갑자기 가슴이 막혀 고생하고 있었습니다. 그때 저는 절망감 때문에 좋아하던 독서도 못 하고 있었는데 우연히 책방을 지나다가 『선도체험기』가 눈에 띄어 손에 잡고 펼쳐 드는 순간 시원한 기운이 느껴지면서 막혔던 가슴이 트여 오기 시작했는데, 그 얘기를 하고는 그들을 보고 『선도체험기』를 우선 2권까지만 읽어 보라고 했습니다. 읽어 본 후에 다시 만나서 얘기하자고 말하고 헤어졌습니다."

"그래 그 후에 그 사람들을 다시 만났습니까?"

"그럼요. 두 사람 다 『선도체험기』를 2권까지 읽었다고 했습니다. 그래서 그런지 그때부터는 저하고 하는 얘기가 그전과는 달리 훨씬 부드러워졌습니다. 그리고 두 사람 다 책에서 이상하게도 시원하고도 상쾌한 기운을 느끼기 시작했고 동시에 단전에서도 따뜻한 기운을 느끼게 되었다는 겁니다.

그때부터 그분들은 단전호흡을 하면 단전이 서서히 달아오르기 시작했다고 합니다. 거기에 재미를 느낀 그들은 지금은 『선도체험기』 30권을 읽고 있는 중이라고 합니다. 신기하게도 『선도체험기』를 읽을수록 기운이 더 많이 들어온다는 겁니다.

결국은 『선도체험기』를 통해서 그분들은 기맹에서 벗어날 수 있었습니다. 여기까지는 저 자신도 경험한 일이니까 별로 이상할 것이 없습니다. 그런데 제가 알 수 없는 것은 왜 그분들은 선도를 가르친다는 수련원에서 10년, 15년씩 수련을 했는데도 지금까지 기를 느끼지 못했는가 하는 것입니다. 그 이유를 선생님께서 좀 설명해 주셨으면 합니다."

"그것은 그 수련원에서 수련생들을 가르치는 사범들이나 법사나 수련원 원장들이 기를 터득하지 못했기 때문입니다. 그들의 수준이 기(氣)의 불씨라고 해야 할까 어쨌든 자기가 터득한 기의 불 즉 기화(氣火)를 다른 준비된 수련자에게 불붙여 줄 만한 수준에 도달하지 못했기 때문에 그 수련원에서는 10년, 15년을 수련했어도 기맹자(氣盲者)가 생겨날 수밖에 없었을 것입니다."

"그런 일을 방지하기 위해서는 어떻게 하면 되겠습니까?"

"수련생들에게 기화(氣火)를 당겨줄 수 있는 유능한 스승을 초빙하는 수밖에 다른 방법이 없을 것입니다."

"그렇게 유능한 스승이 있겠습니까?"

"찾아보면 있을 것입니다."

"만약에 그런 훌륭한 스승을 찾을 수 없을 경우 차선책으로 『선도체험기』를 읽게 하는 것이 어떨까요?"

"그런 일은 그 수련원의 권위와 자존심 때문에 용납되지 않을 것입니다."

"검은 고양이든 흰 고양이든 쥐 잘 잡는 고양이가 제일이 아닙니까?"

"만약에 그 수련원 지도자들이 일찍부터 그러한 실용주의자들이었다면 지금과 같은 사태는 벌써 오래 전에 극복되었을 것입니다."

"만약의 경우 말입니다. 그 수련원에서 『선도체험기』를 수련생들의 기를 터득하는 데 대량으로 구입하여 이용한다면 선생님께선 로얄티 같은 것을 요구하지 않으시겠습니까?"

"『선도체험기』라는 책은 하나의 상품으로 시판되고 있습니다. 책값을 내고 그 책을 누가 구입하여 어떠한 목적에 이용하든지 나쁜 일이 아니라면 나는 관여치 않을 것입니다. 관여할 이유가 없으니까요."

"선생님, 수련자가 자기 혼자의 힘으로 기맹(氣盲)에서 벗어날 길은 없을까요?"

"과거 선배 구도자들 중에는 간혹 그런 분들도 있었습니다."

"어떤 사람들인데요?"

"전생부터 기공부를 꾸준히 하여 온 상근기(上根器)에 속하는 사람들입니다. 그러나 그런 사람들은 극소수이고 중근기, 하근기에 속하는 대부분의 사람들은 스승으로부터 기를 전수받게 되어 있습니다. 요즘은 성냥과 라이터가 있어서 누구나 손쉽게 불을 얻을 수 있지만 옛날에는 불씨가 꺼지면 남의 집에 가서 불씨를 얻어 오는 수가 있었습니다. 스승은 그와 비슷한 방법으로 준비된 제자들에게 기의 불씨를 전해 줍니다. 이것을 기화(氣火)라고 합니다."

"책에서도 기화(氣火)가 옮겨 붙는 수가 있습니까?"

"물론입니다. 그러나 그것 역시 상근기에 한합니다. 아무나 그렇게 되는 것은 아닙니다."

식욕이 없을 때

오환근이라는 중년의 남자 수련생이 물었다.

"선생님, 아무 이유도 없이 식욕이 없을 때는 어떻게 하는 것이 좋겠습니까?"

"지병(持病) 같은 것은 없습니까?"

"없습니다. 병원에 가서 종합 진찰을 받아 보았지만 아무 이상도 없답니다."

"그렇다면 식욕이 생겨날 때까지 식사를 하지 말아 보세요."

"굶으라는 말씀입니까?"

"그렇습니다. 우리 인체는 하나의 소우주입니다. 식욕이 없을 때는 의사도 미처 알아낼 수 없는 합당한 이유가 있을 것입니다. 다만 인간의 지식으로는 그 이유를 알아내지 못했을 뿐입니다. 식욕이 없다는 것은 인체가 음식을 필요로 하지 않기 때문입니다. 그러니까 자기 자신의 소우주를 믿고 일단 음식 공급을 중단하는 겁니다."

"물도 마시지 말아야 할까요?"

"물이 먹히지 않습니까?"

"네."

"그럼 물도 마시지 않는 것이 좋습니다."

"식음(食飮)을 전폐하라는 말씀이시군요."

"그렇습니다."

"얼마 동안이나 그렇게 해야 합니까?"

"정상적인 식욕이 돌아올 때까지입니다."

"만약에 사흘이 지나도록 식욕이 돌아오지 않으면 어떻게 합니까?"

"그러면 4일, 5일, 6일까지도 단식을 해 보아야죠."

"만약에 일주일을 굶어도 식욕이 돌아오지 않으면 어떻게 됩니까?"

"일주일 동안 단식을 했는데도 식욕이 돌아오지 않으면 열흘이나 스무날이나 한 달까지라도 가 보는 겁니다."

"그러다가 졸도(卒倒)나 아사(餓死)와 같은 사고가 나는 거 아닙니까?"

"그런 일은 없을 겁니다. 요즘은 누구나 너무 많이 먹어서 걱정이지 적게 먹어서 문제가 되는 일은 거의 없습니다. 적게 먹을수록 몸에 좋고 많이 먹을수록 몸에는 해가 더 많습니다. 한 달쯤 아무것도 안 먹는다고 해도 생명이 위험한 일은 일어나지 않습니다."

"그럴까요?"

"그렇습니다."

"하긴 『선도체험기』에 보니까 선생님께서도 21일 동안 단식을 하셨고 어떤 수련생은 40일간이나 단식을 했다는 얘기가 나와 있기는 합니다만."

"그게 다 사실입니다. 그러나 오환근 씨는 그렇게 오래가기 전에 식욕이 돌아올 것입니다."

"그럼 지금 이 시간부터 단식을 해 보겠습니다. 직장일 하는 데는 별 이상이 없을까요?"

"가능하면 한 일주일간 휴가를 내시는 것이 좋을 것입니다. 그리고 이왕에 단식을 시작하겠으면 물까지도 마시지 않도록 해 보세요."

"왜요?"

"빈속에 물이 들어가는 것은 몸에 좋지 않기 때문입니다."

이런 대화가 있은 뒤에 그는 자리를 일어섰다. 사흘 만에 그는 다시 찾아왔다. 사흘 전보다 다소 야위기는 했지만 생기는 있어 보였다.

"선생님 말씀대로 옹근 사흘 동안을 아무것도 먹지도 않고 마시지도 않았더니 오늘 아침부터 식욕이 서서히 돌아오기 시작했습니다."

"그래요. 그거 잘되었군요."

"아직 아무것도 안 먹었는데 지금부터 어떻게 하는 것이 좋겠습니까?"

"지금이 오후 3시니까 저녁 식사부터 다시 식사를 시작해 보세요. 이 왕이면 식사 시에 국이나 물김치 같은 물기 있는 음식을 피하고 차나 커피나 과일 같은 것은 식후 2시간 후에 들도록 하세요."

"사흘 동안 단식을 했는데도 죽 같은 유동식이 아닌 정상적인 식사를 해도 되겠습니까?"

"그럼요. 생식은 과립(顆粒) 그대로 씹어 먹든가 그렇지 않으면 약간의 물을 넣고 비벼서 떡처럼 만들어 먹으면 됩니다. 그리고 국이나 물김치 같은 물기 있는 것 외에는 어떤 반찬을 먹어도 됩니다. 그리고 간식이나 야식은 하지 말아야 합니다."

"네 그렇게 하겠습니다."

사흘 후에 다시 나타난 그가 말했다.

"선생님, 그런데 사흘 동안 단식한 후에 다시 식사를 시작했더니 그전 같지 않습니다."

"무엇이 달라졌습니까?"

"네. 단식 후 첫날과 그 다음날은 몰랐는데 오늘부터는 또 식욕이 없습니다."

"하루 세끼 식사를 하십니까?"

"네."

"그럼 오늘부터 하루 세끼 대신에 두 끼로 식사를 줄여 보세요. 아침과 저녁 식사만 하든가 아니면 점심과 저녁 식사만 하든가 편리한 대로 두 끼 식사만 해 보세요."

"네 그렇게 해 보겠습니다."

"그럼, 아침과 저녁 그리고 점심과 저녁 중에서 어느 쪽을 택하겠습니까?"

"저는 점심과 저녁 쪽을 택하겠습니다."

"그럼 아침에 일어나서부터 점심 들 때까지 아무것도 입에 대지 말아야 합니다."

"물까지도 말입니까?"

"그렇고말고요."

사흘 후에 그는 다시 나타났다. 이번에는 얼굴에 제법 화색이 돌고 편안해 보였다.

"선생님 말씀대로 점심과 저녁 두 끼씩만 식사를 했더니 속이 아주 편안해지고 몸도 그전보다 훨씬 더 가벼워졌습니다.

"아주 잘되었습니다. 그럼 이제부터 하루 두 끼 식사가 정착되도록 해 보세요."

"네 그렇게 하겠습니다. 혹시 영양실조에 걸리는 일은 없겠죠?"

"영양실조는커녕 소식(小食)은 오히려 무병장수(無病長壽)를 보장해 줄 것입니다. 나는 하루에 저녁 한끼씩만 하는데도 이처럼 아무 이상이 없지 않습니까?"

일일일식(一日一食) 78일 체험

"참『선도체험기』 69권을 읽어보니까 선생님께서는 하루 한끼 식사를 하신다고 하셨는데 그렇게 하신 지 얼마나 되었습니까?"

"벌써 석 달이 가까워옵니다."

"하루 세끼 식사를 하시다가 하루 한끼 식사로 바꾸셨습니까?"

"아닙니다. 음양식을 시작한 한 달 후에 하루 두 끼씩 식사를 한 달 동안 하고 나서 일일일식(一日一食)으로 들어갔습니다."

"벌써 석 달 가까운 동안 하루 한끼 식사를 하셨다고 말씀하셨습니다. 그럼 지금은 하루 두 끼 하실 때의 컨디션을 회복하셨습니까?"

"지금까지도 서서히 회복 중이긴 한데 아직 완전히 회복하지는 못했습니다."

"그동안 어려운 점은 없었습니까?"

"내 경우는 아침 식사 때와 점심 식사 때에 습관적으로 찾아오는 공복감이 사라지는 데 40일이 걸렸습니다."

"그럼 40일 동안에는 굉장한 인내력과 절제가 필요하겠군요."

"그렇습니다. 상당한 고전(苦戰)이었습니다. 처음에 일일일식(一日一食)을 시작할 때는 21일간 단식도 했는데 하루 한끼 먹는 식사쯤이야 어려울 것 없을 것이라고 생각했었는데 막상 시작해 보니까 그게 아니었습니다."

"선생님께서도 처음엔 좀 힘이 들으셨던 모양입니다."

"예상 밖이었습니다. 일일일식 초기에는 일일일식과 40일 단식 중 어느 하나를 택해야 했다면 40일 단식 쪽을 택했을 것입니다."

"왜요?"

"일일일식(一日一食)을 길들이는 데 그만큼 어려움이 많다는 얘기입니다. 비행기는 활주로를 이륙할 때와 착륙할 때가 가장 어렵고 위험하여 사고율이 높다고 합니다. 비행기가 일단 이륙한 뒤에 정상 고도에 진입하면 목적지 상공까지는 비교적 순항(順航)을 할 수 있습니다.

그런데 하루 한끼 식사는 비행기로 말하면 한번 이륙한 후에 일정한 고도에 진입하기 바쁘게 다시 착륙을 시도하는 것과 같다고 할 수 있을 것입니다. 그러나 21일 또는 40일 단식은 한번 이륙한 비행기가 6시간 내지 12시간 안정된 비행을 한 후에 여유 있게 착륙을 시도하는 격이라고 할 수 있습니다.

일일일식은 저녁 식사를 하고 그 다음날 저녁까지 24시간 동안 단식에 들어갔다가 복식(復食)을 하는 것과 같습니다. 이것은 말하자면 24시간 간격을 두고 단식과 복식을 되풀이하는 것과 같다고 할 수 있습니다. 따라서 24시간이라는 짧은 간격을 두고 단식과 복식을 되풀이하는 것은 비행기가 한 시간 간격을 두고 이착륙을 거듭하는 것만큼이나 힘겨운 일입니다.

그럴 바에는 차라리 21일, 40일씩 단식을 계속하는 것이 훨씬 더 쉽다는 얘기입니다. 이것은 겪어 보지 않는 사람은 잘 이해하기 어려울 것입니다. 그러나 일일일식도 적응될 때까지 힘들지 일단 완전히 길들여 놓기만 하면 정상적인 생활을 회복할 수 있습니다."

"그 밖에 또 어려운 점은 없습니까?"

"있습니다."

"무엇입니까?"

"지금까지 근 석 달 동안 일일일식을 실천해 오는 동안 가장 어려웠던 것은 일주일에 한 번씩 암벽 등반을 할 때입니다. 처음에는 멋도 모르고 빈속으로 암벽 등반을 시작했는데 중간에 힘이 달리고 허기가 져서 도저히 계속할 수 없었습니다."

"왜 그랬을까요?"

"아직 하루 한끼 식사에 완전히 적응하지 못했기 때문이라고 봅니다."

"그래서 어떻게 하셨습니까?"

"할 수 없이 비상용으로 준비해 갔던 생식을 씹어 먹은 뒤에 다시 암벽 등반을 계속할 수 있었습니다. 그런데 영하 5도 이하의 추운 날씨에 아직 어둠이 가시지 않은 새벽이어서 그런지 먹은 것이 약간 체해서 현기증을 느꼈습니다.

그래서 그다음부터는 아예 집에서 생식을 먹은 뒤에 출발하기로 했습니다. 그러니까 등산하는 날만은 일일이식(一日二食)을 하다가 일일일식(一日一食) 시작한 지 77일째부터는 다시 하루 한끼 식사로 회복할 수 있었습니다."

"일일일식(一日一食)을 20년 이상 했다는 재미 절식(節食) 전문가인 유병팔 박사는 아침마다 6킬로미터를 30분에 주파한다고 하던데요."

"일일일식이 완전히 적응되면 그렇게 할 수 있을 것입니다. 내가 아는 사람도 일일일식을 한 10년 했는데 새벽마다 조기(早起) 축구를 한다고 합니다. 나 역시 시작한 지 77일 뒤에야 일일일식이 완전히 정착했다고 할 수 있습니다."

"혹시 일일일식(一日一食)을 하시면 변비가 생기는 일은 없었습니까?"

"나는 5, 6일에 한 번씩 변을 보기는 하지만 변비는 아닙니다. 일일일식 초기에는 6일 만에 변을 본 다음 날에는 공복감이 평소보다 더

심해서 좀 고전을 했는데 그것도 시간이 흐르자 적응이 되어 괜찮아졌습니다."

"지금까지 말씀하신 것은 일일일식 하실 때의 어려운 점이었고 좋은 점도 있었을 텐데요."

"물론 장점도 있습니다."

"그것도 좀 말씀해 주시겠습니까?"

"일일일식 할 때의 제일 장점은 한 번 식사한 후 24시간이 흐르는 사이에 음식물이 완전 소화가 되고 흡수되어서 그런지 저녁 식사 때에는 어떠한 음식도 희한할 정도로 맛이 있다는 것입니다. 심지어 생식조차도 군소금, 생강차, 조청 같은 조미료를 전연 첨가하지 않았는데도 씹을수록 구수한 맛이 우러나왔습니다. 그리고 생콩을 씹어 먹어도 고소한 맛이 납니다. 게걸이 감식이라는 옛말이 과연 옳다는 것을 실감할 수 있습니다."

과식(過食)은 역시 금물

"모든 음식이 그렇게 맛이 좋다면 혹시 과식(過食)을 하게 되지 않을까요?"

"그렇지 않아도 하루 종일 굶다가 저녁 한끼만을 하게 되니까 하도 맛이 있어서 처음에는 다소 과식을 했습니다. 하루 한끼 먹는 것이니까 다소 과식을 해도 24시간 동안에 완전 소화를 시킬 수 있겠지 하고 안심을 했습니다. 그런데 그게 아니었습니다."

"그게 아니라니요?"

"비록 하루에 한끼를 먹어도 과식은 절대금물이라는 것을 알아냈습니다."

"아니 다소 과식을 했다고 해도 24시간이 흐르는 동안에 완전 소화가 되지 않습니까?"

"그러리라고 생각했었는데 사실은 그렇지 않았습니다. 하루에 한끼를 먹는다고 해도 과식은 어디까지나 과식입니다. 과식을 하면 속이 불편한 것은 평소와 마찬가지였습니다. 그래서 그런 경험을 한 뒤에는 절대로 과식은 하지 않기로 하고 있습니다."

"그 밖에 또 좋은 점은 없습니까?"

"있습니다."

"그게 뭐죠?"

"하루 세끼 식사를 할 때는 보통 아침을 6시에 들면 12시에 점심을 들고 오후 7시경에 저녁 식사를 하게 됩니다. 그리고 하루 두 끼 식사 때에는 오전 7시에 아침을 들면 오후 7시경에 저녁 식사를 하게 됩니다. 이처럼 식사를 할 때마다 하루에 세 번 내지 두 번씩 생활리듬이 바뀌니까, 식사 때는 하루 두세 번씩 하던 일을 일시 중단해야 합니다.

그러나 하루 한끼 식사를 하게 되면 무슨 일에 열중을 하다가도 아침 식사나 점심 식사 때문에 하던 일을 중단해야 할 일이 없어지게 됩니다. 수도(修道)에 집중하든가 연구나 집필에 몰두하는 사람들에게 일일일식은 하던 일을 중단하는 일이 없이 하루 종일 계속할 수 있으므로 굉장한 능률을 올릴 수 있습니다."

"그렇지만 현대 영양학 학자들은 사람은 하루에 2500칼로리의 영양을 섭취해야 한다고 하지 않습니까?"

"그러나 유병팔 박사를 위시한 절식(節食)학자들이 실시한 쥐, 침팬지, 사람에 대한 실험과 연구 결과에 의하면 정상 칼로리의 3분의 1을 줄여도 수명이 45퍼센트 늘어나고 그전보다 더욱 활발한 활동을 할 수 있다고 합니다. 그뿐만 아니라 일일일식은 일상생활화 하면 모든 지병(持病)과 고질병(痼疾病)을 자연히 치유할 수 있습니다."

"그럼 요즘 많은 사람들에게 문제가 되고 있는 비만도 고칠 수 있을까요?"

"그렇고말고요. 비만뿐만 아니라 기초 생명력만 있으면 온갖 성인병은 거의 다 나을 수 있습니다. 나는 원래 비만이 아니었습니다. 하루 세끼 식사할 때는 키 172에 체중이 63이었는데 하루 두 끼 식사를 보름쯤 하니까 체중이 60이 되어 3킬로나 줄었습니다.

그런데 다시 일일일식을 시작하자 체중이 다시 4킬로가 더 줄어서 56이 되었습니다. 누구나 일일이식(一日二食) 또는 일일일식(一日一食)을 할 만한 절제력과 인내력만 있으면 비만은 간단히 고칠 수 있을 것입니다."

"석가모니는 일중식(日中食)이라고 하여 하루에 점심 한끼만 들었다고 합니다. 그를 본떠서 고승들 중에 간혹 일중식을 하는 경우가 있다고 합니다. 일일일식이 과연 수련자에게 유익한 점이 있습니까?"

"있고말고요."

"어떤 유익한 점이 있습니까?"

"우선 한 번 깊은 좌정(坐定)에 들면 24시간 동안 하루 한 번 외에는 식사 때문에 수행을 중단할 필요가 없어지므로 깊은 삼매지경에서 깨어날 필요가 없으므로 깊은 깨달음의 경지에 들 수 있습니다. 더구나 기공부를 하는 선도 수련자들에게는 운기조식(運氣調息)이 훨씬 더 활발해집니다. 그러나 나는 일일일식을 아무한테나 권하고 싶지는 않습니다."

"왜요?"

"우선 초인적인 인내력이 없이는 아무나 할 수 있는 일이 아니기 때문입니다. 젖 떨어진 이후부터 수십 년 동안 길들여진 식습관을 외부의 강제력 아닌 순 자발적인 의지로 바꾼다는 것이 그렇게 만만한 일이 아닙니다. 나 역시 아침 점심 두 끼를 굶으면서 오는 배고픔과 무력감을 이기지 못하고 그만둘까 생각한 일도 한두 번이 아니었습니다."

"선생님께서 권하신다고 해도 아무나 할 수 있는 일은 아니군요."

"그렇습니다. 우선 한창 활동량이 많은 청장년기에는 일일일식은 무리입니다."

"그럼 일일일식은 언제 하는 것이 가장 이상적입니까?"

"60세 이후 현역에서 물러난 뒤에 노쇠(老衰) 현상이 서서히 다가오기 시작할 무렵에 시작하는 것이 좋다고 봅니다. 절식은 우선 노쇠를 일정 기간 늦출 수 있습니다. 노년기에 접어들면 누구나 눈이 침침해지고 걸음걸이가 더뎌지고 작년 다르고 올해 다르게 기운이 빠지기 시작합니다. 이때는 보약이나 비아그라가 아니라 절식으로 다시 활력을 찾아야 한다고 봅니다.

노화예방(老化豫防)

그러나 절식은 노쇠를 막을 수는 없지만 상당 기간 늦출 수는 있을 것입니다. 최소한 정신이 흐려지고 치매가 오게 하는 일은 막아야 할 것입니다. 그리하여 사는 날까지 자기의 전문 분야에서 자기 할 일을 제대로 하면서 병 없이 건강하게 살다가 떠날 때가 되면 병원 신세 지지 않고 훌쩍 떠나 버리면 됩니다. 이렇게만 될 수 있다면 대소변을 못 가리거나 치매 현상으로 자손이나 이웃에게 폐를 끼치는 일은 없어지게 될 것입니다."

"과연 일일일식(一日一食)이 그야말로 무병무노쇠장수(無病無老衰長壽)를 보장해 주면 좋겠군요."

"장수까지는 몰라도 사는 날까지 질병과 노쇠에 시달리지만 않을 수 있어도 일일일식(一日一食)의 효과는 평가해 주어야 할 것입니다."

"일일일식 한 사람들이 무병장수한 실례가 있습니까?"

"내가 알기로는 석가모니가 80세까지 살았고, 다석(多夕) 선생이 91세, 함석헌 옹이 88세까지 산 것을 보니 비교적 장수하는 것은 사실인 것 같습니다."

"선생님께서 지금 하고 계시는 일일일식(一日一食)은 다른 사람들이 하는 것과 비교해서 구별되는 특징 같은 것이 있습니까?"

"다른 사람들의 얘기를 들어보면 대체로 일중식(日中食)이라고 하여 하루 한끼 점심을 든다고 하는데 나는 점심 대신에 저녁을 듭니다. 그리고 여느 사람들은 식사와 물을 구분하지 않고 식사 중에도 국과 물김치 찌개 같은 것을 들고 식후에 금방 차와 커피, 과일 같은 것을 듭니다.

그러나 나는 식사 따로 물 따로를 엄격히 준수하므로 물은 반드시 식후 2시간 후에 듭니다. 그리고 여느 사람들은 차나 커피나 그 밖의 음료나 식수 같은 것은 수시로 들고 있지만 나는 새벽에 일어나서 저녁 식사 시간까지 물이건 음식이건 일체 들지 않습니다."

"그럼 아침부터 저녁까지 식음(食飮)을 전폐(全廢)하신다는 말씀입

니까?"

"그렇습니다."

"간식이나 야식 같은 것도 전연 안 드십니까?"

"물론입니다."

"그럼 음양식사법을 따르고 계시는군요."

"그렇습니다."

"음양식사법이 효과가 있기는 있습니까?"

"그럼요. 나는 작년(2002) 9월 12일부터 음양식사법을 실천하고 있는데, 운기조식(運氣調息)에는 확실히 탁월한 효과가 있습니다. 나는 1986년 1월 26일부터 단전호흡을 시작한 이후로는 신경통이 없어졌었는데 작년(2002)년 봄부터 갑자기 왼쪽 좌골신경통(坐骨神經痛)이 재발하여 계속 낫지 않았습니다. 그런데 음양식(陰陽食)과 함께 일일일식(一日一食)을 2개월쯤 한 뒤부터 서서히 낫기 시작하여 이제는 거의 다 나았습니다.

그뿐 아니라 나이가 60세가 넘으면서부터 혹한기(酷寒期)만 되면 양발 뒤꿈치의 피부가 갈라지곤 했었습니다. 그것 역시 서서히 낫기 시작하더니 이제는 거의 다 나았습니다. 결국은 두 가지 지병(持病)이 나은 것입니다. 그리고 내 주변에서 음양식을 실천하고 있는 사람들의 얘기를 종합해 보면 온갖 고질병과 성인병과 비만이 자연치유(自然治癒)되는 탁월한 효과가 분명히 있습니다."

"음양식을 발명한 이상문 선생의 말에 따르면 음양식을 하면 인간의 수명이 백년일기(百年一期)에서 천년일기(千年一期)로 10배나 늘어난다고 하는데 과연 그런 일이 일어날 수 있을까요?"

"그거야 이상문 씨의 희망사항이겠죠. 아직은 아무도 천년일기(千年 一期)의 수명을 겪어 본 일이 없는데 어떻게 장담할 수 있겠습니까? 그러나 구약 성경에 나오는 노아 같은 사람은 950세까지 살았다니까 그럴 가능성이 전연 없는 것은 아닙니다. 그러나 내가 보기엔 무조건 오래 사는 것만이 능사는 아니라고 생각합니다."

"무슨 뜻입니까?"

하늘의 사명(使命)

"인명(人命)은 재천(在天)이라고 했듯이 사람은 이 세상에서의 자기 사명을 완수하면 한 점 미련 없이 훌쩍 떠나야 한다는 뜻입니다. 할 일도 없이 노쇠와 치매로 별로 쓸모도 없는 식물인간이 되어 오래 살기만 하면 가뜩이나 인구 과잉과 환경 공해로 시달리는 후손들에게 폐만 끼치게 될 것입니다."

"동감입니다. 그런데 선생님께서 말씀하신 '이 세상에서의 자기 사명'이란 무엇을 말씀하시는 겁니까?"

"사명(使命)이란 천명(天命)을 말합니다."

"천명(天命)이라뇨?"

"공자는 오십유오이지어학(吾十有五而志於學), 삼십이립(三十而立), 사십이불혹(四十而不惑), 오십이지천명(五十而知天命), 육십이이순(六十而耳順), 칠십이종심소욕불유구(七十而從心所慾不踰矩)라고 했습니다.

즉 나 공자는 15세에 배움에 뜻을 두었고, 삼십에 홀로 섰으며, 사십에 유혹에 흔들리지 않게 되었고, 오십에 천명을 알게 되었으며, 육십에 하늘의 소리를 알아듣게 되었고, 칠십에 비로소 하고 싶은 대로 행동해도 법도에 어긋나는 일이 없게 되었다는 말입니다.

이 중에서 오십이지천명(五十而知天命)에 나오는 천명(天命)을 말합니다. 즉 하늘이 맡겨 준 사명을 말합니다. 세속적인 부귀영화가 아니라 하늘의 사명을 완수하는 것을 말합니다."

"하늘의 사명이란 구체적으로 무엇을 말씀하시는 겁니까?"

"탐진치(貪瞋癡)와 오욕칠정(五慾七情)의 거짓 나에서 벗어나 참나를 깨닫는 것을 말합니다. 다석(多夕)이 말한 것과 같이 거짓 나인 제나(自我)로 죽고 참나인 얼나(靈我)로 솟나는 것을 말합니다. 석가모니는 이렇게 되는 과정을 반야바라밀다라고 했는데 차안(此岸)에서 피안(彼岸)으로 옮겨가는 지혜를 성취하는 것을 말합니다.

이러한 지혜로 얻은 구경각(究竟覺)을 아뇩다라삼먁삼보리라고 했는데 이것을 한자로 옮기면 무상정등정각(無上正等正覺)이 됩니다. 예수는 이것을 하느님 아버지의 아들이 되는 것이라고 말했습니다."

"그럼 하늘의 사명이라고 할 때의 하늘과 하느님은 어떤 관계에 있습니까?"

"하늘과 하느님은 같은 말입니다. 단지 다른 점이 있다면 하느님은 하늘의 뜻을 대행하는 존재에 대한 존칭이라고 할 수 있습니다."

"그럼 참나와 얼나는 하느님과 어떤 관계에 있습니까?"

"참나와 얼나는 같은 말입니다. 탐진치와 오욕칠정에 매여 사는 인생과 여기서 벗어나 우아일체(宇我一體)가 된 인생의 자기 지칭을 각각 거짓 나와 참나, 제나와 얼나, 가아(假我)와 진아(眞我), 소아(小我)와 대아(大我), 겉 나와 속 나, 몸나와 얼나, 육아(肉我)와 영아(靈我)라고 합니다."

"그럼 하느님과 참나는 어떤 관계입니까?"

"하느님은 전체이고 참나는 인간 개체 속에 싹튼 하느님의 분신입니다. 그러므로 발전소와 각 가정의 전등이 서로 연결되어 있는 것과 같이 서로 하나로 통해 있습니다. 그래서 예수는 '아버지께서 내 안에 계시고 내가 아버지 안에 있다는 것을 확실히 알게 될 것이다(요한 10 : 38)'하고 말했습니다."

"그럼 하느님은 무엇입니까?"

"하느님은 상대세계를 초월한 전체이며 생멸(生滅)이 없는 절대의 경지입니다. 하느님을 공맹(孔孟)은 천(天), 덕(德), 성(誠)이라고 했고, 불교는 니르바나, 공(空), 무(無), 자성(自性), 본성(本性)이라 했고, 노장(老莊)은 도(道), 자연(自然)이라 했고, 선도(仙道)는 성(性), 하느님, 하늘, 하나, 한이라 했고, 기독교에서는 하느님 아버지라고 했습니다. 현대인은 흔히 우주의식(宇宙意識) 또는 진리(眞理)라고 말합니다."

"그런데 지금도 기독교인들은 하느님 아버지 하면 미켈란젤로가 시스티나 성당 천정에 그린 위엄기 있는 노인상(老人像)으로 알고 있지 않습니까?"

"그러한 노인상을 하느님 아버지라고 보는 것을 인태신관(人態神觀)이라고 합니다. 이러한 인태신관(人態神觀)을 우상숭배라고도 합니다. 어떤 형상을 숭배하는 인간의 무지(無智)를 놓고 톨스토이는 이렇게 말했습니다. '사람이 하느님을 믿지 않는 것보다 하느님 아닌 것을 하느님으로 섬기는 것이 더 큰 문제다'(톨스토이 저 『종교와 도덕』). 그러므로 어떠한 형상도 하느님을 대신할 수 없습니다. 수련을 해 본 사

111

람들은 누구나 다 어떠한 형상(形相)도 하느님이 아니라는 것을 잘 알고 있습니다."

"그럼 수련을 통해서 알게 된 하느님은 어떤 것입니까?"

"수련자가 수련으로 깨닫게 되는 하느님은 시간과 공간 그리고 물질과 생멸(生滅)을 초월한, 없으면서도 있는, 어디든지 없는 곳이 없는 영원하고 무한한 전체입니다."

"그럼 인간과 동식물, 광물과 태양계와 모든 천체들과 우주의 삼라만상과 하느님은 어떤 관계에 있습니까?"

"우리가 인식할 수 있는 삼라만상은 보이는 하느님의 일부입니다. 이것을 우리는 시간과 공간 그리고 물질에 구속되어 있는, 처음과 끝이 있고 생멸(生滅)이 있는 상대세계라고 합니다. 상대세계의 삼라만상은 생자필멸(生者必滅), 인과응보(因果應報), 생로병사(生老病死)의 이치에 묶여있는 보이는 하느님입니다.

이것을 불교에서는 색(色)이라고 표현합니다. 따라서 색계(色界)의 삼라만상은 생로병사(生老病死), 흥망성쇠(興亡盛衰), 성주괴공(成住壞空), 생장염장(生長斂藏)의 과정을 거쳐 태어남과 죽음을 거듭하게 되어 있습니다. 그러나 절대계인 하늘에는 생로병사나 흥망성쇠가 없습니다."

"그럼 거기에는 무엇이 있습니까?"

"영원하고 무한한 생명이 있습니다. 이것을 불교에서는 공(空)이라고 합니다."

"공(空)이라면 아무것도 없는 허공(虛空)을 말하지 않습니까?"

"맞습니다. 그러나 그 허공 속에는 없는 것이 없습니다. 그래서 이것을 일컬어 무극(無極) 또는 태극(太極)이라고도 하고 진공묘유(眞空妙有)라고도 표현합니다."

"그럼 선생님께서 말씀하시는 사명(使命)이라는 것은 아들딸 낳고 자기 직업에 충실하면서 잘 먹고 잘사는 것만이 최대의 덕목으로 알고 그날그날 살아가는 우리 보통 사람들이 하느님을 깨달아 영원한 생명을 갖게 하려는 것이라는 말씀인가요?"

"그렇습니다. 그것이 이른바 구도자들의 사명입니다. 그것을 상구보리(上求菩提) 하화중생(下化衆生)이라고 합니다. 이 사명을 제대로 완수하자면 우리 몸이 건강해야 합니다. 건강이 깨어져서 중도하차(中途下車)하는 일은 있어서야 되겠습니까? 우리 몸은 우리가 맡은 사명을 완수하기 위해서 타고 다녀야 할 자가용과도 같습니다.

우리는 하느님에게 빌린 우리 몸인 이 자동차를 우리의 사명을 한 점 유감없이 완수하는 그날까지 고장 일으키지 않고 타고 다닐 수 있도록 항상 완벽한 정비를 해 놓아야 합니다. 내가 일일일식을 하는 것은 자가용과 같은 내 몸을 가능한 한 완벽하게 제 기능을 최대한 발휘할 수 있도록 정비해 놓기 위한 작업이기도 합니다."

부자와 낙타

대구에서 올라온 30대 중엽의 공무원인 손창운 씨가 말했다.

"선생님, 예수는 말하기를 부자가 하늘나라에 들어가는 것은 낙타가 바늘구멍을 빠져나가기보다 더 어렵다고 했다는데 그게 실제로 맞는 말입니까?"

"맞지 않을 수도 있다고 생각되니까 그런 질문을 하는 거 아닙니까?"

"그렇습니다. 예수는 너무 피상적인 것만 보고 그런 말을 한 게 아닌가 하는 생각이 듭니다."

"왜요?"

"부자라고 해서 누구나 다 마음이 악해서 하늘나라에 들어가기가 낙타가 바늘구멍을 빠져나가기보다 더 어려운 것은 아니지 않을까요?"

"옳은 말입니다. 예수는 한 부자 청년이 예수의 제자가 되려고 하자 그가 가진 재산을 없는 사람들에게 다 나누어 준 뒤에 나를 따르라고 하자 고민 끝에 떠나는 그 청년의 뒷모습을 보고 한 말입니다. 재욕이 구도심보다 강했던 그 청년이 측은해서 한 말이었을 것입니다. 예수가 생존했던 당시에는 지금보다 자기 잇속만 챙기는 부자들이 훨씬 더 많았을지도 모르죠."

"그러나 사람이 살아가는 근본 모습은 그때나 지금이나 크게 바뀐 게 없지 않나 하는 생각이 듭니다. 그 당시에도 지금처럼 제 욕심만 챙기는 나쁜 부자들이 있었는가 하면, 간혹 가다가 선량한 부자도 있었

114

을 것입니다."

"그러나 좋은 부자와 나쁜 부자의 비율이 오늘날과는 판이했는지도 모르죠. 현대의 미국을 보십시오. 나쁜 부자도 많지만 좋은 부자도 많이 있지 않습니까? 카네기 같은 부자는 말할 것도 없고 평생 먹는 것과 입는 것을 절약해서 모은 재산을 죽기 전에 자식들에게 상속하지 않고 공익사업에 흔쾌히 내놓는 사람들이 얼마나 많습니까? 선진국에서는 기부 문화가 점차 확장되는 추세입니다.

요즘은 우리나라에서도 평생 안 먹고 안 입고 안 쓰고 검소하게 살면서 모은 수십 수백억의 재산을 자신이 배우지 못한 한이라도 풀 듯 대학 재단에 기증하고 이 세상을 하직한 알부자들이 늘어나고 있습니다. 물론 자기 욕심만 차리는 부자들에게 대면 새 발의 피에 지나지 않지만 그처럼 선량한 부자들이 있는 것만은 틀림이 없습니다."

"제가 말씀드리고 싶은 것이 바로 그 점입니다. 그처럼 선량한 부자들은 그 마음은 이미 하늘나라에 들어가 있는 것이 아닌가 하는 생각이 듭니다."

"그렇습니다. 부자가 자기가 모은 돈을 어떻게 쓰느냐에 따라서 하늘나라에 들어갈 수 있느냐 없느냐는 결정된다고 보는 것이 정확하다고 말할 수 있을 것입니다."

"그렇다면 부자가 하늘나라에 들어가기는 낙타가 바늘구멍을 빠져나가기보다 더 어렵다는 예수의 말은 마땅히 수정되어야 하는 게 아닌지 모르겠습니다."

"당연히 그래야 합니다. 성인(聖人)의 말이라고 해서 무조건 곧이곧대로 기계적으로 믿는 어리석음에서는 벗어나야 합니다. 예수가 말한 부자는 악한 부자를 말한 것이지 착한 부자를 말한 것은 아닙니다. 성경이나 남의 글을 읽을 때는 언제나 그러한 융통성을 감안하여 글 쓴 사람의 속뜻을 알아차려려 할 것입니다."

"그렇다면 선량한 부자가 되는 길은 무엇이라고 생각하십니까?"

"돈은 모으되 사욕을 채우는 데 기준을 두지 않으면 됩니다. 옛날 개성상인들은 돈을 벌면 우선 잘 먹고 잘 입고 집을 늘리고 난 후에는 첩을 들여앉히고 조상 산소를 돋보이게 고치고 나서는 주색잡기에 빠지곤 해서 모은 재산을 탕진하고 드디어 패가망신을 했다고 합니다. 돈 버는 재주를 철저하게 이기적인 목적에 이용한 결과입니다.

그러나 자기의 돈 버는 재주 즉 이재 능력(理財能力)을 사회의 공익을 위해서 이용할 줄 아는 사람은 크게 뻗어 나갈 수 있습니다. 그리하여야 자기도 살고 남도 살릴 수 있습니다. 이러한 부자는 하늘나라에서도 대환영일 것입니다.

결론적으로 말해서 이기심을 적절히 조절할 줄 아는 것이 큰 부자가 되는 지름길입니다. 그러나 아무리 많은 재산을 모았다고 해도 죽을 때는 한푼도 가지고 갈 수 없는 것이 인생입니다. 사람은 누구나 빈손으로 왔다가 빈손으로 가게 되어 있습니다. 그래서 공수래공수거(空手來空手去)라는 말이 나왔습니다.

이것을 알고 나면 생전에 모은 재산은 내 개인 소유가 아니라 하늘이 남을 위해서 좋은 데 쓰라고 부자에게 맡겨 놓은 것에 지나지 않는다는 것을 알 수 있습니다. 그러므로 부자들은 하늘이 왜 자기에게 이재능력(理財能力)을 주었는가를 깨달아야 할 것입니다. 이것을 죽기 전에 깨닫고 공익을 위해 재산을 내놓은 사람이야말로 슬기로운 사람이라고 아니할 수 없을 것입니다."

하늘나라의 위치

"그런데 선생님, 예수가 말한 하늘나라는 어디에 있다고 보십니까?"

"하늘나라는 어느 특정한 장소에 있는 것이 아닙니다."

"그럼 어디에 있다고 해야 되겠습니까?"

"이 우주 곳곳에 없는 곳이 없습니다."

"무소부재(無所不在)하다는 말씀인가요?"

"그렇습니다. 우주 전체가 다 하늘나라 아닌 곳이 없으니까요. 하늘나라는 시공(時空)과 물질과 생로병사의 구속을 받는 상대세계를 초월한 절대의 세계입니다. 그러한 세계는 인간 각개인의 자각(自覺)에 좌우되기는 하지만 각자의 자신 속에도 있습니다."

"그런데 왜 예수는 부자가 하늘나라에 들어가기는 낙타가 바늘귀를 빠져나가기보다 더 어렵다고 말했을까요?"

"예수가 살았던 시대 사람들의 의식 수준에 맞추어 그들이 알아듣기 쉽게 하자니까 그런 표현을 동원할 수밖에 없었을 것입니다. 하늘나라는 비록 각자의 자신 속에 있지만 그 문을 열고 들어가기가 그렇게 어렵다는 얘기입니다. 그러나 마음이 열린 사람에게는 그 하늘나라는 항상 열려 있다는 것 또한 진실입니다."

"마음이 열린 사람이란 어떤 사람입니까?"

"고집멸도(苦集滅道)를 성취한 사람을 말합니다."

"고집멸도가 무슨 뜻입니까?"

"불교 용어인데요. 고(苦)는 생로병사(生老病死)의 괴로움입니다. 집

(集)은 고(苦)의 원인이 되는 번뇌망상의 모임을 말합니다. 그리고 멸(滅)은 그러한 고(苦)와 집(集)에서 벗어난 위치에 도달한 것을 말하고 도(道)는 견성 해탈(見性解脫)을 완성한 것을 말합니다."

"좀 어려운데요."

"쉽게 말해서 탐진치(貪瞋癡)와 오욕칠정(五慾七情)의 사욕으로 가득찬 거짓 나에서 벗어나 참나에 도달하는 것을 말합니다."

"역시 어렵습니다."

"한말로 자기의 자성(自性)을 깨닫는 것을 말합니다."

"자성(自性)이 무엇인데요?"

"자성이란 각 개인에게 드러난 진리인 참나와 하나로 연결되어 있는 하늘나라 또는 하느님을 말합니다. 참나와 하느님은 각 가정용 전기와 발전소가 전깃줄로 서로 이어져 있듯이 하나로 통해 있습니다. 하느님은 전체이고 절대는 생멸(生滅)이 없는 경지입니다. 그러므로 자성을 깨달은 사람은 더이상 생로병사의 윤회의 고리에 묶이지 않게 됩니다."

"그러면 어떻게 되죠?"

"죽음의 괴로움을 저만치 벗어나 있게 된다는 얘기입니다. 따라서 탐진치와 오욕칠정에도 더이상 시달리는 일 없는 평상심(平常心)과 부동심(不動心)을 가질 수 있게 됩니다."

"그렇게 되면 정말 걱정 근심이 없어서 마음이 편안해질까요?"

"물론입니다. 진짜 부자는 어떤 사람인지 아십니까?"

"모르겠는데요."

"노자의 말대로 지족자부(知足者富) 즉 만족한 것을 아는 사람입니다."

"지족자(知足者) 즉 만족한 것을 아는 사람이란 무슨 뜻입니까?"

"참나를 깨달은 사람입니다."

"만족이란 무엇을 말합니까?"

"만족이란 시공과 유무를 초월한 전체와 하나로 합쳐진 상태를 말합니다."

"그 전체가 무엇인데요?"

"우주 전체를 말합니다. 따라서 지족자(知足者)란 우아일체(宇我一體)를 성취한 사람을 말합니다. 우주 전체가 내 것이 된 사람에게 아쉬운 것이나 부러운 것이나 부족한 것이 있을 리가 없습니다. 그러한 사람이야말로 진짜 부자가 아닐 수 없습니다."

【이메일 문답】

아내의 과음(過飮)

　스승님께. 어느덧 한 해가 바뀌고 1월달도 며칠 남지 않았군요. 스승님, 그동안 안녕하시오며 사모님께서도 안녕하시온지요. 그동안 스승님을 자주 찾아뵙지 못하여 죄송합니다. 그리고 『선도체험기』 68권에 제 이야기를 실어주시고 자세한 방편까지도 제시해 주셔서 고맙습니다. 스승님의 깊은 배려에 심심한 감사를 드립니다.

　저는 그동안 아내의 음주 문제로 많은 갈등과 감정의 변화를 겪어야만 했습니다. 그래서 제일 먼저 제 주변부터 바꿔 나가면서 아내의 잘못된 음주 습관을 고쳐 나가기로 마음먹고 방편들을 하나하나 찾아보았습니다.

　그 첫 번째 시도가 지피지기(知彼知己)와 관찰이었습니다. 달라진 것은 전에는 소주였는데 지금은 맥주로 바뀌었고 아내의 체력도 많이 떨어졌고 또한 자기 자신도 마음의 갈등을 많이 느낀다는 점입니다. 이래서는 안 되겠다는 본인의 양심의 소리가 들리는 것 같습니다.

　제가 뭐라고 하기 전에 술 먹고 놀다가 늦게 들어올 때면 가슴이 두근거리고 자신이 왜 이러나 싶고 자기 자신이 미워지더라고 말하더군요. 그래서 틈새 공략하기로 하고 아내랑 자꾸 대화하고 그때그때 대응해 나가려고 노력 중입니다.

그동안 마라톤 하프 2번, 풀코스 총 6번을 뛰고 나니 우측 발 두 번째 발톱이 까맣게 변하여 3번 빠지고 한 번은 좌우 한 개씩 색이 변하더군요. 보통 아내들의 눈으로 볼 때 이런 게 무척 보기 싫었고 이웃이나 친구들로부터 너의 남편 잘 거둬라. 너무 말랐다는 소리를 많이 들었는데 이런 소리가 듣기가 싫었다고 하더군요.

저는 그동안 생식을 하고 저녁 9시 퇴근 후에 4~10킬로 달리기, 체조, 턱걸이, 윗몸일으키기, 팔굽혀펴기, 일요일 등산을 생활화해 오고 있습니다. 단전호흡은 생활행공(行功)을 하고, 대략 출근 후 가게에서 약 30분 반가부좌를 합니다.

한가하면 틈틈이 독서를 하고 퇴근 후 운동 끝나면 독서, 행공으로 이어집니다. 앞으로는 아내와 함께 하는 자리와 시간도 많이 만들어 보려고 합니다. 그래서 일상적인 조깅과 몸공부는 계속하지만 마라톤 풀코스는 아내의 소원대로 하고, 2002년 10월 27일 경주에서 열렸던 동아 마라톤 풀코스를 마지막으로 앞으로는 출전하지 않기로 했습니다.

그리고 결정적으로 제 마음이 바뀌게 된 동기는 지난 12월 하순경에 있었던 일이었습니다. 그때 아내는 동창 모임이 있어서 출타 중이었는데 퇴근길에 우연히 우편함을 열어 보니 아내 이름으로 된 대출금 통지서가 와 있더군요. 금액은 무려 삼백오십만 원. 처음엔 저도 놀랐습니다. 뒤통수를 한 대 얻어맞은 기분이더군요.

조용히 뛰는 가슴을 가다듬고 생각해 보니 이미 일은 이미 벌어졌고, 아내도 혼자서 많은 고민을 했을 거라는 생각이 들었습니다. 가사용으로 쓴 것도 아니고 순전히 유흥비로 써 버렸으니 말도 못 하고 마음고생이 심했을 것입니다. 아내가 돌아온 이튿날 조용히 앉혀 놓고 물었습니다.

"이게 뭐요?"

아내는 묵묵부답이었습니다.

"이런 일이 있으면 진작 나한테 얘기하고 해결해야지. 지금껏 얼마나 혼자서 고민하고 걱정하고 마음고생이 얼마나 심했겠소?"

제가 이렇게 말하면서 도리어 위로를 했더니 아내는 무척이나 감동했나 봅니다. 많이 울더군요. 이게 다 알고 보면 스승님한테서 배운 덕분입니다. 제가 그동안 『선도체험기』 꾸준히 읽고 하근기가 돼 놔서 비록 스승님이 주시는 것을 다 받아들이지는 못했지만 조금씩 조금씩 변해 왔었던 것 같습니다.

역지사지(易地思之), 방하착(放下着), 상구보리(上求菩提) 하화중생(下化衆生), 애인여기(愛人如己), 여인방편자기방편(與人方便自己方便) 등등. 저 또한 아내를 용서하고 나니 마음이 편했습니다.

이미 지난 일을 가지고 왈가왈부한다고 해서 부채가 탕감되는 것도 아니고 감정만 상하고 달라지는 것은 아무것도 없었을 것입니다. 가장 어려운 위기를 언제나 슬기롭게 극복함으로써 그때그때 최선을 다하도록 하려고 합니다. 이제는 아내를 계속 지켜보면서 정상 궤도를 달릴 때까지 지켜보려고 합니다.

그리고 저에 관한 기사가 지방 신문인 경상일보에 "유씨의 하루"라는 제목으로 난 일이 있습니다. 10여 년 동안 등산을 해 오면서 쓰레기를 주어 온 일이 있었는데 누가 신문사에 제보를 했던 것 같습니다.

기자가 저에 대하여 제 주위에 알아보고 쭉 취재를 해 왔더군요. 그만한 일로 신문에 난다는 것이 쑥스럽다고 극구 사양했지만 담당 기자도 보통이 아니더군요. 다음날 또 찾아와서 한 시간 이상 입씨름 끝에 인터뷰에 응하지 않을 수 없어 기사가 나갔는데 몇 가지 오류가 있었습니다.

"왜 쓰레기를 주어 오느냐'고 묻기에, "산은 심신을 수련하는 장소인데 지저분해서야 쓰겠습니까?' 하고 대답해 주었습니다. "가장 감명 깊었던 책이 뭐였습니까?' 하고 기자가 또 물었습니다. 저는 옆에 있던 『선도체험기』를 보여 주면서 "이 책입니다' 하고 말하고 나서 『소설 단군』을 보여 주면서 『천부경(天符經)』, 『삼일신고(三一神誥)』, 『참전계경(參佺戒經)』은 우리 선조들의 위대한 경전입니다' 하고 말해 주었습니다.

그런데 이튿날 신문에는 『참전계경』이 아니라 참전개경으로, 『선도체험기』는 그냥 선도로만 활자화되었습니다. 그 기자가 우리 경전을 단 한 번만이라도 읽어 보았더라면 하는 아쉬움이 남았습니다. 앞으로 더 착하고 바르게 살도록 노력하겠습니다. 제 이야기가 너무 두서없고 길어졌습니다. 다음에 전화 드리고 또 찾아뵙겠습니다. 그동안 안녕히 계십시오.

추신

『선도체험기』 69권 머리말에 나온 배호영 사장님의 "애독자 여러분에게 알립니다!!"를 읽고 한 구좌 주문해서 이곳 시립도서관에 기증했습니다. 제가 첫 번째 구입자라고 배 사장님이 말씀하시더군요.

그리고 도서관 담당자가 다행히도 선생님이 쓰신 『선도체험기』를 아직 읽지는 못했지만 두 달마다 발간되는 것도 알고 관심이 있어 하기에 꼭 읽어 보라고 권하고 왔습니다. 도서관을 둘러보니 이용자가 많아 다행이다 싶었습니다. 누구든지, 한 사람이라도 더 선생님의 저서를 읽어 보고 자성구자(自性求子) 성통공완(性通功完)하기를 기원하며.

2003년 1월 28일
울산에서 여황근 올림

【필자의 회답】

우리가 수행을 하는 목적은 자기 자신 속의 거짓 나에서 진리인 참 나로 거듭나는 것이라고 흔히들 말합니다. 또 참나로 거듭난다는 것은 명상 중에 어떠한 화면이나 형상을 만나 큰 희열을 맛보는 것이라고 생각하는 사람들도 있습니다.

모두가 틀린 말은 아니지만 내가 보기에는 거짓 나에서 참나로 거듭 난 사람은 일상생활에서 여황근 씨처럼 사고방식과 생활 태도가 근본 적으로 바뀌는 것을 말합니다. 아내가 유흥비로 쓴 적지 않은 청구금 통지서를 보고 분노하는 대신에 아내를 조용히 타일러 회한의 눈물을 흘리게 했다든지, 산에 오를 때마다 쓰레기를 주어 온다든지, 공공도서 관에 책을 기증하는 일을 실천한 것이야말로 거짓 나에서 참나로 거듭 난 사람들의 진면목입니다.

그런 의미에서 여황근 씨의 아내 되시는 분은 복을 타고난 분이라고 생각합니다. 앞으로도 좋은 소식 계속 보내주시기 바랍니다.

수련 현상 문의

삼공 선생님, 먼저 삼배 올립니다. 몇 가지 수련 현상이 있어 문의드립니다. 먼저 월요일에 다녀간 후에 생식을 하니 운기가 잘되고 그날 단전호흡으로 진동을 느낀 바 있습니다. 97년도에 단전호흡을 알고 많은 책을 읽고 노력했으나 별 효과는 못 보던 차에 『선도체험기』를 접해 꾸준히 읽고 포기하지 않았습니다.

요 며칠간 선생님 댁을 방문한 후에 운기가 잘되며 단전호흡 시 기운이 몸을 감싸고 뻗어 나갈 정도로 기운이 커지게 되었고, 단전호흡이 잘되면서 백회로 기운이 들어왔습니다. 이틀간 들어오다 말다 하다가 다시 지금은 계속 들어오고 있습니다.

들어오는 기운은 백회를 지나 지금은 대추혈을 지나고 있으며 나아가 독맥에 천기가 축적되는 것을 느낍니다. 독맥이 시원하면서 온몸도 시원하고 짜릿합니다. 동시에 뒤통수인 옥침혈에 기운이 모인 것은 태양혈을 지나 머리를 한 바퀴 감싸고 인당에도 조금씩 쌓이는 느낌입니다. 무엇보다 옥침혈에 기운이 계속 쌓이고 축적되고 있습니다. 뿐만 아니라 숙변이 나와서 몸도 한결 가벼워졌습니다.

어제 꿈에는 아래를 보니 맑은 물이 있고 들이 보였습니다. 물이 너무 맑아 좋아했고, 어느 집합소 같은 데서 여자분의 안내로 어딘가 이동했습니다. 마치 관광 온 것처럼 가이드의 안내와도 같았습니다.

지금 생각하니 위에서 아래를 볼 때 내 자신이 날아가면서 본 것 같았습니다. 비행기에서 아래를 보듯이요... 그리고 제가 무슨 죄로 지금 까지 계속 못 오다가 이제야 오게 된 것 같은 느낌도 받았습니다. 가슴 에서 쿡 하고 그런 느낌을 받았기 때문입니다.

모든 현상이 한낱 말변지사(末邊之事)라는 것을 항상 말씀해 주셔서 잘 알고 있습니다. 단지, 수련이 지금 올바른가 싶어서 여쭤 봅니다. 이해해 주십시요. 편안한 밤 되시고 편히 쉬십시요.

황성찬 올림

【필자의 회답】

옥침혈과 태양혈에 활발한 운기 현상이 감지되는 것은 그 부분의 경혈(經穴)들이 열리면서 통혈(通穴)이 되기 때문입니다. 그런 과정이 앞으로도 계속될 것입니다. 머리 부분의 경혈들이 전부 다 통기(通氣)되면 상단전이 열리게 될 것입니다. 그런 때일수록 하단전(下丹田)에 의식을 집중하여 축기에 정성을 쏟아야 합니다.

꿈에 여자의 안내를 받았는데 무슨 안내를 받았는지 기억이 나지 않는다면 그런 것은 개꿈입니다. 언급할 가치도 없으니 빨리 잊어버리는 것이 좋습니다. 수행자의 꿈이나 명상 중에 매력적인 여자가 나타나는 것은 대체로 그의 절제력과 인내력을 시험하기 위한 유혹인 경우가 많습니다. 그런 유혹이 빠지면 수련은 후퇴하게 될 것입니다. 호사다마(好事多魔)라고 수련이 잘될 때 그런 수가 있으니 당연히 그 유혹을 물리쳐야 합니다.

〈71권〉

다음은 단기 4336(2003)년 2월 5일부터 같은 해 6월 30일 사이에 있었던 필자의 수련 과정과, 필자와 수련생들 간에 오고간 수련과 인생에 관한 대화 그리고 이메일 또는 서신 문답을 수록한 것이다.

기독교(基督敎) 부활관(復活觀)과 윤회(輪廻)

우창석 씨가 물었다.

"기독교에서는 사람이 죽은 뒤에 어떻게 된다고 합니까?"

"사도신경(使徒信經)에 보면 예수가 '십자가에 못 박혀 죽으시고 장사한 지 사흘 만에 죽은 자 가운데에서 다시 살아나시며, 하늘에 오르사, 전능하신 하나님 우편에 앉아 계시다가, 저리로서(그곳에서) 산 자와 죽은 자를 심판하러 오시리라'고 마치 동화와 같은 얘기가 나옵니다.

이것으로 보아 사람이 이 세상에서 살다가 일단 죽으면 무덤 속에 들어가서 예수가 심판하려 다시 올 때까지 기다렸다가 육체 인간으로 다시 살아나 재림(再臨) 예수로부터 산 자와 죽은 자의 심판을 받는 것으로 되어 있습니다."

"그럼 사람이 일단 숨을 거두면 무덤 속에 들어가 예수가 다시 올 때까지 몇천 년이고 몇만 년이고 누워 있다가 다시 육체로 살아난다는 말입니까?"

"대체로 그런 얘기인 것 같습니다."

"선생님께서는 그걸 어떻게 생각하십니까?"

"그거야말로 황당무계한 동화와 같은 얘기입니다."

"왜 그렇게 생각하시는데요?"

"수행을 하여 어느 수준에 도달하면 누구나 그렇지 않다는 것을 알 수 있기 때문입니다."

"그럼 실제로 사람이 죽으면 어떻게 됩니까?"

"불교에서는 살아생전의 업보(業報)로 인한 인과응보(因果應報)에 따라 육도윤회(六道輪廻)를 한다는 말이 있는데 사실은 그 말이 맞습니다. 심은 대로 거두게 되어 있으니까요. 팥 심은 데 팥 나고 콩 심은 데 콩 나게 되어 있는 것이지 한 번 죽은 사람이 예수 재림할 때까지 무덤 속에서 기다리는 일은 있을 수 없습니다. 이것은 동양에서뿐만 아니라 지금은 에드가 케이시 같은 미국의 대 초능력자며 예언가에 의해서 그리고 서구의 심령과학 연구진들에 의해서도 속속 밝혀지고 있습니다."

"선생님께서는 수련 중에 선생님 자신의 전생(前生)을 투시(透視)하여 보신 일이 있습니까?"

"물론입니다."

"어떻게 하면 자신의 전생을 투시할 수 있을까요?"

"역시 수련이 어느 수준에 도달해야 하는 것이 전제 조건(前提條件) 입니다. 그때가 되면 다겁생(多劫生)의 자기 전생들이 마치 파노라마처럼 화면으로 보입니다. 수십억 년 전 바다의 미생물에서 진화되어 양서류를 거쳐 포유동물, 유인원, 인간에 이르기까지. 거기서 인간으로 태어나 어떤 직업을 거쳐 오늘에 이르렀는지 일목요연(一目瞭然)하게 화면으로 알 수 있습니다. 관심의 초점은 역시 최근 수십 생(數十生)의 생활 패턴입니다."

"그럼 선생님께서는 최근 수십 생 동안 어떤 생활 패턴을 유지하여 오셨습니까?"

"30세 전후까지는 무관(武官)으로 생활을 해 왔습니다. 그리고 30대 이후부터는 학자 아니면 문필가를 거쳐 구도자로서 마지막 생애를 마치었습니다. 특히 단군조선, 고구려, 신라, 백제의 삼국 시대, 고려, 이씨조선 시대를 거쳐 각 시대마다 특이한 복장을 차려입은 청년기, 중년기, 노년기의 나 자신의 모습을 생생하게 볼 수 있었습니다.

우리나라에서뿐만 아니라 중국, 인도, 중앙아시아 같은 나라들에서 살아 본 일도 있었습니다. 그러나 초년에 무관, 중년에 문필가, 말년에 구도자라는 패턴은 그대로 유지했습니다. 이러한 생활 패턴은 금생에서도 그대로 이어졌습니다.

내 나이 19세 때 1950년 육이오가 일어나 군대에 들어가 포병 중위로 제대한 것이 1963년이니까 13년 동안 군대생활을 했습니다. 13년 군대생활 중 장교생활을 한 것이 근 10년이었습니다.

역시 금생에도 초년에는 무관생활을 한 것입니다. 그런데 각 생애때마다 무관으로서는 별로 성공을 거두지 못했습니다. 금생에도 겨우 중위로서 예비역에 편입한 뒤 신문사에 들어가 신문기자로 23년간 근무하는 동안 1974년에 소설가로 등단(登壇)했습니다.

그러다가 1986년에 선도수련을 본격적으로 시작했습니다. 그때 나이가 54세였습니다. 이때부터 나는 구도자가 된 것이죠. 『선도체험기』 1, 2, 3권이 나온 것이 1990년 내 나이 58세부터이고 그 후 금년 2003년 4월까지 『선도체험기』가 70권이 발간되었습니다.”

“그럼 최근 10여 년 동안 삼공재(三功齋)에 모여드는 수련자들은 전생에 선생님과는 무슨 관련이 있던 사람들인가요?”

“물론입니다. 거의가 전생에도 제자들이 아니면 수련과 관련이 있었던 사람들입니다.”

“그러니까 선생님에게는 기독교의 생사관(生死觀)이 맞지 않으시겠군요.”

“물론입니다. 나는 불제자(佛弟子)는 아니지만 수련을 통하여 인과응보와 업보와 윤회를 알게 되었습니다. 따라서 내가 수련으로 체득한 바에 의하면 기독교의 생사관과 부활관은 유치하고 엉성하기 짝이 없는 동화 수준에 지나지 않는다고밖에 말할 수 없습니다.”

“가령 대학 입시생이 낙방으로 자살을 했다면 어떻게 될까요?”

“자기 자신을 죽이는 것도 일종의 살인입니다.”

“그래서요?”

“그가 금생에 대학 입시생이었다면 살인의 업보까지 추가되어 다음 생에는 고교 입시에서 계속 낙방을 하게 될 것입니다.”

“만약에 어떤 사람이 강도질을 하다가 고층 건물에서 추락하여 사망했다면 그의 다음 생은 어떻게 될까요?”

“학교에서 학년 유급생이 다음 해에 진급을 하려면 어떻게 해야 합니까?”

"공부 열심히 하여 성적을 올리는 수밖에 더 있겠습니까?"

"그와 똑같습니다. 강도짓이 잘못이라는 것을 깨닫지 못한 채 죽었다면 강도짓이 나쁘다는 것을 깨달을 때까지 다음 생에도 강도짓을 계속할 것입니다."

하나님은 누구를 특별히 사랑하는가?

우창석 씨가 말했다.

"선생님, 교회에 가면 흔히 정문에 '하나님은 당신을 특별히 사랑하십니다' 하는 간판이 눈에 뜨입니다. 과연 하나님은 누구를 특별히 사랑합니까?"

"하나님은 누구를 특별히 사랑하거나 누구를 특별히 미워하거나 하는 일은 없습니다. 단지 하나님은 성령 또는 기운이라는 매개체로 이 우주를 꽉 채우고 있을 뿐입니다. 우리 인간들이 마음을 얼마나 비웠느냐 또는 심신이 얼마나 그 기운을 받아들일 준비가 되어 있느냐에 따라 대우주와 사람인 소우주의 교류는 이루어지게 되어 있습니다.

만약에 이웃을 내 몸처럼 사랑하는 사람이 때가 되어 성령과 접한다면 하나님이 자기를 특별히 사랑하는 느낌을 갖게 될 것입니다. 그러나 복수심에 불타는 사람이 그 기운과 접하면 그 복수심을 더욱더 불태우게 될 것입니다.

똑같은 햇빛을 받아도 빨간 색안경을 쓴 사람의 눈에는 모든 것이 새빨갛게 보일 것이고 파란 색안경을 쓴 사람의 눈에는 온갖 사물이 전부 다 파랗게만 보일 것입니다. 성령이란 어찌 보면 햇빛과도 같다고 할 수 있습니다. 빛을 받아들이는 사람의 마음의 색깔에 따라 각양각색으로 바뀔 수 있다는 얘기입니다. 그러니까 하나님이 아무나 특별히 사랑한다고 생각하면 그거야말로 큰 착각이 아닐 수 없습니다."

"그러니까 하나님의 사랑을 받을 수 있을 만큼 남을 사랑할 줄 아는 사람은 성령을 통하여 하나님의 사랑을 받을 자격이 있지만 마음속에 증오심이 가득찬 사람은 그 마음이 바뀌지 않는 한 하늘의 기운을 통하여 하나님의 사랑은커녕 자신의 증오심만 더욱더 키우게 된다는 말씀이군요."

"바로 그겁니다."

가짜 종교와 진짜 종교의 차이

"그리고 선생님, 우리가 흔히 말하는 사이비 즉 가짜 종교란 무엇입니까?"

"종교란 구도자가 자신감을 갖고 제 발로 진리를 구해 나가는 것이 아니고 무엇을 믿는 힘으로 진리를 추구하는 것을 전제로 합니다. 이것을 일컬어 타력 신앙(他力信仰)이라고 합니다. 이 타력 신앙이 바로 종교입니다. 사이비 종교의 특징은 그 믿음에 반드시 제한을 가합니다."

"제한을 가한다는 것이 구체적으로 무슨 뜻입니까?"

"가령 누구를 믿어야 만이 구원을 받아 천당에 갈 수 있고 그렇지 않으면 지옥에 떨어진다고 은근히 협박 공갈을 한다면 그것은 영락없는 사이비 종교거나 사교(邪敎) 집단입니다. 또한 교주의 말과 행동이 일치하지 않고 거짓말을 식은 죽 먹듯이 하는 것도 사교 집단입니다.

말세가 오고 천지개벽을 한다면서 재산을 헌납해야 죽음을 면할 수 있다 하고, 아무런 대가도 없이 노역을 시키고 행상을 하게 하여 벌어들인 돈을 갈취한다든가, 자기네처럼 믿지 않는 사람들을 이단이라면서 배척합니다.

그리고 조직을 이탈하는 신도들에게 위협 공갈을 하거나 상해를 입히거나 살인을 자행하고 폭력을 행사하는가 하면 교주를 우상화하고 신격화합니다. 게다가 자기네 종교를 믿으면 반드시 복을 받는다고 말합니다. 종교란 깨달음을 주고 자기 존재의 실상을 깨닫게 하는 것이지 부(富)나 명예나 복(福)을 주는 것이 아닙니다. 기복 신앙(祈福信仰) 역시 갈데없는 사이비 종교입니다. 진짜 종교는 절대로 그런 식으로 말하지 않습니다.”

“그럼 진정한 종교에서는 뭐라고 말합니까?”

“사악한 욕심을 버려라, 이웃을 네 몸처럼 사랑하라. 살생하지 말고 도둑질하지 말고 간음하지 말고 거짓말하지 말고, 과음하지 말고 마약을 이용하거나 도박하지 말고, 부모를 공경하라. 자기 자신이 싫어하는 것을 남에게 요구하지 말라. 오른손이 하는 것을 왼손이 모르게 하라. 남이 잘못을 회개하거든 일곱 번씩 일흔 번이라도 용서하라. 남을 위해 주는 것이 나 자신을 위하는 길임을 알고 이를 실천하라.

요컨대 인의예지신(仁義禮智信)을 실천하라 등등 스스로 마음공부를 함으로써 시궁창과 같은 속세의 밑바닥에서부터 몸이 점점 가벼워져서 위로 떠오르게 합니다. 이렇게 되면 인간인 소우주와 하늘인 대우주의 벽은 점점 더 엷어져서 어느 시점에 도달하면 둘이 하나로 합쳐지게 됩니다. 이것이 진정한 종교입니다.”

기공 수련자(氣功修鍊者)의 생리

필자의 처방을 받아 오행생식을 8년간이나 해 온, 사설 학원을 경영하는 60대 중반의 수행자인 박상훈 씨가 말했다.

"선생님, 며칠 전에 저는 밤에 집에서 자다가 갑자기 심장이 멎는 것 같아서 죽는 줄 알았습니다."

"심장이 멎다니요?"

"밤 두 시쯤 됐는데 몸이 좀 이상해서 깨어나 보니 갑자기 심장의 맥박이 난조(亂調)를 띠기 시작했습니다. 맥박이 빨라졌다가 금방 느려지는가 하면 두세 번 뛰다가 한 번씩 건너뛰는 부정맥(不整脈)이 나타나기도 했습니다."

"혹시 숨이 막히거나 답답해 오거나 하지는 않았습니까?"

"무질서하게 두근두근 뛰는 부정맥 때문에 처음에는 심장이 멎는 것 같았습니다. 그래서 일어나 가부좌를 틀고 앉아서 단전에 의식을 두고 강하게 호흡을 했습니다. 그러자 조금씩 가라앉기 시작했습니다. 그러나 하도 놀라서 그런지 그다음부터는 통 잠이 오지 않았습니다. 거의 뜬눈으로 그 밤을 새우고 이튿날 오전에 제가 단골로 다니는 한의원에 찾아갔습니다."

"그래 한의사가 뭐라고 하던가요?"

"진맥을 해 보고 나서 별 이상은 없지만 아무래도 노쇠(老衰)가 서서히 찾아오는 증세 같다면서 과격한 운동을 삼가고 보약을 좀 들어야겠"

다고 말했습니다. 생각 좀 해 보겠다고 말하고 이번에는 종합병원의 심장병 전문의를 찾아갔습니다.

각종 첨단 진료 기구를 동원하여 세밀한 진단을 해 본 의사는 아무 이상도 없다고 딱 잘라 말했습니다. 두 의사의 말을 듣고 저는 곰곰이 생각해 보았습니다. 이건 혹시 의학적인 문제가 아닌 게 아닌가 하는 느낌이 들어서 선생님의 자문을 좀 구했으면 하고 찾아 왔습니다."

"요즘도 수련은 잘되고 있습니까?"

"네, 다른 때보다도 석 달 전부터는 특별히 잘되는 폭입니다."

"어떻게요?"

"반가부좌만 하고 앉아 있기만 해도 자동적으로 단전이 따뜻하게 달아오르면서 입안에 단침이 많이 고이고 운기가 잘됩니다."

"그런 일이 있은 뒤에 몸에 무슨 변화가 일어나지는 않았습니까?"

"변화가 분명히 있었습니다."

"어떤 변화였는데요?"

"그렇게 심장이 멎는 것과 같은 고통이 있은 뒤에 마치 십년 묵은 체증이 내려간 것처럼 답답하던 명치가 시원히 뚫리면서 갑자기 운기가 활발해졌습니다. 그리고 대추혈이 뚫리고 임독(任督)이 확 통해 버렸습니다. 그리고 명문이 또 뜨거워지기 시작했습니다."

"중단전(中丹田)이 뚫리느라고 그랬군요. 축하합니다."

"그런데 의사들은 왜 그런 말은 안 하죠?"

"내가 보기에는 박상훈 씨가 찾아간 의사들은 기공부를 전연 안 하는 사람들이니까 그런 기적(氣的) 현상을 알 리가 없었을 것입니다. 기에 대한 문외한(門外漢)들이 기에 대해서 무슨 말을 할 수 있겠습니까?

박상훈 씨는 지난 8년 동안 꾸준히 내가 처방한 오행생식을 하면서 기공부, 몸공부, 마음공부를 중단 없이 끈질기게 해 온 열매를 이제 와서야 맺게 된 것입니다."

"그런 것도 모르고 저는 나이가 너무 많아서 기 수련은 더이상 진전이 없는 줄 알았습니다."

"기공부에는 남녀와 연령의 차이가 있을 수 없습니다. 열심히 진지하게 수련하는 사람에게는 반드시 열매가 열리게 되어 있습니다."

"그럼 중단전은 한 번만 열리게 되어 있습니까?"

"그렇지 않습니다. 앞으로도 수없이 여러 번 열리게 될 것입니다. 그때마다 심신의 변화가 따르게 될 것입니다."

"그러고 보니 그 일이 있은 뒤부터 어쩐지 제 가슴이 탁 트인 것 같았고 갑자기 제 마음이 바다처럼 넓어진 것 같은 느낌이 들었습니다. 그럼 저는 앞으로 어떻게 됩니까?"

"계속 용맹정진(勇猛精進)하면 미구에 상단전(上丹田)도 열리게 될 것입니다. 단전에 축기가 되고 운기가 확실해지게 되면 그 수련자의 생리는 보통 사람들과는 전연 다르게 변한다는 것을 알아야 합니다."

"보통 사람들과 다른 생리를 갖게 된다는 것은 무엇을 말합니까?"

"앞으로 명현반응이 무수히 찾아올 겁니다. 임독이 트여서 소주천 정도만 되어도 몸에 이상이 있다고 하여 병원에 함부로 가면 큰 낭패를 보는 수가 있습니다. 이곳에 찾아오는 수련생 한 사람은 갑자기 치통이 일자 평소 습관대로 치과에 찾아갔습니다. 의사는 치통이 있다는 어금니 하나를 금방 빼 버렸습니다. 그리고 나서 나한테 찾아와서는 그 얘기를 하는 것이었습니다.

그러나 그건 내가 보기에는 수련 때문에 일어나는 명현반응(瞑眩反應)이었습니다. 『선도체험기』를 주의 깊게 읽어 보면 그런 때 낭패를 본 수련자들의 얘기가 나옵니다. 그러나 수련자들은 막상 갑자기 치통이 생기면 그런 사실을 깜박 잊고 치과부터 달려갑니다."

"그럼 그런 경우 어떻게 해야 됩니까?"

"일단 기공부를 시작하여 운기가 되기 시작하면 그 시점부터 보통 사람들과는 전연 다른 생리 현상을 갖게 된다는 것을 깊이 명심해야 합니다. 그때 만약 치통을 참고 좀 기다렸더라면 얼마 후에 스스로 깨끗이 나았을 것입니다."

"수련자에게 치통이 일어나는 원인은 무엇입니까?"

"치통이 일어나는 부위의 막혔던 경혈(經穴)이 뚫리느라고 일어나는 현상입니다. 어떤 수련생은 맹장 부위에 통증이 온다고 하여 병원에 달려가자 금방 맹장 제거 수술을 했습니다. 기다렸다면 곧 회복되었을 터인데 멀쩡한 맹장을 떼어낸 것입니다.

요즘은 맹장을 함부로 떼어내지 않는 의사도 있습니다. 맹장은 소장의 과도한 열을 식혀 주는 역할을 한다고 합니다. 편도선도 과거에는 필요 없는 것으로 알고 절제 수술을 했었는데 요즘에는 외부에서 들어오는 병균들과 오염물질들을 걸러내는 역할을 한다고 하여 함부로 수술하여 제거하지 않습니다.

인체 내의 모든 장기들은 아무 필요도 없이 붙어 있는 것은 하나도 없다는 것을 알아야 합니다. 그러나 병원에서는 환자의 이익보다는 병원의 수익을 올리기 위해서 수술을 많이 권하는 쪽을 택합니다. 그러나 기공 수련자의 입장에서 보면 맹장이나 편도선이 아픈 것은 그 부위의 경혈이 열리느라고 일어나는 명현 현상일 뿐입니다. 조금만 참았더라면 곧 통증은 가라앉았을 것입니다."

"그렇다면 기공 수련자는 몸이 아파도 병원에 가면 안 되겠군요."

"그렇고말고요. 항시 기를 느끼고 운기가 되는 사람은 몸의 어느 부위에 통증이 오더라도 그 부위의 막혔던 경혈이 뚫리면서 일어나는 변화인 명현반응이라는 것을 알고 병원 찾는 일을 삼가야 할 것입니다."

좌골신경통(坐骨神經痛) 이야기

"그럼 특정 부위의 통증이 몇 달 또는 일 년 이상씩 가는 것도 그렇습니까?"

"그렇습니다. 내가 직접 겪은 일을 실례로 말하겠습니다. 나는 86년도에 단전호흡을 시작한 이후 그전까지 고질병이었던 신경통이 일제히 사라졌습니다. 그런데 느닷없이 작년 봄에 좌골신경통이 생겨나 앉았다 일어서기와 보행이 불편할 정도로 심했습니다.

나는 으레 명현반응이라고 생각하고 참기로 했습니다. 그런데 3개월을 참고 반년을 참아도 낫지 않았습니다. 1986년 이래 기공부를 17년 동안 해 오지만 명현 현상이 6개월 이상 간 일은 없었습니다.

하도 오래가니까 가족들과 주변에서는 노쇠(老衰) 현상일 것이라고 말했습니다. 그러니 병원에 가서 더 악화되기 전에 치료를 해야 된다고 했습니다. 그 얘기를 처음에는 무시했지만 날이 갈수록 통증이 심해 오니까 혹시 그럴지도 모른다는 생각이 들었습니다.

세월을 이기는 장사는 없기 때문입니다. 한 번 태어난 사람은 누구를 막론하고 늙으면 병들어 죽게 되어 있는 것이 우주와 자연의 이치입니다. 그것은 모든 생물의 피할 수 없는 숙명입니다. 진시황도 죽음만은 어쩔 수 없었는데 누가 이것을 피할 수 있겠습니까? 그러나 의술의 힘을 빌어 고통을 줄이거나 치료를 해 볼 수는 있지 않을까 하는 생각도 들었습니다.

우선 신경통에 잘 듣는다는 침술을 이용해 보기로 했습니다. 한의원에 가서 여러 번 침을 맞아 보았지만 아무 효과도 없었습니다. 물론 한약도 먹어 보았지만 백약(百藥)이 무효였습니다. 누가 그러는데 어혈(瘀血) 때문에 그런 거니까 부항으로 사혈을 하면 나을 것이라고 했습니다. 그러나 부항도 아무 효험이 없었습니다. 뜸이 좋다고 해서 뜸을 떠보았지만 효과가 없기는 마찬가지였습니다.

그러다가 『선도체험기』독자들과의 인터넷 교신으로 음양식사법이라는 것을 알게 되어 밥 따로 물 따로를 작년 9월 12일부터 시작했습니다. 식사 도중이나 직후에는 물을 들지 않고 식후 두 시간 뒤에 물을 마시는 식사법을 말합니다. 70년을 길들여 온 식사법을 일시에 바꾸려하니까 금단증상(禁斷症狀)이 만만치 않았습니다.

그러나 21일 단식도 해 본 경험이 있었고 그동안 수련을 통하여 축적된 인내력과 지구력, 자제력을 바탕으로 끈질기게 밀고 나간 결과 20일이 지나고 한 달이 되면서 어느 정도 길이 들기 시작했습니다.

그런데 기공 수련자인 나에게 특이하게 느껴진 것은 음양식(陰陽食)을 하면서부터 운기(運氣)가 눈에 띄게 활발해졌다는 것입니다. 먹은 음식이 완전 연소가 되어서 그런지 하루 세끼씩 꼭꼭 먹을 필요가 없겠다는 생각이 들었습니다. 그리하여 음양식 시작한 지 한 달이 되면서부터는 하루 세 끼 먹던 식사를 아침저녁 두 끼로 줄였습니다.

하루 두 끼 식사를 하면서부터 운기는 더욱더 활발해졌습니다. 일일이식(一日二食)을 한 달쯤하고 나자 오랜 숙원이던 하루 한끼 즉 일일일식(一日一食)도 할 수 있을 것 같은 자신감이 생겼습니다. 드디어 2002년 11월 18일부터 하루 한끼 식사를 하기 시작했습니다.

하루 한끼 식사를 77일째까지 한 이야기는 『선도체험기』 70권에 이미 자세히 내보냈으므로 되풀이하지 않겠습니다. 일일일식(一日一食) 77일 째는 잊을 수 없는 날입니다."

"왜요?"

"이날부터 나는 일요일에 오전에 암벽 등반을 하면서도 일일일식(一日一食)을 유지할 수 있게 되었기 때문입니다. 그전까지는 일일일식을 하면서도 등산하는 날만은 허기와 무력감 때문에 하루 두 끼 식사를 해야 했습니다. 그러나 이날부터 나는 등산하는 날도 저녁 한끼만으로도 넉넉히 버틸 수 있게 되었습니다.

내가 이것을 체험으로 터득하기 전에는 일일일식을 30년 이상 해 온 71세의 세계적인 재미교포 절식 전문가(節食專門家)인 유병팔 박사가 매일 아침 6킬로미터를 30분에 주파(走破)한다는 말을 믿기 어려웠습니다. 그리고 일일일식 하는 어떤 중년 남자는 매일 조기(早起) 축구를 두세 시간씩 한다는 말 역시 믿어지지 않았습니다.

그러나 오전 내내 물 한 모금 안 마시고도 암벽 등반을 해 본 나는 이제는 그 말을 믿을 수 있게 되었습니다. 동시에 그때부터는 근 일 년간이나 지속되어 온 그렇게도 심하던 좌골신경통도 거의 다 낫게 되었습니다."

"그렇다면 음양식과 일일일식이 좌골신경통을 낫게 하는 데 무슨 관계가 있었습니까?"

"그것이 나의 좌골신경통이라는 명현반응을 낮게 하는 데 도움은 주었겠지만 결정적인 역할을 한 것은 아닙니다."

"왜 그렇게 생각하십니까?"

"명현반응이 심한 경우는 1년 이상 2년씩 가는 경우도 흔히 보아 왔기 때문입니다. 우리 인체에 있는 730여 개의 경혈이 기공부를 통하여 모조리 다 열리는 데는 상당한 시일이 걸리는 것은 틀림이 없습니다. 이것이 기공 수련자와 보통 사람들과의 차이점입니다."

"그러나 흔히들 기공 수련자는 기공 수련을 안 하는 사람보다는 상처가 나도 빨리 아물게 되어 있지 않습니까?"

"대체로 그런 것이 사실이긴 하지만 반드시 그렇지만도 않은 경우가 있습니다. 가령 몸에 도장 부스럼 같은 것이 났을 경우 보통의 경우라면 약을 바르면 금방 낫습니다. 그러나 기공 수련자의 명현반응일 경우는 그렇지 않습니다. 반년 또는 1년씩 가는 경우도 있습니다. 손끝에 뾰루지가 났는데도 3개월 내지 반년씩 가는 경우도 있습니다. 양방과 한방의 어떠한 치료도 전연 효력이 없습니다."

"그 이유가 무엇일까요?"

"그 부위 깊숙한 곳에 숨어 있던 병기(病氣)나 독기(毒氣)나 탁기(濁氣)가 배출되느라고 그런 것 같습니다."

"그럼 그럴 때는 어떻게 합니까?"

"의학적인 방법으로 치료할 생각을 단념하고 인내심을 갖고 꾸준히 기다리는 수밖에 없습니다. 치료를 하려고 하면 할수록 상태만 더욱더 악화시킬 뿐입니다. 때가 되면 자연히 낫게 되어 있으니까요. 그 대신 열심히 수련을 해야 할 것입니다."

일일일식(一日一食)과 일일삼식(一日三食)의 차이

우창석 씨가 또 말했다.

"그건 그렇고요. 선생님, 일일일식(一日一食)을 하실 때하고 일일삼식(一日三食)을 하실 때하고 똑같은 등산 코스를 주파(走破)해 보시니 어느 쪽이 힘이 더 들었습니까?"

"일단 정착이 되고 나면 일일일식 할 때가 일일삼식 할 때보다 힘이 덜 들고 몸도 가볍고 등산 시간도 짧아졌습니다."

"그건 상식적으로는 이해가 가지 않는 부분인데요. 일전에 텔레비전에서 보았는데, 선천성 시각 장애인이 결혼을 하였는데 아내가 아들을 낳아 놓고는 도망을 쳤습니다. 그러자 그는 심청 아비처럼 그 핏덩이 아들을 안고 다니면서 젖동냥을 하여 키웠습니다.

아들 키우느라고 그동안 생계를 잇던 일자리까지 잃게 되면서 하루 한끼 식사밖에 못 하게 되자 그는 영양실조에 걸렸다고 합니다. 같은 일일일식인데도 어떤 사람은 기운이 더 나는가 하면 어떤 사람은 영양실조에 걸리는 이유가 도대체 어디에 있을까요?"

"그 시력 장애인의 경우는 절박한 생계난으로 어쩔 수 없이 하루에 겨우 한끼밖에 먹을 수 없었습니다. 그것과 수련과 절식을 위해서 하는 일일일식과는 우선 심리적으로 큰 차이가 있을 수밖에 없습니다."

"어떤 차이가 있을까요?"

"수련과 절식을 위하여 일일일식을 하는 사람은 심리적으로 안정이 되어 있고 비록 하루 한끼라도 충분히 영양을 섭취할 수 있는 반면에 가난으로 인한 하루 한끼 식사는 영양도 모자라고 심리적으로도 불안하다는 차이가 있습니다.

더구나 가난으로 인하여 하루 한끼밖에 식사를 못 한다고 해도 수련으로 축적된 비법(秘法)으로 기체식(氣體食)을 할 수 있다면 문제는 달라질 수도 있을 것입니다. 기체식이란 기공부로 기문(氣門)이 열리고 축기(築氣)가 되어 운기(運氣)를 할 수 있는 사람이 할 수 있습니다."

"그렇다면 일일일식의 성패는 기체식 여하에 달려 있다고 해도 틀림이 없겠군요."

"그렇다고 할 수 있습니다."

"그런데 유병팔 박사는 기공부를 했다는 말은 전연 없던데요."

"유박사가 기공부는 하지 않았지만 절식 연구가로서 마음의 여유를 갖고 일일일식을 단행하는 것과 가난 때문에 죽지 못해 겨우 하루 한끼로 연명하는 것하고는 현격한 차이가 있다고 생각됩니다. 이러한 마음의 여유가 유 박사 자신도 모르게 기체식을 하게 했을 것입니다. 더구나 하루 한끼를 하더라도 충분한 영양식을 할 수 있었으므로 가난으로 인한 절식과는 현저한 차이가 있었을 것입니다.

요컨대 굶어 죽을지도 모른다는 공포심이 기체식을 방해하여 영양실조를 초래했을 것으로 보입니다. 이러한 공포심만 아니라면 인간은 40일 내지 50일 단식도 할 수 있습니다. 예수가 말한 대로 사람은 빵으로만 사는 것이 아니라 하나님의 말씀으로 산다는 말을 체험을 해 본 사람은 실감할 수 있을 것입니다.

나는 하루 세끼 식사를 할 때는 등산하는 날 새벽 4시에 집에서 떠나기 전에 생식을 두 숟갈 먹고 8시경 목적지에 도달해서 생식 두 숟갈과 과일을 또 먹곤 했습니다. 그리고 12시경 집에 도착해서는 간단히 요기를 하고 저녁에는 정상적인 저녁 식사를 했습니다. 그런데 지금은 하루에 저녁 한끼만 먹고도 똑같은 코스를 더 가볍게 더 짧은 시간 내에 주파할 수 있게 되었습니다."

"그럼 그 나머지 두 끼 식사는 무엇으로 보충한다고 보십니까?"

"기체식(氣體食)으로 충당한다고 볼 수 있습니다."

"그렇다면 그 기(氣) 즉 공기 속에 영양분이 들어 있다는 말씀인가요?"

"물론입니다."

"그럼 예수가 말한 하나님의 말씀이란 구체적으로 무엇을 말하는 것일까요?"

"성령(聖靈)을 말합니다."

"성령이 무엇이죠?"

"성령이란 바로 우리가 단전호흡 할 때 느끼는 생체 에너지 즉 기(氣)를 말합니다."

"그럼 기 속에 온갖 영양분이 다 들어 있다는 말씀인가요?"

"그렇고말고요. 우리가 음식에서 섭취하는 영양소도 체내의 오장육부에서 완전히 연소되면 결국은 기체로 바뀌게 됩니다. 마치 자동차의 연료인 휘발유가 기화기(氣化器)를 통과하면 기체로 바뀌는 것과 같은 이치입니다. 그것이 우리 몸을 움직이는 에너지입니다.

이 성령 즉 기는 우리의 심신이 우주를 향하여 얼마나 어떻게 열렸느냐에 따라 흡입할 수 있는 정도는 천차만별(千差萬別)입니다. 마음이 착한 사람이 이 기를 운용할 수 있다면 마음이 더욱더 착해질 것이고 마음이 악한 사람이 이 기를 이용할 수 있다면 그 악한 마음이 더욱 더 악해질 것입니다.

똑같은 샘물을 젖소가 마시면 젖을 만들어내고 독사가 마시면 독을 만들어 내는 것과 같은 이치입니다. 욕심이 가득찬 사람이 운기가 되면 초능력을 얻어 돈벌이하는 데 이용하려 할 것이고 마음을 비운 구도자가 운기가 되면 수련에 더욱더 박차를 가하여 자기 존재의 실상에 도달하게 될 것입니다."

기복(祈福)보다 마음을 비워야

"그 말씀을 들으니 하느님의 은혜를 바라고 복을 구하기보다는 마음을 제대로 잘 다스려야 하겠다는 생각이 듭니다."

"옳은 생각입니다."

"하느님이 기도하는 사람에게 진정으로 바라는 것은 그들에게 무조건 사랑과 은혜를 베풀고 복을 주자는 것이 아니고 그들이 스스로 마음을 다스려 하느님 자신처럼 바뀌는 것입니다. 그것은 어찌 보면 자식 키우는 부모 심정과 같다고 할 수 있습니다. 세상 어느 부모가 자기네가 낳아서 키운 자식들이 스스로 제 발로 서서 부모 못지않게 독립해서 살아가지 못하고 부모만 만나면 돈 달라고 손이나 내미는 것을 좋아하겠습니까?"

"자식이 부모처럼 독립해서 살아가게 되려면 어떻게 해야 하죠?"

"부모 못지않게 부지런히 일하고 열심히 노력해서 부모처럼 되는 겁니다. 하느님도 인간에게 바로 그렇게 되기를 바라는 것입니다. 왜냐하면 인간에게는 누구나 하느님이 될 수 있는 씨앗이 심어져 있기 때문입니다."

"사람에게 하느님이 될 수 있는 씨앗이 심어져 있다는 것을 어떻게 알 수 있습니까?"

"수련을 해 보면 누구나 그것을 알 수 있습니다."

"수련을 하면 하느님이 될 수 있는 씨앗이 자라나 하느님이 자신이 될 수 있다는 말씀인가요?"

"그렇습니다."

"그런데 왜 보통 사람들은 그런 것을 꿈에도 생각 못할까요?"

"그것은 하느님과 인간 사이에 넘지 못할 장벽을 인간들이 스스로 쌓아 올렸기 때문입니다."

"그 장벽이 무엇인데요?"

"그게 바로 사리사욕(私利私慾)입니다. 이 사리사욕에서 탐진치(貪瞋癡)와 오욕칠정(五慾七情)이 생겨난 것입니다. 사욕이 게으름을 낳고 그 게으름이 요즘 전 국민을 우울하고 비통하게 만드는 대구 지하철 화재와 같은 참사를 불러온 것입니다."

"그럼 지하철 관리자들과 직원들의 태만이 그러한 참사를 불러왔다는 말씀이군요."

"그렇고말고요. 직무 태만이 무책임을 불러왔고 그 무책임이 이번 참사를 빚어낸 것입니다."

"지하철 승객들 중에는 혼자 죽기 싫어하는 사람이 얼마든지 또 있을 수 있고 모방 범죄를 저지르려는 이상 성격자도 얼마든지 있을 수 있을 것 같은데, 지금의 지하철 형편으로는 언제든지 비슷한 재난이 재발할 수 있는 것 아닙니까?"

"물론입니다."

"그럼 어떻게 해야 하죠?"

"우선 지금 운행되고 있는 전국의 지하철 객차 안에 휘발유를 뿌리고 라이터로 불을 붙여 보아야 합니다. 만약에 객차가 지난번 대구 중앙로역의 경우처럼 불쏘시개처럼 불이 붙는다면 수출용 객차에 쓰이고 있는 것과 같은 불연재(不燃材)로 바꾸어야 합니다.

마땅히 불연재를 써야 할 곳에 지금처럼 불이 잘 붙는 재료를 썼다면 왜 그렇게 되었는지도 밝혀내야 합니다. 만약에 관계 공무원이 뇌물을 먹고 검사 시에 눈감아 주었다면 그것 역시 사리사욕이 빚어낸 인재(人災)가 아닐 수 없습니다. 당연히 시정 조치가 있어야 합니다. 그렇게 하지 않고 지금처럼 그대로 지하철을 운행한다면 승객들은 시한폭탄을 안고 지하철을 타고 다니는 격이 될 것입니다.

사리사욕은 이처럼 모든 재난의 원천일 뿐만 아니라 인간이 하느님과 같은 존재로 되는 데 가장 큰 장애물입니다. 따라서 누구를 막론하고 사리사욕만 비울 수 있다면 하느님과 인간 사이의 장벽은 그 순간에 사라지게 될 것입니다.

사람에게서 사욕이 사라짐으로써 하느님과 인간 사이의 장벽이 없어지는 바로 그 순간부터 인간은 큰 깨달음을 얻어 다겁생(多劫生)의 생로병사의 윤회의 고리에서도 벗어나 다시는 생멸(生滅)의 고통으로 허덕이는 일은 없어질 것입니다."

"선생님, 하느님이라는 것이 도대체 무엇입니까?"

"우리 눈에 보이는 삼라만상 쳐놓고 하느님 아닌 것이 없습니다. 그것을 일컬어 보이는 하느님이라고 합니다. 그런 의미에서 눈에 보이는 우리의 몸도 하느님의 일부입니다.”

“그럼 눈에 보이지 않는 하느님도 있습니까?”

“있고말고요.”

“그게 무엇입니까?”

“있기는 분명히 있는데 눈에 보이지는 않는 것이 무엇인지 잘 생각해 보세요.”

“그게 뭐죠?”

“열 길 물속은 알아도 한 길 사람 속은 모른다는 말이 있지 않습니까?”

“아아, 사람의 마음 아닙니까?”

“그렇습니다. 그게 바로 우리의 마음입니다. 그런데 그 마음은 아까도 말한 대로 하느님과의 사이에 뛰어넘을 수 없는 장벽을 쌓아 놓고 있습니다. 그 장벽이 바로 사리사욕입니다. 인간 자신들이 만든 이 장벽만 제거된다면 사람은 누구나 하느님과 하나가 될 수 있다는 얘기입니다.”

“언제나 사리사욕이 문제군요.”

“그렇습니다. 그것이 바로 우리가 인간으로 태어난 업보입니다. 기독교식으로 말하면 원죄이기도 합니다.”

“과연 그렇다면 하느님에게 은혜나 복을 달라고 빌거나 기도하기보다는 자기 자신 속의 사리사욕을 비우는 데 전심전력을 기울여야 되겠는데요.”

“옳은 말입니다.”

“그러니까 우리들 각자가 자신들 속에 있는 사욕을 없앨 생각은 하지 않고 신불(神佛)에게 복만 달라고 비는 기복(祈福) 행위가 사이비

149

종교요 미신 행위라는 말씀이군요."

"그렇습니다. 그러니까 어떤 교회나 절이나 성당이나 전도소(傳道所)나 포교소(布敎所) 같은 데서 하느님이나 부처님이나 신에게 복을 빌거나 은혜를 베풀어 달라고 기도하는 것은 잘못된 행위라는 것을 똑바로 알아야 할 것입니다."

사제지간(師弟之間)에 절하는 법

우창석 씨가 말했다.

"선생님, 사제지간에 절하는 법은 여느 절과 다릅니까?"

"물론입니다. 수련이나 운동용으로 혼자서 하는 108배나 3천배는 특별한 대상이 없으니까 단지 절만 하면 되지만 스승이나 부모나 어른에게 절을 할 때는 일단 꿇어 엎드려 큰절을 하고 나서 합장을 하거나 두 손을 맞잡고 겸손하게 반절을 하면서 상대와 눈을 맞추고 '안녕하십니까?', '어서 오십시오', '반갑습니다' 또는 '별고 없으셨습니까?'와 같은 인사말을 서로 나누어야 합니다.

그런데 절하는 법을 제대로 배우지 못한 사람들은 덮어놓고 상대 앞에 꿇어 엎드려 큰절만 넙죽하고는 그 자리에서 고개를 옆으로 돌리고 일어서 버리곤 합니다. 이렇게 하면 인사말을 하려고 벼르고 있던 절받는 사람을 무척 쑥스럽게 만듭니다. 이것은 절 받는 사람에 대한 예의가 아닙니다. 이런 식으로 하려면 처음부터 허리 굽혀 인사만 나누는 쪽이 훨씬 더 자연스럽습니다."

"웃어른한테 하는 절은 알겠는데 제사 때 지방(紙榜)이나 고인의 영정 앞에서 하는 절은 어떻게 합니까?"

"그때는 두 번 큰절을 하고 일어나서 살아 있는 웃어른을 대하듯 지방이나 영정을 바라보면서 반절을 하면 됩니다."

"선생님, 그런데 말입니다. 제사 때는 정말 조상님의 영(靈)이 오십

151

니까?"

"그렇고말고요. 지성(至誠)이면 감천(感天)이란 말이 있지 않습니까? 후손들이 정성으로 모시는 제사에 조상령은 반드시 찾아오게 되어 있습니다."

"그게 사실입니까?"

"틀림없는 사실입니다. 나 역시 과거에는 제사는 순전히 하나의 전통적인 관례라고만 생각해 왔었는데 수련을 한 후 영적(靈的)인 눈이 뜨인 후부터는 제사 때마다 조상님 영들이 어김없이 오시는 것을 분명히 보았습니다.

전에도 『선도체험기』에서 말한 일이 있지만, 나의 조부모님은 내가 태어나기도 전에 돌아가셨고 사진도 없어서 어떻게 생기셨는지 전연 몰랐었는데 어느 해 추석 차례 때 처음으로 두 분 모습을 만나게 되었습니다.

자기 눈에 보이지 않는다고 조상령이 안 온다고 생각하는 것은 큰 잘못입니다. 제사 때 조상령이 보이지 않는 것은 순전히 자기의 영안(靈眼)이 뜨이지 않아서 못 볼 뿐이지 조상령이 오지 않는 것이 결코 아닙니다."

"제사 때는 어떤 영들이 오십니까?"

"제상에 모신 지방에 쓰여 있는 신위(神位)나 영정(影幀)의 영입니다."

"그렇다면 살아 계시는 웃어른에게 하듯이 공손하고 정중하게 절을 해야 하겠군요."

"그렇고말고요. 당연히 그래야죠. 육안으로 보이지 않는다고 덮어놓고 없다고 단정하는 것은 자기 마음이나 남의 마음이 눈에 보이지 않는다고 덮어놓고 없다고 부정하는 것만큼이나 어리석고 경솔한 짓입니다.

우리가 맨눈 즉 육안(肉眼)으로 볼 수 있는 것은 사물의 극히 일부분에 지나지 않는다는 것을 알아야 합니다. 더구나 기공 수행자들이 스승에게 절을 할 때는 큰절을 한 다음에 반드시 반절을 하면서 스승과 서로 눈을 마주치면서 공손히 인사말을 나누어야 합니다."

"꼭 그래야만 할 이유가 있습니까?"

"있고말고요. 바로 그 순간에 큰 기운이 교류되기 때문입니다."

지혜와 용기를 달라는 기도

우창석 씨가 말했다.

"선생님, 목사가 교회에서 하느님에게 지혜와 용기를 달라고 기도하는 것을 어떻게 생각하십니까?"

"어떻게 생각하다뇨? 목사가 교회에서 신도들 앞에서 모두에게 다 들리게 큰소리로 통성 기도(通聲祈禱)하는 것은 요즘 교회에는 흔히 있는 관습이 아닙니까?"

"그거야 목사나 기독교인의 입장에서는 당연한 일이겠지만 자력 수행을 원칙으로 하는 구도자의 입장에서는 그런 기도가 반드시 올바른 방식이라고는 생각되지 않습니다."

"왜요?"

"첫 번째로 예수는 남이 보는 데서 기도하지 말라고 하지 않았습니까? 그는 '기도할 때에도 위선자들처럼 하지 말아라. 그들은 남에게 보이려고 회당이나 한길 모퉁이에서 기도하기를 좋아한다. 나는 말한다. 그들은 이미 상을 다 받았다. 너는 기도할 때에 골방에 들어가 문을 닫고 아버지께 기도하라. 그러면 숨은 일도 보시는 아버지께서 다 들어주실 것이다.'(마태 6: 5 - 6)고 말했습니다.

그런데도 불구하고 예수의 말씀을 충실히 따라야 할 목사들이 이를 어긴 것은 크나큰 잘못입니다. 두 번째로 예수는 하늘은 스스로 돕는 자를 돕는다고 말했습니다. 그런데 스스로 지혜와 용기를 배양할 생각은 하지 않고 기도만 하는 것은 잘못이라고 생각되기 때문입니다."

"그럴까요?"

"그럼요. 그것은 마치 스스로 공부하여 기술을 익힐 생각은 하지 않고 하느님에게 덮어놓고 기술을 달라고 하는 것과 같지 않겠습니까? 또 제 힘으로 노력하여 돈을 벌 생각은 하지 않고 하느님에게 부자가 되게 해 달라고 기도만 하는 것과도 같다고 생각됩니다."

봄바람 자르기

"우창석 씨의 생각에는 나도 찬성입니다. 더구나 사람은 원래 하느님과 같은 속성을 타고났습니다. 그래서 하느님을 대우주라고 하고 인간은 소우주라고 합니다. 사람이 스스로 노력하여 자기 존재의 실상을 깨닫게 되면 하느님과 통할 수 있습니다.

이것을 일컬어 우아일체(宇我一體)라고 합니다. 사람이 스스로 사욕에서 떠나 마음을 완전히 비우면 누구나 하느님과 한 몸이 될 수 있습니다. 그런 경지에 오르면 구태여 하느님에게 지혜와 용기를 달라고 기도할 필요가 있겠습니까?

사람이 마음만 완전히 비우면 그 순간에 바로 하느님과 하나로 합쳐지게 됩니다. 그렇게 되면 따로 기도할 필요가 있겠습니까? 빈 병은 마개를 꼭 막은 채 바다 속에 던지면 물 위에 둥둥 떠다닐 것입니다. 왜 그럴까요?"

"병 속에 물보다 가벼운 공기가 들어 있기 때문입니다."

"그렇습니다. 이때 그 병이 바닷물과 하나가 되려면 어떻게 하면 되겠습니까?"

"마개를 뽑아 버리고 병 속에 있는 공기가 다 빠져나가게 하면 되지 않을까요?"

"그렇습니다. 사람으로 치면 병 속의 공기가 바로 탐진치(貪瞋癡)와 오욕칠정(五慾七情)으로 뭉쳐진 사욕(私慾)입니다. 인간은 사욕이 없었을 때는 원래 하느님과 한 몸이었습니다. 그런데 바로 그 사욕으로 인한 업보 때문에 하느님과 인간은 서로 갈라져서 차별화된 것입니다.

바로 그 차별화로 인하여 인간은 다겁생(多劫生)의 생로병사(生老病死)의 윤회의 고통에 발목이 잡히게 된 것입니다. 우리 인간은 바닷속에 던져진 물병과 같습니다. 그 물병이 바다와 차별 없는 한 몸이 되려면 어떻게 하면 되겠습니까?"

"마개를 빼어 내어 병 속의 공기만 빼어 버리면 되지 않겠습니까?"

"그렇습니다. 사람과 하느님과의 관계도 그와 꼭 같습니다. 거듭 말하지만 사람과 하느님은 원래 한 몸이었습니다. 다시 말해서 인간은 하느님의 한 부분이었다 그겁니다. 그런데 어떤 계기로 탐진치와 오욕칠정이라는 사욕(私慾)이 싹트면서 하느님과의 사이에 틈이 벌어지기 시작한 것입니다.

바닷물 속에 던져진 물병 속에 공기가 있는 한 물병은 바다와 합쳐질 수 없는 것같이 사욕 때문에 우리 인간은 하느님과 한 몸이 되려고 해도 될 수 없는 겁니다. 그러나 바닷속에 던져진 물병이 스스로 마개를 빼 버릴 수 있다면 그 순간 바다와 한 몸이 될 수 있습니다.

그와 마찬가지로 우리 인간도 우리 자신 속에 있는 사욕만 빼어 버린다면 하느님과 자동적으로 하나로 합쳐질 수 있습니다. 바닷속에 던져진 물병은 스스로 마개를 빼 버릴 수 없지만, 사람은 스스로 노력만 하면 그렇게 할 수 있는 능력도 있고 지혜도 있습니다."

"사람과 하느님이 하나로 합쳐진다는 것은 구체적으로 무엇을 말합니까?"

"우선 인간은 태어남과 죽음이 있지만 하느님과 하나가 되면 그런 것이 없어집니다. 우주란 원래 시작도 끝도 없고 동시에 시간과 공간을 초월한 존재입니다. 사람이 우주 그 자체가 되어 버린다면 어디에 태어남이 있고 늙음이 있고 질병이 있고 죽음이 있을 수 있겠습니까?"

"허지만 생로병사가 없는 인간이란 상상하기 어려운데요."

"당연히 그럴 겁니다. 사람은 시간과 공간 그리고 물질의 제약을 받는 생활에 익숙해 있으니까 그런 생각을 하게 될 것입니다. 그러나 하느님은 그런 제약을 받지 않습니다."

"그래도 구체적으로 상상이 되지 않습니다."

"있는 것 같으면서도 없고, 없는 것 같으면서도 있는 공기나 바람이나 허공과 같다고 보면 될 것입니다. 생사를 떠나 영원한 존재가 되면 어떻게 될까? 예화(例話)를 하나 들겠습니다.

4, 5세기경 중국의 남북조 시대에 인도인으로서 많은 불경 원어를 한문으로 번역한 구마라즙이라는 고승이 있었습니다. 그의 제자 중에 승조(僧肇)라는 스님이 있었는데 때마침 중원에서는 불교에 대한 대대적인 박해가 시작되었습니다. 승조가 주지로 있는 절에도 관병(官兵)이 곧 몰려와 승조는 목이 떨어지게 되었습니다. 이때 승조는 다음과 같은 시 한 수를 남겼습니다.

사대본무주(四大本無主)
오음본래공(五陰本來空)
장두임백인(將頭臨白刃)
자사참춘풍(自似斬春風)

사대(四大)는 본래 주인이 없고
오음(五陰) 역시 공(空)하다
내 머리에 장차 흰 칼날 날아들겠지만
한갓 봄바람이 잘리는 것과 무엇이 다르랴

(필자 옮김)

이 시 한 수로 승조 스님의 수행 정도가 어느 경지에까지 올라 있는
가를 여실히 알 수 있습니다. 시공(時空)과 물질과 생사에 꽉 발목이
잡혀 있는 우리의 사고방식으로는 승조의 말이 무엇을 뜻하는지 얼른
이해가 되지 않을 수도 있습니다.

그러나 우리가 생멸(生滅)의 윤회에서 완전히 벗어나려면 시간과 공
간, 물질의 구속에서 벗어나 허공이나 바람처럼 자유로울 수 있어야
합니다. 그러한 대자유(大自由)를 누리면서 유유자적(悠悠自適)할 수
없는 한 우리는 영원히 생사에서도 벗어날 수 없는 것은 물론이고 대
우주와도 합칠 수 없습니다."

망인(亡人)에게 옷 해 주기

개인사업을 한다는 50대 초반의 정중섭 씨가 방금 진주에서 올라오는 길이라면서 들어와 앉자마자 말했다.

"선생님, 한 가지 의문이 있습니다."

"말씀해 보세요."

"이번에 서울에 오는 길에 대구에 사는 누님 집에 들러서 오는 길입니다. 그런데 자형(姉兄)이 이번 대구 지하철 참사에서 변을 당해서 작고했습니다. 누님은 저를 보고 옷이라도 한 벌 해 주라고 해서 누님의 청대로 해 주었습니다."

"아니, 돌아가신 분에게 옷을 해 주다니요?"

"그렇게들 한다고 합니다."

"도대체 죽은 사람이 어떻게 옷을 입는다고 옷을 해 준다는 말입니까?"

"저도 사실은 그게 의문이어서 이렇게 선생님께 여쭈어 보는 겁니다."

"망인에게 수의(壽衣)를 해 준다면 모를까 그 외에 무슨 옷을 해 준다는 말입니까?"

"그래도 누님이 그렇게 해 주기를 바라니까 저는 영문도 모르고 그렇게도 하는가 보다 하고 했을 뿐입니다."

"도대체 어떤 옷을 해 주었습니까?"

"하얀 국산 명주로 된 한복이었습니다."

"그럼 그 옷을 어떻게 한답니까?"

"사십구재(四十九齋) 때 천도재(薦度齋) 지내고 불태운다고 합니다."

"그렇게 불태우면 망인이 입는답니까?"

"그렇다고 합니다. 선생님께서는 이런 관례를 어떻게 보십니까?"

"한마디로 쓰잘데없는 미신(迷信)입니다."

"미신이라고요?"

"그렇고말고요. 인간의 생사는 원래 공수래공수거(空手來空手去)라고 하지 않습니까? 태어날 때도 빈손이고 돌아갈 때도 빈손입니다. 빈손으로 왔다가 빈손으로 돌아가는 것이 변함없는 진리입니다."

"그렇다면 선생님, 흔히들 사람이 죽으면 저승에 갈 때 가져가라고 그의 소지품을 불태워버리는 것도 말짱 다 미신입니까?"

"그것 역시 미신입니다. 나도 지금부터 한 십 년 전에 쓰라린 경험을 한 일이 있습니다. 거제도에서 포로생활을 할 때 생사를 같이한 동료가 있었는데 석방되고 나서 한 번 만나 보고는 생사를 모르다가 40년 만에 내 저서를 선전하는 책 광고를 신문에서 보고 연락이 되어 만난 일이 있었습니다.

그도 책을 좋아하였으므로 나는 그에게 나의 저서 한 질 20여 권을 선물했습니다. 그는 이 책을 받으면서 후손들에게 가보(家寶)로 물려주겠다고 굳게 약속했습니다. 그런데 몇 해 후에 그가 갑자기 병사했다는 연락을 받고 달려가 보니 그는 이미 공동묘지에 묻혀 있었습니다.

뒤늦게야 연락이 닿은 것입니다. 나는 우연히 그가 거처하던 방을 살펴보았습니다. 그런데 그가 그렇게도 애지중지하던 수백 권의 장서들이 온데간데없었습니다. 그 책들 중에는 내가 기증한 20여 권의 내 저서들도 물론 들어 있었습니다. 그에게는 독서를 좋아하는 장성한 두

아들과 딸이 있었습니다.

책은 어떻게 되었느냐고 친구의 부인에게 물어보았더니 하도 애지 중지하던 것이라 저승에 가서 읽으라고 몽땅 다 태워 버렸다고 했습니다. 나는 그때처럼 황당할 데가 없었습니다. 가보로 대대로 물려주겠다던 친구의 약속은 온데간데없고 부인의 미신만이 사후에 판을 치고 있었던 것입니다.

공수래공수거(空手來空手去)의 참된 이치를 모르는 이처럼 무지막지한 미신 행위야말로 한시바삐 없어져야 할 폐습입니다. 혹시 병균에 오염되었을 늘 입던 옷가지 같은 것을 태워 없애는 것은 위생상 있을 수 있는 일이겠지만 멀쩡한 책이나 원고나 물건들을 불태워 없애는 것은 헤아릴 수 없는 손실이기도 합니다.

만약에 퇴계나 율곡의 원고나 저서들이 그런 식으로 불태워졌다고 상상해 보면 아찔한 기분이 듭니다. 망인의 귀중품을 불태워 버리는 미신은 한시바삐 시정되어야 할 것입니다."

"그렇군요. 그건 그렇고요. 이번 대구 지하철 참사 역시 인과응보겠지요?"

"그렇고말고요. 이 현상계에서 인과응보 아닌 것이 어디 있겠습니까?"

"그렇다면 피할 수 없는 예정된 일이라고 할 수 있겠군요."

"그렇죠. 그러나 그렇게 운명론적으로 받아들일 필요는 없습니다. 인과나 운명은 우리들 자신들이 만들어 내는 것이니까 우리가 노력만 하면 얼마든지 고칠 수도 있고 예방할 수도 있습니다."

"그러나 우리나라에서는 대형 참사가 날 때마다 대통령이나 국무총리와 국회의원들이 현장을 방문하는 등 야단법석을 피우지만 그때만 지나가면 그만이 아닙니까?"

"그것이 바로 크나큰 병폐입니다. 물샐틈없는 항구적인 방재(防災) 시스템을 확립하여 상시 가동을 하여야 합니다. 이번 대구 지하철 화재도 그러한 방재 시스템이 없었기 때문에 우리가 자초한 것입니다.

실례를 들어 터키와 방글라데시에 수출하는 지하철 차량은 불연재(不燃材)로 만들고 국내에 납품하는 것은 가연재(可燃材)로 만든 것은 우리 국민들을 우리들 자신이 최하등 국민으로 간주한 것과 같습니다. 누가 그런 가연재로 만든 차량을 발주했는지 철저히 조사하여 그 책임을 추궁해야 합니다. 그리고 지금부터라도 가연재로 만든 객차를 교체하는 작업을 시급히 진행해야 합니다.

그런데 지금도 전국 지하철에는 여전히 가연재로 만든 객차가 아무 일 없었다는 듯이 버젓이 그대로 운행되고 있습니다. 이것은 똑같은 사고가 언제든지 재연될 수 있다는 것을 말해 줍니다. 승객들은 화약고를 안고 달리고 있는 격입니다. 이러한 실질적인 개선 조치가 없는 한 사고 당시만 제아무리 호들갑을 떨어 보았자 아무 소용도 없는 일입니다.

이번 대구 지하철 참사야말로 지하철 관계자들과 그 감독자들의 태만이 빚은 인과응보입니다. 그 태만이 그런 비극적인 운명을 만들어낸 것입니다. 그렇다면 지금부터라도 그 사고의 원인을 밝혀내어 철저한 시정 조치를 강구하는 노력이 지속적으로 그리고 제도적으로 이루어진다면 그러한 사고는 얼마든지 우리 힘으로 미연에 방지할 수 있습니다.

다시 말해서 운명에 좌절하지 않고 철저히 대응해 나간다면 어떠한 운명의 궤도든지 우리의 노력으로 얼마든지 고쳐나갈 수 있습니다. 우리가 수련을 하는 목적도 바로 과거 생에 범한 실수를 되풀이하지 않기 위해서입니다. 다시 말해서 다겁생(多劫生)에 걸쳐서 저질러 온 무수한 업보에서 벗어나 애초의 본성(本性)을 되찾기 위해서입니다."

"그 본성이 무엇입니까?"

"그것이 바로 우주의식(宇宙意識)입니다."

"우주의식이 무엇인데요?"

"니르바나와 하늘의 구현체인 하느님 즉 법신(法身)입니다."

"잘 알겠습니다. 그런데 선생님, 조그마한 개인 사업체를 간신히 운영하고 있는 제가 보기에도 지금의 우리나라 경제는 IMF 이상으로 악화되어 가고 있는 것 같습니다. 무슨 대책이 없을까요?"

"경제는 원래 내 전공이 아닙니다. 한낱 구도자에 지나지 않은 나에게 너무 거창한 질문을 하는 것 같습니다. 그렇지 않아도 구도자를 위한 책인『선도체험기』에 시사 문제가 등장하는 것에 거부감을 느끼는 독자들이 있어서 앞으로는 그런 문제는 될 수 있는 대로 다루지 않기로 했습니다. 또 기껏 다루어 보았자 책이 나올 때쯤이면 몇 개월 지난 뒤여서 이미 구문(舊聞)이 되어 버립니다."

"그래도 구도자로서 느끼는 선생님 특유의 감각은 있을 것 같은데요."

"그런 것이 있기는 있습니다. 내가 당사자가 아니니까 비교적 객관적으로 정세를 살피고 판단할 수는 있을 것입니다."

울화(鬱火)를 근본적으로 잠재우는 길

황영식 씨가 말했다.

"선생님, 지금 우리나라를 방문중인 베트남 출신의 세계적인 성인으로 존경받는 틱낫한 스님은 '깨어있는 마음'(mindfulness)과 천천히 걷기와 호흡으로 화(火)를 가라앉힐 수 있다고 하는데 선생님께서는 어떻게 생각하십니까?"

"틀린 말은 아닙니다. 문제는 어디에 초점을 맞추었느냐의 차이가 있을 뿐입니다. 화(火)라는 것은 분노와 공포와 증오와 스트레스의 덩어리인 울화(鬱火)를 말합니다. 그 울화의 원인은 무엇이라고 보십니까?"

"이기심 때문이 아닐까요?"

"바로 그겁니다. 모든 울화의 근본 원인은 이기심 즉 사리사욕입니다. 사리사욕만 제대로 다스리는 훈련이 되어 있는 사람은 어떠한 울화의 덩어리도 능히 잠재울 수 있습니다. 울화는 사욕에 기생하는 무서운 병균입니다. 다시 말해서 사욕이야말로 울화의 배양기(培養基)요 소굴입니다. 그러므로 우리 마음속에서 사리사욕만 비워 버릴 수 있다면 울화 따위로 고민할 필요는 없어질 것입니다."

"또 틱낫한 스님은 전쟁을 막는 가장 확실한 길은 건전한 의사소통에 있다고 말하면서 남한의 정치 지도자들이 북한의 정치 지도자들에게 휴대전화를 한 대씩 나누어 주고 하루에 10분씩만이라도 서로 대화를 나누다 보면 평화의 씨앗이 심어질 것이라고 말했습니다. 이거 현

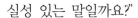

실성 있는 말일까요?"

"내가 보기에는 틱낫한 스님은 남북한의 실정을 너무도 모르는 것 같습니다."

"저도 동감입니다. 그 스님의 말대로 서울에 남북 회담차 온 북한 대표단원들에게 휴대전화를 한 대씩 나누어 주었다면 실제로 어떻게 될까요? 그들이 선물받은 휴대전화를 가지고 북한에 돌아가서 남한의 정치인들과 과연 그것으로 통화를 할 수 있을까요?"

"불가능한 일입니다. 왜냐하면 북한에는 남한과 휴대전화를 할 수 있는 기반 시설이 되어 있지 않기 때문입니다. 설사 그런 시설이 되어 있다고 해도 그들이 마음대로 남한 정치인들과 그 휴대전화로 통화를 하기 전에 그것을 압수당하거나 제재를 받게 될 것입니다.

수령에 의해 특별히 허가된 사람이 아닌 이상 아무도 남한 지도자들과 마음대로 통화를 하기는 사실상 불가능한 것이 북한 체제의 속성입니다. 틱낫한 스님은 북한을 프랑스 정도로 알고 그런 말을 한 것 같습니다.

남북한 간의 의사소통에 대해서는 실정을 몰라서 그랬다고 해도 화를 삭이는 그 나름의 독특한 방법인 깨어 있기, 천천히 걷기, 호흡 관찰, 조약돌 만지기 등은 그러한 과정을 통하여 우선 마음의 평정을 얻을 수 있다는 점에서 주목할 만한 가치가 있다고 생각합니다.

그러나 이러한 수행법은 이미 불교에서는 석가모니 시대부터 알려진 것입니다. 항상 정신 차리고 사물을 바르게 살펴보는 것을 관찰, 관 또는 위빠사나라고도 하는데 이것이 중국에 넘어와서는 선(禪) 또는 참선(參禪)이 되었습니다.

선(禪)이란 '범에게 물려 가도 정신만 똑바로 차리면 살길이 있다'는 우리나라 속담에서 정신 똑바로 차리는 것을 말합니다. 또 무슨 일을 하든지 지금 자기가 하고 있는 일에 정성을 쏟는 것을 말합니다. 정성 (精誠), 성심(誠心), 지성(至誠), 지극정성(至極精誠), 정신집중, 마음 챙기기, 전력투구 등을 의미하기도 합니다. 무슨 일이든지 이처럼 정성을 쏟는다면 이 세상에서 성공 못 할 일이 없을 것입니다. 마인드풀니스 (mindfulness)는 이것을 다시 한 번 일깨워 주었다고 할 수 있습니다.

우리가 걷기 운동을 할 때 매 걸음마다 관찰만 하면서 마음을 실어 줄 뿐만 아니라 걸음마다 하나 둘 셋 넷 하고 번호를 붙여 가면서 걷게 되면 걸음 자체에 자신의 마음을 일치시킬 수 있습니다. 그렇게 하면 그렇게 하지 않고 막연히 딴생각을 하면서 걸을 때와는 판이하게 걸음 이 가벼워지고 마음이 상쾌해지는 것을 알 수 있을 것입니다.

더구나 산에서 암벽의 난코스를 탈 때는 매 홀드와 스탭마다 정신을 집중하지 않을 수 없습니다. 항상 생사를 가름하는 위험이 도사리고 있기 때문입니다. 그러나 그러한 암벽을 타는 순간에는 짜릿한 전율과 함께 온갖 스트레스가 해소됩니다.

몸과 마음이 한순간에 한곳에 집중되기 때문입니다. 이처럼 온갖 일 에 정신을 집중시킬 수가 있으면 그 순간 우리는 진정으로 망아(忘我)의 경지를 겪게 될 것입니다. 시공의 흐름을 초월하는 그 망아의 경지야말 로 생멸(生滅)을 초월한 절대의 경지입니다. 이 경지가 바로 부동심의 경지입니다. 완벽한 마음의 평정은 이때 비로소 형성되는 것입니다.

모든 울화는 마음의 평정이 깨어졌을 때 일어나는 현상입니다. 울화 는 성난 파도와 같습니다. 따라서 명경지수(明鏡止水)처럼 마음이 고요해지면 울화 따위는 설 자리를 잃게 될 것입니다."

"그러나 그러한 방법은 어디까지나 울화가 치밀었을 때의 잠정적인 처치법이 아닙니까?"

"그렇습니다."

"그렇다면 그것은 울화가 치밀었을 때마다 되풀이되는 땜질식 임시방편이 아닐까요?"

"물론입니다. 이것은 어디까지나 석가의 팔정도(八正道)를 세속인들이 지켜나가는 구체적인 방법 중의 하나입니다."

"화(火)를 그 원인부터 제거하는 근본적인 방법은 없을까요?"

"그것은 바로 욕심을 마음속에서 뿌리째 뽑아 버리는 겁니다. 그러기 위해서는 화가 날 때마다 그 원인이 어디에 있는가를 알아내야 합니다. 자세히 관찰해 보면 모든 화의 원인은 주변 환경과 나 자신과의 마찰과 갈등에서 발생한다는 것을 알 수 있습니다. 다시 말해서 상대가 있기 때문입니다. 상대가 없으면 화날 일도 있을 수 없습니다.

십 년 동안 가깝게 사귀어 온 친구가 급하게 쓸 일이 있다고 통사정을 하기에 천만 원을 꾸어 주었더니 떼어먹고 도망쳤습니다. 믿었던 도끼에 발등 찍힌 격이니 화가 치밀지 않을 리가 있겠습니까? 그러나 이미 사기를 당한 뒤인데 화를 낸다고 해서 달라지는 것이 있겠습니까?

그런데도 불구하고 생각할수록 화가 나는 것은 친구에 대한 배신감과 적지 않은 돈 때문입니다. 배신감과 탐욕의 근원은 무엇일까? 탐욕은 사욕이 그 원인이지만 배신감의 근원은 무엇일까요?"

"자존심이 아닙니까?"

"맞습니다. 그럼 자존심의 뿌리는 무엇이겠습니까?"

"자기 자신을 존중하는 마음입니다."

"그렇습니다. 자기 자신을 존중하려면 남과 비교하여 어딘가 다르고 조금이라도 우위에 있다는 자긍심이 있어야 합니다. 그런데 누구든지 계속 자기 자신을 관찰해 보면 나라고 하는 육체와 함께 내 마음은 사실은 아무것도 아닌 허공이라는 것을 알게 됩니다.

끝없는 자기성찰은 마음을 비우는 지름길이기도 합니다. 구도의 종착점은 허공입니다. 허공에게 무슨 자존심이 있겠으며 무슨 배신감 같은 것이 있을 수 있겠습니까? 또 허공 속에 무슨 탐욕 따위가 기생할 수 있겠습니까?

배신감도 자존심도, 탐욕도 울화도 사실은 하나의 허상에 지나지 않습니다. 내 몸과 그것을 조종하는 내 마음은 사실 알고 보면 과거생의 내 업보 때문에 허공에서 사대(四大 즉 地水火風)가 만나 형성된 것이므로 인연이 다하면 조만간 허공으로 돌아갈 유한한 존재에 지나지 않습니다.

지금의 나는 시간과 공간 그리고 물질에 당분간 내 발목이 잡혀 있을 뿐, 인연이 다하면 시작도 마침도 없고 생사도 없는 허공으로 돌아갈 것입니다. 현상계의 만물은 몽환포영로전(夢幻泡影露電)에 지나지 않습니다. 그 경지를 넘어선 것이 참나입니다. 화는 어디까지나 거짓 나의 장난일 뿐 참나와는 관련이 없습니다.

참나가 상주하는 허공 속에는 유상(有相)과 무상(無相) 일체가 공존하고 있습니다. 이러한 이치를 깨닫게 되면 누구나 부동심(不動心)을 갖게 될 것입니다. 부동심은 오욕칠정을 이미 벗어나 있습니다. 이러한 부동심 속에 울화 따위가 기생할 공간이 있을 리 없습니다."

"결론적으로 말해서 화에서 완전히 벗어나는 길은 거짓 나에서 참나로 솟구쳐 오르는 길밖에 없겠군요?"

"그렇습니다."

예수는 수학자가 아니다

황영식 씨가 말했다.

"선생님, 가령 말입니다. 2003년 전에 태어난 예수를 보고 어떤 사람이 난해한 미적분 문제를 풀어 달라고 누가 요청했다면 그는 어떻게 했을까요?"

"그런 문제는 수학자에게 가져가라고 했을 겁니다. 가이사의 것은 가이사에게 가져가라고 했듯이 말입니다. 형이 독차지한 부모의 유산을 나누어 주라고 형에게 말해 달라는 동생의 부탁을 받은 예수는 자기는 그런 일을 하는 사람이 아니라고 말했습니다."

"하나님의 독생자인 예수 그리스도는 전지전능한 존재가 아닙니까?"

"인간의 탈을 쓴 이상 누구도 전지전능할 수는 없습니다. 인간이라는 탈 즉 육체란 시간과 공간 그리고 물질의 한계 속에 사로잡혀 있습니다. 이처럼 시공과 물질의 제한을 받는 존재는 원초적으로 전지전능할 수 없습니다. 게다가 하나님의 독생자라면 말 그대로 하나님의 외아들이라는 말인데 하나님에게는 외아들 같은 것은 일찍이 없었습니다."

"그럼 교회에서 늘 말하는 하나님의 독생자 예수 그리스도는 어떻게 된 겁니까?"

"그거야말로 교회 조직을 유지 강화하기 위한 기독교의 잘못된 독단(獨斷)입니다."

"그럼 하나님에게는 독생자가 없다면 무엇이 있습니까?"

"하나님은 사람처럼 여자와 결혼하여 가정을 이루고 사는 존재가 아니므로 그에게는 외아들 같은 것은 있을 수 없습니다."

"그럼 우리 인간은 하나님과는 어떤 관계에 있습니까?"

"우주 내의 다른 삼라만상과 함께 하나님이라고 하는 전체 속의 한 부분일 뿐입니다. 전체가 하나님이고 우리는 그 속의 한 부분입니다."

"그러니까 인간의 육체를 가지고 이 세상에 태어난 이상 아무리 성자라고 해도 전지전능한 존재는 될 수 없겠군요."

"그렇고말고요. 사람은 어느 한 시대에 살면서 그가 살고 있는 시대를 뛰어넘어 동시에 과거와 미래를 한꺼번에 살수는 없습니다. 또한 한 장소에 살면서 동시에 여러 곳에서 살 수도 없습니다. 또한 육체를 가지고 있으면서 그 육체를 뛰어넘는 무한한 능력을 구사할 수도 없습니다.

사람은 어디까지나 사람일 뿐 코끼리나 범이나 사자의 위력을 발휘할 수는 없습니다. 비행기나 잠수함의 위력을 발휘할 수도 없습니다. 우리가 진정으로 전지전능할 수 있으려면 어떻게 하든지 시간과 공간 그리고 물질의 한계에서 벗어나야만 합니다. 그렇게 하지 않고는 그 누구도 진정한 의미의 대자유를 누릴 수는 없습니다."

마음 챙기기냐 바른 마음이냐

"요즘 우리나라에서 한창 인기를 끌고 있는 틱낫한 스님에 대해서 한마디하겠습니다. 스님은 과거나 미래에 관심을 두지 말고 오직 현재 자기가 하고 있는 일에 '마음 챙기고(mindfulness)' 있으면 화도 사라지고 행복은 스스로 찾아온다고 하는데, 그 챙기고 있는 마음의 내용이 아무래도 좀 의문입니다."

"왜요?"

"마음 챙기기를 하는 것은 좋은데 덮어놓고 현재 자기가 하고 있는 일에 마음 챙기기만 하면 된다는 말이 아무래도 납득이 가지 않습니다."

"왜요?"

"마음 챙기기란 알아듣기 쉽게 말해서 지금 하고 있는 일에 마음을 집중한다는 말 같은데 제 생각에는 어떤 마음을 갖느냐가 마음 집중보다는 더 중요하지 않나 생각됩니다."

"어떤 마음을 갖느냐라니요?"

"다시 말해서 어떠한 마음을 집중하느냐 하는 것이 그냥 막연히 현재 자기가 하는 일에 마음을 챙기거나 집중하는 것보다 더 중요하다고 생각됩니다."

"어떠한 마음이란 구체적으로 무엇을 말합니까?"

"가령 어떤 사람이 길을 가다가 길에 떨어져 있는 돈다발을 발견했다고 합시다. 그가 그 돈다발에 마음을 집중했다고 할 경우 그것을 탐욕의 대상으로 삼고 있느냐 아니면 그것을 잃어버린 사람에 돌려주어야 한다는 바른 마음을 가지고 있느냐가 더 중요하다는 뜻입니다.

이 경우 그것을 탐욕의 대상으로 대하는 사람의 마음은 그 사욕 때문에 마음이 크게 흔들릴 것입니다. 그러나 그 순간에 의식이 깨어 있는 사람, 즉 정념(正念)을 가지고 있는 사람은 그것을 잃어버린 사람에게 한시바삐 돌려주어야 한다는 사명감을 갖게 될 것입니다. 이처럼 바르고 착한 마음을 가진 사람은 추호도 마음이 흔들릴 이유가 없을 것입니다.

다시 말해서 이때 의식이 깨어 있어서 자기 자신의 행동을 객관적인 눈으로 바라볼 수 있을 정도로 수행이 되어 있는 사람이라면 사욕에 빠지는 일도 없을 것입니다. 따라서 마음의 평정은 마음 챙기기나 집중에 있는 것이 아니라 당사자가 마음을 어떻게 먹느냐에 달려 있다고 생각합니다."

"그 말을 들으니 생각나는 고사(故事)가 하나 있습니다. 『대동소학(大東小學)』 명륜편(明倫編)에 보면 다음과 같은 얘기가 나옵니다.

선조(宣祖) 때 김학봉(金鶴峰)이라는 신하가 경연장(經筵場)에 앉아 있었습니다. 그때 임금이 말했습니다. '경들은 전대(前代)의 제왕들과 비교해 볼 때 과인이 어떠한 임금과 같다고 생각하는가?' 그러자 한 신하가 '상감께서는 요순(堯舜)과 같은 임금이십니다' 하고 대답했습니다.

그러나 김학봉은 '요순이 되실 수도 있고 걸주(桀紂)가 되실 수도 있습니다' 하고 말했습니다. 그러자 임금이 노해서 '요순과 걸주가 어떻게 같단 말이냐?' 하고 묻자 그가 대답하기를 '마음을 옳게 가지면 성군

173

(聖君)이 될 것이고 망령된 마음을 가지면 미천한 임금이 될 것입니다. 전하께서는 천품(天稟)이 고명(高明)하시니 요순이 되는 것은 어렵지 않으십니다. 다만 간(諫)하는 말을 막는 병이 있사온데 간하는 말을 막는 것은 걸주가 망한 원인이 아닙니까?'하고 말했다.

이 말을 들은 임금이 얼굴빛이 변하여 자리를 고쳐 앉으니 경연장 안 신하들은 모두가 놀라고 두려워 어쩔 줄을 몰랐습니다. 이때 서애 (西厓) 유성룡(柳成龍)이 앞으로 나아가 '두 말이 다 옳습니다. 요순에게 비한 것은 임금을 이끄는 말이요, 걸주에게 비한 것은 임금을 경계한 말입니다. 그러니 모두가 임금을 사랑하는 마음에서 나온 말입니다.' 그러자 임금은 얼굴빛이 비로소 풀어지고 공에게 술을 주게 했다고 합니다.

성군(聖君)이 되느냐 암군(暗君)이 되느냐, 마음이 편안하냐 불안하냐, 행복하냐 불행하냐 하는 것은 마음을 바르게 가지느냐 비뚤어지게 가지느냐에 달려 있는 것이지 현재 하고 있는 일에 막연히 마음을 집중하느냐의 여부에만 달려 있는 것은 아니라고 생각합니다."

"그런데도 불구하고 틱낫한 스님이 요즘 가는 곳마다 인기를 끄는 것은 무엇 때문일까요?"

"그가 외국인이고 전에 자주 들어 보지 못한 말을 하니까 일시적인 호기심 때문일 것입니다. 그러나 알고 보면 화가 치밀 때 현재하고 있는 일에 마음 챙기기, 천천히 걸으면서 호흡 가다듬기, 조약돌 만지기와 같은 것은 알고 보면 하등 새로울 것도 없습니다.

과거의 수많은 구도자들이 이미 시도했던 방편들의 하나이고 대승

불교와 남방불교에서의 기초 수행법의 하나에 지나지 않습니다. 위빠사나, 관(觀), 선(禪), 묵조선(黙照禪), 간화선(看話禪) 등의 형태로 과거에 이미 시도되었던 것을 새 시대에 알맞게 포장했을 뿐입니다. 그렇다고 해서 스님의 업적을 깎아내리려는 것은 아닙니다.

그의 방편을 이용하여 수련에 도움을 받을 수 있다면 그보다 큰 다행이 어디 있겠습니까? 그러나 새로운 발명이나 되는 듯이 호들갑을 떨 필요는 없다는 얘기입니다. 알고 보면 하늘 아래 새로운 것은 아무 것도 없다는 것을 알아야 할 것입니다. 구도자에게 있어서 가장 좋은 수행법은 이것저것 다 직접 실험해 보고 나서 자신의 체질에 가장 알맞은 것을 선택하든가 새로운 방편을 고안하여 실천하는 것입니다.

다만 이 자리에서 내가 강조하고 싶은 것은 화를 가라앉히는 데는 마음 챙기기보다는 사욕(私慾)을 버리는 것이 훨씬 더 효과적인 방법이라는 것입니다. 우리가 마음만 바르고 착하게 먹는다면 아무리 참기 힘든 불같은 화도 다만 한순간에 사라지게 할 수 있다는 것입니다. 마음만 바꾸면 한순간에 해결될 수도 있는 일입니다.

이렇게도 쉽고 간단한 것을 놔두고 마음을 챙기느니, 천천히 걸으면서 호흡을 관찰하고 조약돌을 만지느니 하는 것이 어찌 보면 어린애 장난 같은 유치한 생각이 든다 그겁니다. 마음이 바르고 슬기로운 사람은 화를 내려고 해도 화가 나지 않습니다. 화를 내려고 해도 낼 수가 없게 되어 있기 때문입니다.

어찌하면 그렇게 될 수 있을까요? 마음 다스리는 공부를 지성껏 하다가 보면 누구나 그러한 경지에 도달할 수 있는 것입니다. 마음 챙기기보다는 마음 다스리는 공부가 더 중요한 이유가 바로 여기에 있습니다."

간화선(看話禪)과 위빠사나

"지금 한국 불교 수행법의 주류를 이루고 있는 간화선(看話禪)과 요즘 새로 소개되고 있는 위빠사나는 어떻게 다릅니까?"

"간화선은 '나는 무엇인가?', '이뭐꼬?', '무(無)', '부모미생전본래면목(父母未生前本來面目)'과 같은 화두를 잡고 자기 존재의 실상을 추구해 들어가다가 어느 한순간에 견성을 하는 수행법을 말합니다. 직지인심(直指人心), 교외별전(敎外別傳), 견성 해탈(見性解脫), 돈오돈수(頓悟頓修) 수행 방식으로서 중국식 조사선(祖師禪)을 말합니다.

이에 비해서 위빠사나는 항상 지금 이 순간에 깨어 있으면서 변화무쌍한 자기 존재의 특성을 매 순간 살펴 나가는 것과 동시에 자신의 호흡을 관찰하는 수행법을 말합니다. 위빠사나는 석가모니 생존 시부터 있어 왔고 지금도 남방 불교의 주된 수행법입니다. 그렇게 볼 때 위빠사나가 더 오래되었고 간화선은 위빠사나에서 파생된 후 노장(老莊) 사상이 가미된 중국식 수행법이라고 할 수 있습니다."

"선생님께서는 간화선과 위빠사나 중 어느 쪽이 더 좋다고 생각하십니까?"

"좋고 나쁘고의 문제가 아니라 선택의 문제라고 생각합니다. 땅을 파는 데는 곡괭이도 필요하고 삽도 필요합니다. 땅을 파 들어가다가 바위가 나오면 곡괭이를 써야 할 것이고 흙이 나오면 삽을 써야 할 것입니다.

나라고 하는 존재의 실상을 깨닫기 위해서는 엄청난 집중력을 필요로 합니다. 바위를 깨는 데는 삽보다는 곡괭이가 제격인 것과 같이 간화선은 견성을 하는 데 알맞은 수행법이라고 봅니다. 그러나 일단 견성을 한 뒤에는 평생 보림을 해야 합니다."

"초견성을 한 뒤에는 보림을 해야 하겠지만 구경각을 한 뒤에도 보림을 해야 합니까?"

"보림은 생활 그 자체입니다. 석가모니도 이 세상에 살아 있는 한 먹어야 살 수 있었던 것과 같이 비록 구경각을 한 구도자라도 살아 있는 동안은 보림을 아니 할 수 없습니다. 그러니까 아무리 대각을 했다고 해도 수행에 태만하면 언제 뒤쳐지거나 타락할지 모릅니다. 그러므로 항상, 매 순간 깨어 있어야 합니다.

도로를 달릴 때 자동차 운전자가 잠시라도 딴눈을 팔면 언제 어느 때 차선을 벗어나거나 중앙선을 침범하여 사고를 저지를지 모릅니다. 그러므로 한순간도 딴생각을 해서는 안 됩니다. 그러기 위해서는 우리는 언제나 지금 자기가 하고 있는 일에 마음이 떠나서는 안 됩니다. 늘 이러한 자세로 항상 현재의 자기 자신의 모습을 관찰해 나가는 것이 위빠사나입니다. 관(觀), 자기성찰(自己省察)은 여기에서 나온 것으로서 우리가 평생 떼어놓을 수 없는 수행법입니다."

머리 염색

"선생님께서는 요즘 한창 청장년들 사이에 유행하고 있는 머리 염색에 대해서는 어떻게 생각하십니까?"

"나는 멀쩡한 머리를 염색하는 것을 반대합니다. 그 이유는 이렇습니다. 서양인은 금발이고 동양인은 흑발인 것은 다 그럴 만한 자연의 섭리가 있어서 그리 된 것인데 이것을 인위적으로 그 색깔을 바꾸는 것은 우선 부자연스러운 일이기 때문입니다.

자연에 인공을 가하면 어떻게 될까요? 자연미를 손상시키는 일은 있을지언정 그것을 고양시키는 일은 결코 있을 수는 없게 되어 있습니다. 이 세상에 자연미 이상으로 아름다운 것은 있을 수 없습니다. 따라서 자연미를 파괴하는 인공미가 좋을 리가 없습니다."

"반대하시는 이유가 그것뿐입니까?"

"아닙니다. 또 있습니다. 머리칼에 염색을 하면 건강을 해치게 되어 있습니다."

"건강을 해치다니요? 그럴 수도 있습니까?"

"있고말고요."

"어떻게요?"

"두발(頭髮)은 알고 보면 일종의 변형된 피부입니다. 그 피부에 공업용 색소를 입히면 두발 세포는 호흡에 지장을 받게 됩니다. 바로 이 때문에 염색을 많이 하는 두발은 부석부석해지면서 힘없이 부서지거나

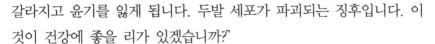

갈라지고 윤기를 잃게 됩니다. 두발 세포가 파괴되는 징후입니다. 이 것이 건강에 좋을 리가 있겠습니까?"

"과연 그렇겠는데요."

"짙은 화장을 하는 여성들은 갱년기만 지나도 얼굴에 화장독이 퍼져서 시퍼렇게 변색이 되곤 합니다. 그래서 더욱더 짙은 화장을 하지 않으면 그것을 감출 수 없게 됩니다. 그것을 감안하면 염색이 두발에 얼마나 해로운지도 알 수 있습니다. 젊을 때는 멋부리는 데 정신이 팔려서 모르겠지만 나이 들기 시작하면 염색으로 인하여 무슨 병이 발생할지 아무도 모릅니다."

코 높이기 수술

"그렇군요. 그리고 선생님, 요즘 텔레비전 방송극을 보면 탤런트 쳐놓고 성형 수술로 코를 높이지 않은 사람이 거의 없을 정도입니다. 코를 높여서 얼굴이 더 예뻐지거나 전체적인 인상이 좋아졌다면 그것대로 값어치가 있을지 모르지만, 십중팔구는 그렇지 않습니다.

얼굴의 중심을 이루고 있는 코를 높이는 수술은 백발백중 이목구비(耳目口鼻) 전체의 자연스러운 조화를 깨어 버리기 일쑤입니다. 부자연스럽게 코를 높이거나 유연하고 자연스러운 콧등의 선을 직선화함으로써 전보다 예뻐지기는 고사하고 보는 사람으로 하여금 도리어 거부감을 일으키게 합니다.

특히 동양인의 용모는 전체적으로 이목구비가 서양인처럼 굴곡이 심하지 않고 오밀조밀하고 밋밋한 편입니다. 그런데 코만 우뚝 세워놓으면 전체적인 조화가 깨어져서 코만 비대해진 괴물이 되기 십상입니다. 그래서 코 수술한 탤런트 쳐놓고 그전 얼굴보다 예뻐진 경우보다 추해진 경우가 훨씬 더 많습니다.

어떤 탤런트는 성형 수술로 그전의 어여쁘고 청초한 이미지가 완전히 사라져 버린 괴상한 모습으로 바뀐 경우도 있습니다. 이것은 긁어 부스럼이요 혹 하나 떼러 갔다가 혹 하나 더 붙이는 꼴이 아니고 무엇이겠습니까?"

"동감입니다. 뜻밖의 사고로 용모가 변형되었거나 선천적으로 언청이 같은 기형으로 태어난 경우가 아닌데도 멀쩡한 얼굴에 칼을 대는 것은 자연의 오묘한 조화를 스스로 손상시키는 무모하고 어리석은 자연 파괴 행위가 아닐 수 없습니다.

자기의 용모에 불만이 있는 사람은 심성(心性)을 가꾸는 데 힘써야지 수술로 코를 높인다든가 쌍꺼풀 수술을 하는 것은 벼가 빨리 자라지 않는다고 벼이삭을 강제로 뽑아 올리는 어리석은 농부나 하는 짓입니다."

"심성이 바른 사람은 용모도 바르다고 말할 수 있을까요?"

"당연한 일입니다. 사람의 외모는 그 사람의 마음이 외부로 표현된 것입니다. 성현(聖賢)의 모습 쳐놓고 얼굴이 비뚤어지거나 찌그러진 경우는 거의 없는 것만 보아도 알 수 있는 일입니다. 그래서 대체로 얼굴을 보면 그 사람의 심성을 알 수 있습니다."

"그런데도 간혹 가다가 얼굴은 이목구비가 또렷하고 키도 헌칠한데도 알고 보면 희한한 사기꾼이 있는 경우가 있거든요. 그런 건 어떻게 된 겁니까?"

"그런 사람은 다겁생(多劫生)에 걸쳐서 바르고 착하고 슬기롭게 살아오다가 근래에 무슨 계기로 마음이 사악(邪惡)해진 경우입니다. 마음은 사악해졌지만, 외모만은 미처 마음에 맞추어 변형이 되지 못한 경우입니다. 그러나 외모는 마음의 외부적 표현이므로 앞으로 몇 번의 생을 거듭하는 동안 마음이 계속 사악한 상태로 남아 있을 경우 조만간 그의 외모도 음험하고 사악한 모습으로 바뀌게 될 것입니다."

"그와는 반대로 마음은 비단결같이 고운 사람인데도 얼굴을 소도둑처럼 험악하게 생긴 경우도 간혹 발견할 수 있거든요. 이런 경우는 어떻게 된 것일까요?"

"그것은 전자와는 반대의 경우입니다. 다겁생(多劫生)에 걸쳐서 소도둑질을 해 오던 사람이 어떤 인연으로 마음이 크게 바뀌어 바르고 착한 사람이 되었는데도 용모가 미처 마음을 따라가지 못한 경우입니다. 마음은 바뀌었는데 외모가 미처 마음을 못 따라간 것은 소프트웨어는 바뀌었는데 하드웨어는 미처 바뀌지 않은 경우입니다.

구 건물을 헐고 새 건물을 지을 작정을 한 건물주가 설계도는 다 작성하여 놓고 곧 공사를 착수할 예정으로 있지만 아직은 구 건물에서 그대로 살고 있는 경우와 흡사하다고 할 수 있습니다. 그러니까 우리는 사람을 평가할 때 용모나 옷차림보다는 그의 마음 씀씀이를 기준으로 평가해야 할 것입니다.

진선미(眞善美)라고 우리는 흔히 말합니다. 이것은 무엇을 말하는고 하니 마음이 진실하고 착하면 아름다움은 자연히 따라오게 되어 있다는 뜻입니다. 그런데 성급한 배우와 탤런트들은 마음을 진실하고 착하게 가꿀 생각은 하지 않고 연기로 벌어들인 거액을 투자하여 얼굴에 칼질을 하여 자신의 고유한 자연미를 망쳐 놓기 일쑤입니다.

그들은 특히 코를 높여 놓음으로써 얼굴 전체의 조화를 깨뜨려 이상 야릇한 괴물로 만들어 놓아 팬들을 실망시키고 있습니다. 청장년 시절에는 그런 대로 이럭저럭 지낸다고 쳐도 노년기에 접어들면 성형 수술한 부위는 더욱 두드러져 추악하게 변하게 됩니다.

그렇지 않아도 늙어 가노라면 피부가 탄력을 잃고 주름살이 깊어져서 추물로 변하기 일쑤인데 성형 수술한 부위는 한층 더 부자연스럽고 추한 모습을 노출하게 됩니다. 이것 역시 자업자득입니다."

"그러니까 성형 수술보다는 심성을 가꾸는 데 제일 우선순위를 두어야 하겠군요."

"그렇고말고요. 마음이 고우면 외모도 조만간에 고와지게 되어 있는 것이 변함없는 자연의 섭리입니다. 우리는 무엇보다도 이 이치를 확실히 믿어야 합니다."

"미모(美貌) 역시 한 치도 어김없는 인과응보라고 보면 틀림없겠군요."

"물론입니다."

벚꽃

우창석 씨가 말했다.

"해마다 봄철만 되면 우리 산야에 점점 많이 퍼져 나가는 벚나무에 대하여 우려하는 사람들이 있습니다. 유명 관광지는 말할 것도 없고 왕릉(王陵), 서원(書院), 심지어 평생을 반일 투쟁을 벌인 김구 선생의 묘소에도 일본을 상징하는 벚나무가 심어지고 있다고 합니다. 우리나라의 국화인 무궁화를 심어야 할 자리에 벚나무만 늘어나고 있다고 개탄하는 사람도 있습니다. 선생님께서는 이러한 개탄에 대하여 어떻게 생각하십니까?"

"꽃은 그냥 꽃일 뿐입니다. 벚꽃이라고 해서 처음부터 일본의 국화라는 딱지가 붙은 것은 아닙니다. 벚꽃이 지구상에 생겨난 후 몇천만 년인지 몇백만 년인지 모르는 세월이 흘렀는지 모릅니다. 그런데 벚꽃보다 훨씬 뒤에 사람들이 나라라는 것을 만들어 놓고 벚꽃은 일본 국화(國花)고, 장미는 영국 국화고, 모란은 중국 국화고, 해바라기는 러시아 국화고, 무궁화는 한국 국화니 하면서 제멋대로 정해 놓고 이러니저러니 하는 것은 우스운 일입니다."

"그래도 왜정 때 일본인들은 우리나라에서 무궁화나무를 뽑아 버리고 그 자리에 벚꽃나무를 심는 만행을 저지르지 않았습니까?"

"그거야말로 속 좁은 일본인의 편협한 국수주의(國粹主義)가 빚어낸 어리석은 짓입니다. 바로 그 때문에 일본 제국주의는 결국 망해 버리지 않았습니까?"

"그런데 그 망해 버린 일본 제국주의자들이 심은 벚나무도 모자라 해방 후에도 자꾸만 더 심는다는 것은 지각 있는 국민이라면 좀 자중해야 할 일이 아닐까요?"

"그런 생각을 하기 전에 벚꽃은 일본이라는 민족이나 국가가 생겨나기 훨씬 이전부터 우리나라에도 자생했던 꽃나무라고 생각하면 될 것입니다. 만약에 봄철에 소박한 개나리와 달콤한 향기의 수수한 진달래와 고고한 기품을 뽐내는 목련화만 있고 화사한 벚꽃이 없다면 어떨까 생각해 보세요. 독특한 개성을 자랑하는 다양한 꽃들이 아름다움을 서로 견주면서도 조화를 이룰 때 자연은 한층 더 그 내용이 풍부해지지 않겠습니까?"

"말하자면 인간의 유치한 선입견 따위가 배제된 자연을 있는 그대로 보자는 말씀이신 것 같습니다."

"그렇습니다. 우리 토양에 알맞은 수종(樹種)이라면 어떠한 꽃나무든지 이 땅에서 생을 영위할 자격이 있다고 봅니다."

"그러나 그로 인하여 우리 고유의 꽃들이 피해를 입는다면 그것 역시 문제가 되지 않겠습니까?"

"어차피 시간이 흐르면 적자생존의 법칙에 따라 자연은 변하게 되어 있습니다. 이 우주 안에 변하지 않는 것은 아무것도 없습니다. 생존 능력이 없어서 도태되는 자연을 아쉬워만 할 것이 아니라 새롭게 적응하여 뿌리내리는 자연을 우리는 긍정적으로 받아들일 줄 아는 진취적이고 미래 지향적인 자세도 취할 줄 알아야 할 것입니다.

항상 현재가 중요한 것이지 과거가 중요한 것은 아니기 때문입니다.

그리고 자연을 자연 그대로 보아야지 그 자연에 인간의 편견이나 관념 같은 것을 덧칠하지 말아야 합니다. 이러한 편견이나 관념들이 순수하게 자연을 감상할 수 있는 우리의 눈을 흐리게 한다는 것을 알아야 합니다.

　요즘 한창인 개나리, 진달래, 목련에 화사한 벚꽃이 한데 어울린다면 이것을 바라보는 사람들의 눈은 한층 더 즐거워질 것입니다. 여기에 덧칠한 어떠한 인간의 편견도 자연에 대한 모독이 되지 않을 수 없을 것입니다."

까닭 없이 사람이 미워질 때

우창석 씨가 또 말했다.

"선생님, 아무 이유도 없이 미운 사람이 있습니다. 이런 때는 어떻게 해야 하죠?"

"그럴 때는 그렇게 남을 미워하는 자기 자신을 바라보세요."

"그렇게 바라보기만 하면 됩니까?"

"그렇습니다."

"언제까지 그렇게 자기 자신을 바라보아야 합니까?"

"자기 자신이라고 해서 추호도 호의적인 시선으로 바라볼 것이 아니라 아무 인연도 없는 남을 바라보듯 그렇게 객관적이고 냉정한 시선으로 바라보도록 하세요. 이렇게 하려면 인내력이 필요합니다. 인내력의 강약에 따라 성과가 달라질 것입니다.

이 세상에서 우리가 살아가면서 만나는 사람들은 크게 세 종류로 나눌 수 있습니다. 첫째가 이유 없이 호감이 가는 사람, 둘째는 까닭 없이 미워지는 사람, 셋째가 무관심한 사람의 세 그룹입니다.

이것은 내가 남을 보는 시선이 그렇다는 것이고 남이 나를 보는 시선 역시 이 세 가지 종류로 나눌 수 있습니다. 첫째는 나를 무조건 좋아하는 사람, 둘째는 나를 까닭 없이 미워하는 사람, 셋째는 나에게 무관심한 사람입니다. 이때 우창석 씨는 이들 세 그룹의 사람들을 어떻게 상대해야 할까 생각해 보았습니까?"

"아뇨. 아직 생각해 보지 못했습니다."

"이때 나에게 관심이 있고 호감을 느끼는 사람들과는 협조 정신을 발휘하여 잘 지내야 할 것입니다. 그리고 나를 미워하는 사람이 같은 직장이나 이웃에 있을 때 싫어도 늘 만나야 하므로 마주칠 때마다 싫거나 밉다는 표시를 할 수는 없습니다. 바로 이 때문에 우리는 인내력을 발휘해야 합니다.

그리고 나에게 무관심한 사람, 늘 나를 소 닭 보듯 하는 사람에게는 어떻게 대해야 할 것인가? 이들과 어울려 살아가기 위해서 우리는 독립심을 키워야 합니다. 누구의 도움을 받지 않고도 어떻게 하든지 내 힘으로 살아갈 수 있는 힘을 기른다면 남들이 나에게 아무리 무관심해도 조금도 기죽지 않고 씩씩하게 살아갈 수 있을 것입니다. 이처럼 나를 좋아하는 사람이든 싫어하는 사람이든 무관심한 사람이든 우리의 마음먹기에 따라 나에게는 삶의 현장의 참스승이요 구도의 스승이 될 수 있습니다."

"거기까지는 선생님 말씀을 이해할 것 같습니다. 그런데 도대체 왜 사람들은 아무런 이유도 없이 서로가 서로를 좋아하고 미워하고 무관심해 하면서 어쩔 수 없이 어울려 피곤한 삶을 살아가야 할까요?"

"금생에 서로 미워하고 좋아해야 할 아무런 이유가 없었다면 그것은 전생의 업보나 인연 때문입니다."

"그럼 아무 이유도 없이 호감이 가는 사람은 전생에 좋은 인연을 맺었던 사람이라는 말씀인가요?"

"그렇습니다."

"그럼 이유 없이 미운 사람은 서로 악연(惡緣)이었다는 말씀인가요?"

"그렇습니다."

"어떻게 하면 서로 호감이 가는 사람들끼리만 어울려 살아갈 수 있을까요?"

"그러자면 지금 당장 그 미워하는 마음을 비워 버리면 됩니다."

"그게 그렇게 쉬운 일이라면 무슨 걱정이겠습니까?"

"쉬운 일이 아니라고 해서 화해하지 않고 계속 서로 미워만 한다면 그 미움은 언제까지든지 생을 바꾸어 가면서 악순환을 되풀이할 것입니다."

"그렇다면 가령 까닭 없이 미워지는 사람이 같은 직장에 있을 때 제가 그 사람에게 의식적으로 접근하여 서로 좋은 관계를 가질 수 있도록 꼭 해야만 할까요?"

"쑥스럽게 꼭 그렇게까지 해야 할 필요가 있겠습니까?"

"그럼 어떻게 하는 것이 좋겠습니까?"

"그에게 향하는 그 까닭 없는 미움을 자기 마음속에서 스스로 없애 버리면 됩니다. 남을 위해 주는 것이 나 자신을 위하는 길이라는 것을 알고 있는 사람이라면 남을 미워하는 것이 결국은 나 자신을 미워하고 해치는 일이라는 것을 알게 될 것입니다. 남을 미워하는 것 자체가 자기 자신의 체내에 독소를 뿜어내는 것과 같다는 이치를 알아야 합니다.

이런 이치를 깨달은 사람은 남을 미워하려고 해도 미워할 수가 없습니다. 어느 한쪽이 이 정도로 마음공부가 되어 있기만 해도 아무 이유도 없이 서로 미워하던 두 사람은 한 직장에 있는 한 언젠가는 자연히 가까워질 수 있는 기회가 생기게 될 것입니다. 한쪽이 호감을 가지고 있기만 해도 그것이 상대에게는 그 상념의 파동이 되어 전달되게 되어 있습니다."

"원격 감응(遠隔感應) 같은 것 말입니까?"

"그렇습니다. 이것을 텔레파시라고도 합니다. 한쪽의 호감이 다른 사람에게도 옮겨가서 두 사람은 서로 호감을 나누는 사이로 변하게 될 것입니다. 그러나 서로 미워하는 사람들끼리는 그러한 미움이 서로 원격 감응을 일으키어 서로를 더 멀리 떼어놓게 하고야 말 것입니다. 그러하여 그들은 만나기만 하면 사사건건 서로 충돌을 일으키게 될 것입니다.

이러한 이치를 먼저 깨달은 쪽에서 상대에 대한 까닭 없는 미움을 먼저 훌훌 털어 버리기만 해도 두 사람 사이에는 금방 훈훈한 바람이 감돌고 텔레파시(원격 감응)가 통하게 될 것입니다. 이쯤 되면 전생의 업보 하나가 풀리게 됩니다. 우리가 이 세상에 태어난 이유 하나가 해결된 것입니다."

"결국 이 세상에는 까닭 없는 미움 같은 것은 없다고 보아야 하겠군요."

"그렇습니다. 핑계 없는 무덤이 있을 수 없는 것과 같이 까닭 없는 미움 같은 것도 있을 수 없습니다."

"그러니까 두 사람 사이에는 살(煞)이 끼어 있다느니 불구대천(不俱戴天)의 원수지간(怨讐之間)이니 하는 것도 알고 보면 해결할 수 없는 일이 아니라는 말씀이시군요."

"물론입니다. 살이니 원수니 하는 것도 원래부터 있었던 실체가 아니고 사람의 마음이 만들어 낸 허깨비나 환상과 같은 것에 지나지 않습니다. 깨달은 눈으로 보면 이 세상에 원수 같은 것은 없습니다.

알고 보면 만상(萬相)은 하나입니다. 애증(愛憎)은 마음의 조화(造化)로 생겨난 몽환(夢幻)에 지나지 않습니다. 이 꿈에서만 깨어날 수 있다면 탐진치(貪瞋癡)와 오욕칠정(五慾七情) 따위에서 방황하는 일은 없어지게 될 것입니다. 이것들이 모두 까닭 없는 미움을 만들어낸 원인들이기 때문입니다."

"이유 없는 미움에서 벗어날 수 있는 요령을 좀 알려주실 수 있겠습니까?"

"요컨대 미움은 남을 미워하는 사람에게나 미움을 받는 사람에게나 다 같이 백해무익(百害無益)하다는 것을 깨닫는 겁니다. 살인, 강도, 도둑질, 사기, 협잡, 강간, 과음, 도박, 흡연, 마약이 어느 누구에게나 백해무익한 것처럼 말입니다.

관법(觀法)

이러한 깨달음에 도달하기 위해서 수행자는 당연히 관법(觀法)을 이용해야 할 것입니다. 누구를 미워하는 자기 자신을 객관적으로 바라볼 수 있을 때 스스로 미움에서 벗어날 수 있는 지혜가 싹트게 될 것입니다.

이때 수행이 깊은 구도자에게는 그 미움의 정체가 화면으로 떠오르게 될 것입니다. 수행이 그 정도로 깊은 경지에 도달하지 못했다고 해서 실망하거나 좌절해서는 안 됩니다. 우선 시급한 것은 자기 자신의 모습을 객관적으로 냉정하게 바라볼 수 있는 안목(眼目)을 키우는 것이 제일 요령입니다. 이 객관적인 안목이 그 자신을 미움에서 벗어나게 해 줄 것입니다."

"왜 그럴까요?"

"객관적인 안목이란 편견 없는 밝아진 눈을 말합니다. 이러한 눈으로 볼 때 미움 같은 것은 일찍이 존재한 일이 없기 때문입니다."

"그럼 그 미움이란 무엇입니까?"

"인간의 사욕(私慾)이 제멋대로 만들어 낸 환상에 지나지 않습니다."

"그럼 현대인을 괴롭히는 스트레스나 울화도 관법으로 해결할 수 있을까요?"

"그렇고말고요. 우선 스트레스로 괴로워하는 자기 자신을 객관화하여 바라보도록 할 수 있어야 합니다. 마치 포병 관측장교의 시야에 잡혀 들어오는 적군들과 그 장비들은 포 사거리 안에 들어 있는 한 언제나 아군 포로 때려잡을 수 있는 것과 같습니다."

"그런데 실제로 관을 해 보면 자기 자신을 객관화하여 바라볼 수 있을 정도로 수행이 진척되는 것이 결코 쉽지 않더군요."

"쉽지 않은 일이니까 한번 해 볼 만한 가치가 있는 일이 아니겠습니까?"

"저는 관을 하면 끊임없이 일어나는 잡념 때문에 아무것도 할 수 없습니다."

"그 잡념을 일컬어 번뇌 망상이라고 합니다."

"어떻게 하면 그 번뇌 망상을 잠재울 수 있습니까?"

"번뇌 망상이 일어나면 조용히 그것들을 바라보도록 하십시오. 물론 처음부터 자리가 잡히지는 않을 것입니다. 그러나 첫술에 어떻게 배부를 수 있겠습니까? 꾸준히 하다가 보면 어느덧 자기도 모르는 사이에 자리가 잡히는 때가 반드시 찾아올 것입니다."

"자리가 잡힌다는 것은 무엇을 말합니까?"

"관을 해도 잡념이나 번뇌 망상 따위의 방해를 받지 않는 것을 말합니다. 그런 사람은 달리기나 속보(速步)를 해도 자기 자신이 진행하는 모습이 심안(心眼)에 들어오게 되어 있습니다. 명상을 하든지 독서를 하든지, 대화를 나누든지 운전을 하든지, 작업을 하든지 글을 쓰든지, 좌우간 무슨 일을 하든지 간에 자기 자신의 모습을 관찰할 수 있습니다.

소몰이가 뒤에서 앞에 걸어가는 소를 지켜보듯 할 수 있게 됩니다. 소몰이가 뒤에서 소가 걸어가는 방향을 예측할 수 있듯이 관하는 사람은 자신의 향방을 미리 알아낼 수 있으므로 실수하는 일이 드물게 됩니다. 관이 잡힌다는 것은 이것을 말합니다. 이 경지에 진입하게 되면 마음공부는 정상 궤도에 올라섰다고 할 수 있습니다.”

견성(見性)을 한 것 같습니다

목포에서 올라온 45세의 모기숙이라는 주부 수련생이 말했다.

"선생님, 제가 아무래도 견성을 한 것 같은데 자신 있게 말할 수 없습니다. 제가 과연 견성을 했는지 확인할 수 있는 방법이 있을까요?"

"견성을 하기 전과 후에 달라진 것이 있습니까?"

"제 겉모습은 달라진 것이 전연 없습니다. 그러나 제 마음은 엄청나게 달라진 것 같습니다."

"어떻게요?"

"무슨 일에든지 속상하거나 화나거나 애타는 일이 없어졌습니다."

"구체적으로 실례를 들어서 말씀해 보세요."

"거동이 불편한 87세 된 시어머니를 모시고 있는데 그전에는 성가시고 속상하는 일이 많았었는데 지금은 당연히 내가 해야 할 일을 하는 것처럼 마음이 편안합니다. 전에는 얼굴 찡그리는 일이 많았었는데 지금은 전연 그렇지 않습니다.

선생님께서『선도체험기』에서 늘 말씀하신 것처럼 탐진치(貪瞋癡)와 오욕칠정(五慾七情)에 흔들리지 않게 되었습니다. 똑같은 일을 하는데도 전에는 짜증이 나고 스트레스가 쌓였었는데 지금은 전연 그렇지 않습니다. 지금은 무슨 일을 당해도 그저 마음이 즐겁고 편안합니다."

"부군은 무슨 일을 합니까?"

"조그마한 제조업을 운영하고 있습니다."

"요즘 사업이 잘됩니까?"

"그전만 못합니다. 아이엠에프 때보다도 못하다고들 말하지만 그런 대로 잘 꾸려 나가고 있습니다."

"혹시 남편이 속 썩이는 일 없었습니까?"

"아직은 남편이 제 속을 썩인 일은 없었습니다."

"그런데 그러한 남편이 어느 날 갑자기 첩을 얻어 딴살림을 차려 세 살 난 아들까지 있다는 것이 알려졌다면 모기숙 씨의 심정이 어떨 것 같습니까?"

"제 남편은 그럴 위인도 못됩니다."

"사람의 일이란 한 치 앞을 내다 볼 수 없는 것이 현실입니다. 만약에 그런 일이 있다면 어떠한 심정일 것 같습니까?"

"그전 같으면 난리가 났겠죠. 그러나 지금은 그런 일을 당한다고 해도 마음이 별로 흔들리지 않을 것입니다."

"왜요?"

"아직도 나에게는 풀리지 않은 업보가 있어서 그렇겠거니 하고 생각하고 놀라지 않을 것입니다."

"만약에 모기숙 씨의 사랑하는 외아들이 대구 지하철 참사와 같은 사고로 희생이 되었다면 어떨 것 같습니까?"

"그전 같으면서 울고불고 몸부림치고 야단이 났었겠죠. 그러나 지금은 그것 역시 내 업보구나 하고 누구를 원망하거나 원통해하고 분해하지는 않을 것입니다. 그래 보았자 변하는 것은 아무것도 없을 것이니까요."

이렇게 거침없이 말하는 그녀의 모습을 이윽고 지켜보았다. 추호도

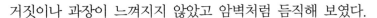

거짓이나 과장이 느껴지지 않았고 암벽처럼 듬직해 보였다.

"기공부는 잘되십니까?"

"단전이 늘 시원하고 이마에 벌레가 스멀스멀 기어가는 것 같습니다. 그건 왜 그런지 모르겠습니다."

"상단전이 열리느라고 그렇습니다."

"남들은 단전이 따뜻하다고 하는데 저는 왜 시원하기만 한지 모르겠습니다."

"시원하다가 따뜻해질 것입니다."

"상단전이 열리면 어떻게 됩니까?"

"천안(天眼)이 열릴 것입니다."

"천안이 열리면 어떻게 되죠?"

"시공(時空)에 구속된 물질적인 현상 이외의 것을 보는 것을 천안이라고 말합니다. 그것을 천안통(天眼通)이라고 합니다. 이것 이외에도 숙명통(宿命通)이 열리게 될 것입니다."

"숙명통은 무엇입니까?"

"자기 자신이나 남의 전생(前生)을 화면으로 보는 것을 말합니다."

"저는 아직 그 정도는 아닙니다. 그리고 저한테 들어와 있는 빙의령(憑依靈)도 확실히 볼 수는 없습니다. 그러나 빙의령이 들어왔다가 나가는 것은 느낌으로 알 수 있습니다. 빙의령이 들어왔을 때 의식을 강하게 집중하면 어렴풋이 그 모습이 보일 때도 있습니다."

"수행이 깊어지면 그 모습이 점점 분명하게 보일 것입니다. 그렇다고 해서 천안통, 숙명통에 깊이 빠져들면 초능력자는 될 수 있을지언정 도인(道人)은 될 수 없습니다. 그래서 신통력이나 초능력은 하찮은 일 즉 말변지사(末邊之事)로 여겨야만 합니다."

"그 말씀은『선도체험기』에서 귀에 못이 박히도록 들어 왔으므로 절대로 그런 데 빠지지 않을 것입니다."

"그 밖에 또 달라진 것 없습니까?"

견성 점검해 보기

"조사(祖師)들의 화두나 기행(奇行)을 이해할 것 같습니다."

"실례를 들어 말씀해 보세요."

"가령 임제(臨濟) 할(喝), 덕산(德山) 방(棒)하는 것이 무엇인지 알 것 같습니다. 임제 선사가 불성(佛性)에 대하여 제자들이 물어 오면 무조건 깜짝 놀랄 정도로 '할' 하고 고함을 질렀다고 합니다. 그전에는 그것이 무엇을 의미하는 것인지 몰랐는데 견성을 한 후에는 알 것 같습니다."

"그럼 임제가 제자들의 물음에 무조건 '할' 하고 고함을 지른 것은 무엇 때문입니까?"

"꿈을 깨라는 고함 소리입니다."

"무슨 꿈을 깨라는 소리입니까?"

"현상계의 생사윤회의 꿈 말입니다. 임제 선사는 제자들의 꿈을 깨게 하는 데는 이 방법이 가장 효과적이라고 생각했던 것입니다. 또 실제로 그의 제자들 중에는 그 고함 소리를 듣고 혼비백산(魂飛魄散)하여 생사의 꿈에서 깨어난 사람들로 많았다고 합니다.

그러나 누가 임제 선사의 흉내를 낸다고 해서 깨달음을 얻게 할 수는 없습니다. 반드시 임제 선사 정도의 깨달음을 얻은 분이 아니고는 그만한 깨달음을 전달할 수 없습니다. 임제 선사의 '할' 속에는 공부가 견성 수준에 도달할 제자에게 깨달음을 줄 수 있는 농축된 강력한 내공(內功)의 에너지가 흐르고 있었던 것입니다.

바로 이 에너지에 순간적으로 감전되었을 때, 그 강한 충격으로 각성을 주는 것입니다. 이것을 줄탁지기(啐啄之機)라고도 합니다. 암탉이 자신이 품고 있는 달걀 속의 병아리가 태어날 때가 되어 달걀 내벽을 주둥이로 쪼는 소리를 감지하고 바깥에서 톡 쪼아 병아리가 껍질 속에서 나오게 하는 것입니다."

"그러니까 임제 할은 깨달음의 각성제라는 말씀이군요?"

"그렇습니다."

"그럼 덕산(德山) 방(棒)은 어떻게 생각하십니까?"

"그것 역시 덕산의 몽둥이질 속에 농축된 강력한 내공의 에너지가 흐르고 있었던 것입니다. 그러기에 공부가 일정 수준에 도달한 제자들은 그 몽둥이를 한 대 얻어맞고는 생사의 악몽에서 번쩍 깨어난 것입니다."

"그럼 구지일지(俱胝一指)는 어떻게 생각하십니까?"

"그것 역시 구지 화상의 농축된 깨달음의 내공 에너지가 한 손가락에서 방사되어 견성이 임박한 제자들로 하여금 세속의 꿈에서 깨어나게 했던 것입니다. 어느 날 구지 화상이 외출 중인데 문도(門徒)들이 몰려와서 방문 밖에서 그를 뵙기를 청했습니다. 이때 그 방에 앉아 있던 시승(侍僧)이 구지 화상이 늘 하는 것을 보아 온 대로 문창호지를 뚫고 불쑥 손가락 하나를 내밀었습니다. 그러자 문도들은 무슨 큰 깨달음이라도 얻은 듯 감탄하면서 돌아갔습니다.

　　그런데 이들이 돌아가는 길에 외출에서 돌아오는 구지 화상과 마주 쳤습니다. 이들은 구지 화상에게 큰절을 하고 구지일지(俱胝一指)의 기적을 베풀어 주시어 큰 깨달음을 얻었다고 무척들 고마워했습니다. 이 말을 들은 구지 화상은 시승이 장난을 친 것을 알았습니다.

　　절에 돌아온 구지 화상은 시동을 보자 손가락을 들어 보이라고 했습니다. 시동이 손가락을 무심코 들어 올리자 구지 화상은 늘 차고 다니던 삭도(削刀)를 재빨리 꺼내어 시동의 손가락을 싹둑 잘라 버리고는 휑하니 그 자리를 뜨고 말았습니다.

　　엉겁결에 손가락 하나를 잘려 버린 시승은 피가 흐르는 손가락을 든 채 아파서 울상을 하고 저 만큼 걸어가는 구지 화상을 멍청하니 쳐다보고 있었습니다. 바로 그때였습니다. 구지 화상은 자기 손가락 하나를 쳐들어 보였습니다. 그 순간 시승은 깨달음을 얻었습니다. 이처럼 구지일지(俱胝一指)는 강력한 깨달음을 주는 신호였습니다."

　　"그럼, 불성과 진리를 묻는 문도들에게 운문(雲門)은 '마른 똥 막대기', 동산(東山)은 '마삼근(麻三斤)'이라 했고, 조주(趙州)는 '차나 한잔 하라'고 한 것은 무엇을 말합니까?"

　　"그것 역시 생사의 꿈에서 깨어나라는 강력한 주문이기는 마찬가지입니다. 마른 똥 막대기나 마삼근이나 차 한 잔 속에 무슨 특별한 의미가 있는 것은 아닙니다. 이 우주의 삼라만상은 그 어느 것이나 진리 아닌 것이 없고 불성 아닌 것이 없으니까 어떤 사물을 지적해도 진리와 통하게 되어 있기 때문입니다."

　　"모기숙 씨는 언제 그렇게 많은 공부를 했습니까?"

　　"견성을 하고 나니까 평소에 의문을 품었던 것들이 자연스럽게 술술

풀려 나갔습니다."

"그러나 견성을 했다고 해서 자만을 해서는 안 될 것입니다."

"물론입니다. 선생님에게는 믿음이 있으니까 이렇게 마음 터놓고 떠벌이지만, 남에게는 어떻게 함부로 이런 소리를 감히 할 수 있겠습니까? 그런데 선생님 제가 정말 견성을 한 것은 틀림없습니까?"

"세속의 꿈속에서는 볼 수 없는 것을 보시는 것을 보니 초견성은 하신 것 같습니다. 그러나 공부는 이제 막 시작되었다고 보셔야 합니다. 본격적인 공부는 이제부터라는 각오를 가지고 새로운 세계에 도전해야 할 것입니다."

"명심하겠습니다. 제가 선생님을 특별히 존경하는 이유가 무엇인지 아십니까?"

"뭐죠?"

"아무런 조직도 가지고 계시지 않는다는 것입니다."

"옛날에는 가르침을 전달하는 수단으로 조직을 필요로 했지만 지금은 조직이 없어도 책이나 인터넷 같은 유력한 수단이 있는데 조직 같은 것이 무엇 때문에 필요합니까? 사람이 모여서 만든 조직은 반드시 인위적인 병폐를 가져오게 되어 있습니다.

뜻있는 구도자는 조직을 통해서보다는 매체를 통해서 더 쉽게 진리에 접근할 수 있습니다. 나는 평생에 다만 몇 사람이라도, 그것이 아니면 단 한 사람이라도 올바른 구도자를 얻을 수 있다면 그것으로 만족할 것입니다. 후계자를 얻지 못한다 해도 책은 그대로 남을 것이니까, 뜻있는 사람은 누구나 이용할 수 있을 것이므로 후회될 것은 아무것도 없습니다."

"선생님의 바로 그러한 순수한 태도가 존경스럽습니다. 그런데 선생님 흔히 종교에서 말하는 빛이란 무엇을 말합니까?"

"무명(無明), 암흑(暗黑), 무지몽매(無知蒙昧)의 반대라고 보면 됩니다."

"그럼 광명(光明), 지혜(知慧), 진리를 말하는가요?"

"그렇습니다."

절식(節食)의 기준(基準)

우창석 씨가 말했다.

"선생님은 『선도체험기』 70권에서 일일일식(一日一食)을 78일까지 한 경험을 말씀하셨는데 지금도 하루 한끼씩 잡숫고 계십니까?"

"아닙니다. 지금은 일일일식을 중단했습니다."

"그럼 일일일식은 얼마 동안 하셨습니까?"

"143일 동안 했습니다."

"일일일식을 78일째 하셨을 때는 빈속으로 암벽 등반도 손쉽게 하실 수 있었다고 하시지 않았습니까?"

"그랬죠. 그 뒤에도 143일째까지는 하루 한끼 식사를 유지할 수 있었습니다."

"그런데 왜 중단하셨습니까?"

"143일이면 근 5개월이 되는 데 그때까지는 근근이 하루 한끼로 버틸 수 있었습니다. 그런데 그 뒤부터는 차츰 체력이 떨어지는 현상이 두드러지게 나타났습니다. 하루 중 저녁에 한끼를 들고 그 이튿날 오후 서너 시쯤 되면 눈이 침침해지면서 글을 읽을 수 없게 되었습니다.

나는 이것이 일시적인 현상이겠지 하고 안심하고 있었는데 시일이 흐르면서 그 현상은 점점 더 가중되어 갔습니다. 처음에는 노쇠 현상인 줄 알았는데 알고 보니 그게 아니었습니다."

"그럼 무엇이었습니까?"

"영양실조 현상이었습니다. 손전등에 배터리가 소모되면 불빛이 흐려지는 것과 같은 현상이었습니다."

"그것을 어떻게 아셨습니까?"

"그때 시험적으로 생식을 한 숟갈 먹었더니 금방 눈이 밝아졌습니다. 등산을 할 때도 전에는 정상까지 2시간 안에 한 번도 쉬지 않고도 넉넉히 오를 수 있었는데 그때부터는 중간에 체력이 떨어져 숨이 차서 허덕이고 쉬는 일이 잦아지기 시작했습니다. 적지 않은 시일이 흘렀는데도 개선되지 않고 체력이 떨어지는 현상은 누적되어 갔습니다. 체력이 떨어진다는 것은 건강에 적신호가 왔다는 징후이기도 합니다.

우리가 하루에 세끼씩 하던 식사를 두 끼 또는 한끼로 줄이는 것은 건강을 증진하기 위해서인데 실제로 경험을 해 보니 그 반대 현상이 일어났다면 중단을 하지 않을 수 없지 않겠습니까? 이번에 내가 일일일식을 체험하면서 느낀 것은 사람은 무슨 일을 하든지 자기 형편과 수준에 맞게 해야 한다는 것입니다.

남들이 일일일식을 한다고 해서 나도 꼭 해 보아야겠다고 하는 방식은 좋지 않다는 것입니다. 왜냐하면 일일일식은 어디까지나 각자 나름대로 건강을 지키기 위한 하나의 수단이요 방편이지 그것 자체가 목표가 될 수는 없기 때문입니다."

"그럼 일일일식을 하는 목적은 무엇입니까?"

"건강이죠. 좀더 구체적으로 말하면 체력 향상입니다."

"그럼 지금은 어떻게 하고 계십니까?"

"몸이 요구하는 대로 처음에는 하루 두 끼를 하다가 지금은 하루 세 끼를 합니다. 생활을 하다가 보면 체력을 많이 소모했을 때는 많은 식사가 요구되고 그렇지 않을 때는 적은 식사가 요구됩니다. 내 경우 일주일에 한 번씩 하는 암벽 등반을 하는 날이나 그다음 2, 3일 동안은 식사가 많이 먹힙니다.

이때 억지로 소식주의(小食主義)를 고집할 필요는 없다고 봅니다. 자동차가 많이 달리면 달릴수록 그만큼 더 많은 연료를 필요로 하듯 사람도 체력 소모가 많으면 그때그때 형편에 따라 식량을 알맞게 공급해 주어야 한다고 생각합니다. 그래서 나는 앞으로 꼭 일일일식(一日一食)이나 일일이식(一日二食)이나 일일삼식(一日三食)을 굳이 고집하지 않기로 했습니다.”

“그럼 체중 조절은 어떻게 합니까?”

“그 대신 하루 한 번씩 꼭 체중을 저울에 달아 봅니다. 나는 신장이 172니까 62 이상은 나가지 않도록 제한을 두고 있습니다.”

“어떤 방법으로 체중 조절을 하십니까?”

“운동량과 식사 조절로 얼마든지 체중은 조절할 수 있습니다.”

“그럼 일일일식은 어떤 경우 좋다고 보십니까?”

“내 체험에 의하면 하루 한끼를 먹되 한꺼번에 두 끼 또는 세끼 분을 먹을 수 있을 만큼 식사량이 많은 사람은 일일일식을 할 수 있다고 생각합니다. 그런데 나처럼 하루 한끼를 먹든 두 끼를 먹든 세끼를 먹든 한번 식사에 한끼분밖에 먹을 수 없는 사람은 일일일식을 하기가 어려울 것입니다.

『밥 따로 물 따로』라는 책을 보면 한꺼번에 며칠분씩의 식사를 하는 대식가(大食家)들 얘기가 나오는데 그런 사람들은 하루 한끼든 이틀 또는 사흘에 한끼든 얼마든지 할 수 있을 것입니다. 호랑이나 사자 같은 맹수는 먹이를 한 번 포식하고 나면 며칠씩 굶을 수 있다고 하는데 나도 그렇게만 할 수 있다면 하루 한끼는 물론이고 이틀 또는 사흘, 일주일에 한끼씩도 얼마든지 할 수 있을 것입니다.

그러나 나는 한꺼번에 아무리 많이 먹어 보려 해도 한끼분 이상을 먹을 수가 없습니다. 그 이상을 억지로 먹으면 배탈이 나기 때문에 도저히 그럴 수가 없습니다. 그러니까 한꺼번에 먹을 수 있는 식사량이 많은 사람일수록 일일일식은 성공할 확률이 높다고 할 수 있을 것입니다.

두 번째로는 나처럼 암벽 등반과 같은 과격하고 체력 소모가 많은 운동을 하지 않는 사람은 일일일식을 해도 좋을 것입니다. 등산, 달리기, 도인체조 같은 체력이 많이 소모되는 운동에 몇십 년간 길이 든 나 같은 사람은 그 습관이 하루아침에 고쳐지지 않는 한 일일일식을 하기는 어려울 것입니다. 일일일식을 위해서 수십 년 동안 체질화된 습관을 당장에 버릴 수는 없기 때문입니다.

"그럼 선생님께서 143일 동안 일일일식을 해 보신 결과 구도자들에게 하고 싶은 말씀이 있으면 해 주시기 바랍니다."

"식사는 어디까지나 자기 체력을 정상적으로 유지하는 데 초점을 두어야지 일일일식이니 일일이식이니 하는 일정한 틀에 묶여서는 안 된다는 것입니다. 사람의 몸은 흐르는 물처럼 끊임없이 변하고 있습니다. 그 변화에 맞추어 그때그때마다 지혜롭게 대처해 나가야 한다고 생각합니다."

"말하자면 식사는 자연의 흐름에 맡기라는 말씀이군요."

"그렇습니다. 졸리면 자고 졸리지 않으면 자지 않는 것과 같이 배고프면 먹고 배고프지 않으면 먹지 않으면 됩니다. 자연의 흐름에 맡기되 항상 정상적인 건강과 체력을 유지하는 데 초점을 맞추어야 한다는 것을 잊어서는 안 됩니다. 그 대신 식사와 물을 구분해서 먹는 음양 식사법만은 꼭 지키는 것이 건강과 수행에 유익하다는 것을 꼭 알리고 싶습니다."

"그러니까 식사나 절식에 대한 일률적인 잣대 같은 것은 있을 수 없다는 말씀인가요?"

"그렇습니다. 사람은 백인백색이요 천태만상이니까 각자 자기 자신에게 알맞은 식사법과 절식법을 찾아내어 활용하는 것이 좋습니다. 이것이 143일간의 일일일식을 해 본 결과 얻은 결론입니다.

그리고 거듭 말하지만 등산, 달리기, 도인체조 같은 과격한 운동만 하지 않고 가벼운 산책 정도만 한다면 웬만한 사람이면 일일일식으로 버티어 나갈 수도 있을 것 같습니다. 그리고 일일일식은 일정한 계획을 세운 단식을 실행하는 것보다 더 어렵다는 것입니다. 또한 내가 하루 한끼로 143일을 버틸 수 있었다는 것은 비상시에는 얼마든지 그 정도의 식사로도 감내해 나갈 수 있다는 자신감을 갖게 했습니다."

재도전의 토대로 삼아야

"그러나 선생님,『음양감식 조절법』(이상문 저, 평단문화사 발간)이란 책을 보면 밥 따로 물 따로 식사를 7년간 해야 마지막 단계로 일일일식에 들어갈 수 있다고 했습니다. 식사 후 2시간 뒤에 물먹는 음양식사를 시작하여 처음에는 평소대로 하루 세끼를 몇 년 하는 동안, 그 사이에 새로운 세포가 형성되어 체질이 바뀌었을 때 일일이식(一日二食)에 들어가야 한다고 합니다.

　그리고 일일이식을 몇 년간 하여 또 새로운 세포가 형성되어 체질이 바뀌었을 때 일일일식(一日一食)으로 자연스럽게 들어가야 하는데 선생님께서는 음양식을 시작하자마자 곧바로 일일이식(一日二食)으로 들어가셨고 한 달쯤 후에 일일일식(一日一食)을 시작하셨습니다. 그 책의 저자의 말대로 새로운 세포가 형성되어 체질이 충분히 바뀌기도 전에 일일일식을 성급하게 시작하신 것이 아닌가 하는 생각이 듭니다.”

　“이제 와서 곰곰이 생각해 보니 그런 점이 없지도 않습니다. 작년 가을에 음양식을 시작하기 전에 일일삼식 할 때는 한끼에 생식을 두 숟갈씩 먹었는데, 143일 동안 일일일식을 한 뒤 그전 방식으로 돌아간 지금에는 한끼에 생식을 세 숟갈씩 먹히는 것을 보니 그런 생각이 옳은 것 같습니다.

　내가 만약에 일일일식(一日一食)을 할 수 있을 만큼 체질이 변화된 다음에 하루 한끼 식사를 시작했다면 그런 일이 일어나지는 않았을 것입니다. 한끼에 두 숟갈 먹던 생식을 지금은 한끼에 세 숟갈을 하게 된 것은 그동안 영양이 부족했었던 것을 지금 보충해야 했기 때문이라고 봅니다.

　그것을 보면 충분한 사전 준비 없이 일일일식을 시작한 것이 실패의 원인인 것 같습니다. 실제로 일일일식을 하는 사람들의 체험담을 들어 보면 하루 한끼 식사에 들어가지 전에 여러 해 동안 하루 두 끼 식사를 해 왔다는 것을 알 수 있었습니다.

　식사 시에 일체 물을 먹지 않고 식후 두 시간 뒤에 물을 먹는 식사법을 실천하면 누구나 먹는 음식을 완전 소화하게 됩니다. 변에서 냄새가 나지 않고 물에 뜰 정도로 영양분이 완전히 흡수되므로 변에서 영양분이 거의 남지 않습니다. 그러한 변은 똥개도 먹지 않습니다. 따라서 이러한 음양 식사법을 몇 달 또는 몇 년간 장기간 계속하면 그동안 그러한 식사법을 실천하기 전에 먹은 것과 동일한 질량의 식사를 했는데도 몸에 흡수된 영양분은 더 많아지게 됩니다.

이러한 상태가 계속 축적되면 하루에 세끼씩 먹은 것이 영양 과잉이 되어 자연히 두 끼로 줄여도 될 수 있을 만큼 체질이 바뀌게 됩니다. 이렇게 체질이 변화되었을 때 일일삼식에서 일일이식 또는 일일이식에서 일일일식으로 건너뛰어야 합니다. 그런데 나는 그러한 과정을 거치지 않고 맞바로 처음부터 성급하게 음양식을 시작한 지 겨우 두 달여 만에 일일일식으로 들어갔습니다."

"그렇다면 선생님도 지금 일일삼식으로 되돌아가신다고 해도 충분한 시간 여유를 두고 음양식만 계속하셔도 그동안 체질이 바뀌어 일일삼식에서 일일이식을 거쳐 일일일식에 다시 도전해 볼 수 있는 것이 아닙니까?"

"그럴 수 있다고 봅니다. 그래서 그렇지 않아도 지난 경험을 살려 재도전의 토대로 삼을 작정입니다."

가장 떳떳한 삶이란?

40대 초반의 주부 수련생인 박양숙 씨가 말했다.

"선생님, 이 세상에서 가장 후회 없는 떳떳한 삶이란 어떤 것입니까?"

"금생을 마무리할 때 죽음 앞에 조금도 위축되지 않는다면 후회 없는 떳떳한 삶이라고 할 수 있을 것입니다."

"그러자면 이 세상에 원한 같은 것은 말할 것도 없고 미련이나 아쉬움 같은 것을 남겨놓지 말아야 하겠죠?"

"물론입니다. 지식이나 학문이나 사회적 신분이나 지위나 부귀다남(富貴多男)이나 재능, 기능, 능력, 예능 따위가 제아무리 뛰어나도 자기 자신의 실체를 모르면 죽음 앞에서는 여전히 아쉬움은 남을 것입니다. 생사가 윤회하는 현상계에는 완전함이란 있을 수 없기 때문입니다."

"그럼 어디서 그 완전함을 찾을 수 있겠습니까?"

"결국은 자기 존재의 실상 속에서 찾아야 할 것입니다. 유한(有限) 속에서가 아니라 자기 내부의 무한(無限) 속에서 찾아야 할 것입니다."

"결국은 생사를 초월한 경지에 도달한 사람만이 죽음 앞에 떳떳하고 의연할 수 있다는 말씀이군요."

"그렇습니다."

"생사를 초월한 경지에 도달하려면 어떻게 해야 합니까?"

"생사에 끌려다닐 것이 아니라 생사를 온전히 손안에 넣어야 합니다."

"생사를 손안에 넣는다는 것이 무엇을 말하는지요?"

"생사에 지배당하는 것이 아니라 생사를 스스로 지배하고 다스리는 것을 말합니다."

"어떻게 하면 그렇게 될 수 있겠습니까?"

"마음만 비울 수 있다면 누구나 다 그렇게 될 수 있습니다."

"마음을 비운다는 게 무엇을 말하는지요?"

"이기심(利己心) 즉 사욕(私慾)을 비운다는 말입니다. 박양숙 씨는 산에 샘물 뜨러 갈 때 무엇을 가지고 가십니까?"

"플라스틱 통을 가지고 갑니다."

"그 플라스틱 통에 무엇이 들어 있으면 어떻게 할 것입니까?"

"말끔히 비워야겠죠."

"바로 그겁니다. 말끔히 비우지 않으면 샘물을 충분히 떠 올 수 없습니다. 비우면 비울수록 더 많은 샘물을 길어 올 수 있을 것입니다. 그와 마찬가지로 우리도 사욕을 비우면 비울수록 그 공간은 점점 더 넓어질 것이며 어느 때인가는 우주 전체가 들어갈 만큼 넓어질 것입니다.

그래야 무한한 우주 전체를 전부 다 수용할 수 있을 것입니다. 사욕은 버리면 버릴수록 마음은 넓어지게 되어 있습니다. 우리의 마음이 무한히 넓어져 우주 전체를 내 것으로 품을 수 있게 되었을 때 우리는 생사 따위에 더이상 구애당하지 않게 될 것입니다.

왜냐하면 생사는 그 우주 전체 속에 포함되어 있으니까요. 생사뿐 아니라 그 외의 모든 것이 그 속에는 다 들어 있습니다. 더이상 아쉬울 것도 부러울 것도 없어지게 될 것입니다. 가장 떳떳한 삶이란 바로 이런 것입니다."

"그런데 선생님, 인간이란 이 거대하고 광활한 우주 전체에 대면 먼지 알갱이보다도 더 작은 하찮은 존재인데 어떻게 우주 전체를 품을 수 있다는 말씀입니까?"

"우리 인간의 존재가 우주 전체에 비해서 제아무리 보잘것없고 미세하다고 해도 역시 그 전체를 이루는 일부분임에는 틀림이 없습니다. 태평양이 제아무리 큰 바다라고 해도 알고 보면 물방울 하나하나가 모여서 이루어졌다는 것을 알아야 합니다.

마치 사람의 몸뚱이가 개미에 비해서는 엄청나게 크다고 해도 80조나 되는 세포 하나하나가 결합되어 몸 전체가 이루어진 것과 같습니다. 그 세포 하나하나에는 인간 전체를 복제할 수 있는 요소가 들어 있습니다.

우리 인간이 우주 전체에 비해서는 제아무리 보잘것없는 존재라고 해도 우주를 구성하는 필수불가결한 요인인 것입니다. 따라서 한없이 작은 일부분이면서도 알고 보면 우주 전체를 이루는 인자(因子)입니다. 무한히 작으면서도 무한히 큰 것이 우리들 존재의 실상입니다.

따라서 부분은 전체이고 전체는 부분입니다. 하나는 전체이고 전체는 하나입니다. 부분 속에 전체가 깃들어 있고 전체 속에 부분이 들어 있습니다. 그러므로 부분은 전체라고 할 수 있습니다.

이 이치를 깨닫게 되면 우리 인간은 겉보기에는 보잘것없는 작디작은 개체이면서도 전체 속에서 당당하게 그 일부분을 이루고 있는 것입니다. 전체가 개체고 개체가 전체인 것입니다. 그러므로 전체 속에 개체가 들어 있는 것과 같이 개체 속에도 전체가 들어 있는 것입니다.

이처럼 개체이면서도 전체를 포용할 수 있는 구도자는 불출호지천하(不出戶知天下)의 경지를 맛볼 수 있게 될 것입니다. 집 안에 앉아 있으면서도 천하의 흐름을 꿰뚫어 볼 수 있게 된다는 얘기입니다.

우리가 수행을 하는 목적은 이생에서 마지막 숨을 거두기 전에 이러한 경지에 들기 위해서입니다. 다시 말해서 죽음을 저 발밑에 굽어볼 수 있는 위치에 한시바삐 올라서는 것이 중요하다는 것을 알아야 할 것입니다."

"그런데 문제는 어떻게 하면 그러한 경지에 들 수 있을까? 하는 겁니다. 그런 수련을 위해서 세속을 벗어나 머리 깎고 승복 입고 한평생을 전력투구해도 될지 말지 한 것을 우리 같은 무명 중생이 어떻게 그 근처에나마 기웃거려 볼 수 있겠습니까?"

"시궁창에서 연꽃이 피어나지 않습니까? 세속이라는 시궁창을 벗어날 생각만 할 것이 아니라 우리에게 주어진 생활 여건 하나하나가 모두 다 수행을 위해서 통과해야만 할 과정이요 디딤돌이요 장애물임을 알고 성실하고 침착하고 차분하게 하나하나 빼놓지 않고 타개해 나가는 것이 바로 수행입니다.

문제는 어떻게 하든지 마음을 바르게 하고 착하고 지혜롭게 살아갈 수만 있다면 누구든지 그 경지에 조만간 들어갈 수 있는 것은 확실합니다. 우리는 누구나 다겁생(多劫生)의 업보로 이 세상에 생을 받아 떨어졌습니다.

생을 받아 떨어진 이 자리가 바로 우리가 짚고 일어서야 할 바로 그 자리입니다. 무지개나 별을 딛고 일어설 수 있는 것이 아니라 우리가 금생에 생명을 받아 떨어진 지금의 이 땅이 바로 우리가 짚고 일어서야 할 그 자리입니다.

이것을 인정하고 그렇게 해야겠다는 마음의 자세가 되어 있으면 그가 어디에 처해 있든지 간에 그곳이 바로 극락입니다. 그러한 마음을 가지고 있는 한 그 사람은 어디를 가든지 그곳이 비록 무간지옥이라고 해도 한순간에 천당으로 바꾸어 놓을 수 있을 것입니다. 왜냐하면 그의 마음 자체가 어떤 독물이라도 순식간에 정화할 수 있는 가장 강력한 정화 장치이기 때문입니다."

"그러한 마음이란 어떠한 마음입니까?"

"이기심(利己心)과 사욕(私慾)이 비워진 마음입니다. 그것이 인간 본래의 마음입니다. 그래서 그것을 보고 근원으로 돌아간 마음이라고 합니다."

"부모미생전본래면목(父母未生前本來面目)을 말합니까?"

"바로 그겁니다. 그것을 포착한 사람에게는 이미 생사가 없는 것입니다. 이처럼 생사를 초월했을 때 우리는 비로소 육체의 죽음 앞에서도 얼마든지 떳떳하고 위축당하지 않을 수 있다는 얘기입니다."

무기(無記)에 빠지지 않으려면

우창석 씨가 말했다.

"선생님 무기(無記)가 정확히 무슨 뜻인지 말씀해 주시겠습니까?"

"무기란 한마디로 넋이 빠져나간 멍청한 정신 상태를 말합니다."

"치매(癡呆)에 걸린 것을 말합니까?"

"치매까지는 가지 않아도 의식이 작용하지 않는 흐리멍덩한 마음의 상태를 말합니다."

"그런데 왜 무기가 도계(道界)에서 항상 문제가 됩니까?"

"명상을 하는 구도자가 자기가 무기 상태에 빠진 것을 무(無)나 공(空)의 경지를 깨달았다고 착각을 하는 일이 흔히 있기 때문입니다. 무기에 빠지면 아무런 의욕도 생기지 않아 마치 탐진치(貪瞋癡)나 오욕칠정(五慾七情)에서 벗어난 듯한 착란 상태에 빠지는 수가 있는데 이것을 깨달음이라고 단정해 버리면 문제가 생깁니다."

"듣고 보니 구도자가 정말 조심해야 할 함정과도 같군요."

"그렇습니다. 마치 썩은 물웅덩이를 극락으로 오인하는 것과 같습니다."

"그럼 어떻게 해야 그런 착란에 말려들지 않을 수 있겠습니까?"

"언제 무슨 일이 일어나든지 정신만 똑바로 차리고 있으면 그런 일은 일어나지 않습니다."

"어떻게 하는 것이 정신 똑바로 차리는 일입니까?"

"마음을 바르게 하고 나보다 남을 먼저 생각하고 이타행(利他行)을 하려는 생각을 늘 가지고 사는 것을 말합니다. 마음이 바르고 착한 사람은 무기(無記)라는 사심(邪心)이 끼어들 빈틈이 있을 수 없습니다. 따라서 그런 사람은 그런 함정에 결코 빠지지 않습니다."

"그렇다면 무기(無記)는 사심(邪心)에서 나왔다는 말씀인가요?"

"그렇습니다. 사심(邪心)의 정반대는 정심(正心)입니다. 만사에 정심으로 최선을 다하는 것을 지성(至誠)이라고 합니다. 지성(至誠)이면 감천(感天)이라고 했습니다. 그런데 지성(至誠)은 반드시 이타심(利他心)에서만 우러나오게 되어 있습니다. 그런데 그 반대인 사심(邪心)은 곧 사심(私心)입니다. 사심(私心)은 바로 이기심(利己心)이요 아상(我相)이요, 에고이즘이고 에고 그 자체입니다."

"이기심이 바로 무기(無記)를 초래하는 장본(張本)이라는 말씀이군요."

"그렇습니다. 그래서 아상(我相)에만 빠지지 않고 정신만 똑바로 차리고 있으면 호랑이한테 물려 가도 살길이 열리게 되어 있습니다. 그러나 아상(我相), 사욕(私慾)에 사로잡혀 있는 사람은 늘 바로 그것 때문에 진실을 보지 못합니다. 개 눈에는 똥만 보인다고 그런 사람의 눈에는 잡석이 황금으로 보일 수도 있습니다.

또 그런 사람은 마음이 항상 공중에 붕 떠 있으므로 길가에 널려 있는 새끼줄을 뱀으로 잘못 보기 일쑤입니다. 그러므로 아상에만 빠지지 않으면 헛것을 보지도 않을 것이며 혼이 빠지지도 않게 될 것입니다. 따라서 무기(無記)에도 빠지지 않게 됩니다."

수련은 어떻게 해야 합니까?

우창석 씨가 말했다.

"선생님, 수련은 어떻게 해야 합니까?"

"수련은 일상생활 그 자체입니다. 따라서 우리의 생활 하나하나가 그대로 수련이 되어야 합니다."

"사람이 이 세상에 태어나서 죽지 않고 숨을 쉬고 있는 이상 삶은 싫건 좋건 자동적으로 이어지는 것이 아닙니까?"

"여기서 내가 말하는 생활이란 숨이 붙어 있으니까 어쩔 수 없이 살아지는 식물인간이나 치매 환자와 같은 수동적이고 소극적인 생활이 아니라 이왕에 사는 이상 보다 능동적이고 적극적인 생활을 말합니다."

"능동적이고 적극적인 생활이란 쉽게 말해서 어떤 생활을 말합니까?"

"비딱하게 기울어진 잘못된 삶을 사는 게 아니고 바르게 사는 것, 남에게 폐해를 끼치는 것이 아니고 남을 유익하게 하는 착한 생활을 하는 것, 어리석고 우매한 실수투성이의 생활 대신에 지혜롭고 슬기로운 생활을 하는 것을 말합니다. 요컨대 바르고 착하고 슬기롭게 사는 것이 수련이 되는 생활입니다.

정선혜(正善慧)의 생활이야말로 우리가 살기 위해서 매일 밥 먹고 몸을 관리하는 것과 같습니다. 먹지 않으면 생명을 이어 갈 수 없고 하루라도 씻지 않으면 몸에서 냄새가 납니다. 그와 마찬가지로 우리는 하루라도 수련을 하지 않으면 우리의 정신과 영혼이 나태해지고 오염

되게 되어 있습니다."

"그러면 그 수련은 구체적으로 어떻게 해야 합니까?"

"매일 매시간 자기 자신을 관찰하고 잘못을 반성하여 고쳐 나가는 겁니다. 이런 생활이 일상화되지 않으면 우리의 정신과 영혼에서는 씻지 않은 몸에서처럼 악취가 나게 될 것입니다. 하루 세 번 식후마다 이 닦는 것이 습관화된 사람은 하루만 이를 닦지 않아도 자기 입에서 냄새가 나는 것을 알게 될 것입니다. 이런 일이 벌어지지 않도록 우리는 늘 자기 자신을 살피는 자아성찰을 잠시도 게을리해서는 안 될 것입니다."

삼공재에 출입하는 단골들

우창석 씨가 또 말했다.

"선생님, 삼공재에는 어떤 사람들이 단골로 출입합니까?"

"기공부가 일정 수준에 도달한 사람으로서 어떤 계기가 있었든지 간에 삼공재에 들어와서 잠시라도 앉아 보았던 사람들 중에서 다른 곳과는 다른 무엇인가가 있다는 것을 감지한 사람들입니다."

"그 다른 점이라는 것이 구체적으로 무엇입니까?"

"막혔던 전중(膻中)이 뚫려 나갔다든가 그전보다 운기조식(運氣調息)이 활발해졌다든가 하단전이나 중단전이 달아올랐다든가 하는 것을 말합니다. 이런 뚜렷한 변화를 겪지 않은 사람은 삼공재 안에 들어와 돈을 주고 앉아 있으라고 해도 앉아 있지 못할 것입니다."

"왜요?"

"요즘 사람들은 대부분 의자와 침대 생활을 하는 데 익숙해 있으므로 방바닥에 책상다리를 하든가 가부좌를 하고는 단 10분도 견디어 내지를 못하기 때문입니다."

"그러니까 무엇보다도 우선 기문(氣門)이 열려야겠군요."

"그렇습니다. 성(性)에 눈뜬 사람이 성교 때에 성감(性感)을 느끼고 낚시꾼이 입질에 짜릿한 손맛을 느끼듯, 기문이 열린 사람은 유달리 기운이 강한 사람 근처에만 가도 반드시 특이한 것을 감지하게 되어 있습니다. 상대의 기운이 자기 몸에 닿는 순간 거의 예외 없이 줄탁지기(啐啄之機) 현상이 일어나게 되어 있습니다.

막혔던 경혈이 열리고 운기가 활발해지는가 하면 심한 진동이 오고, 잠시 앉아 있는 동안에도 온몸이 안개 입자처럼 분해되어 허공으로 변하고, 자기 자신은 붕 하늘에 떠올라 아무것도 아닌 상태가 되는 수도 있습니다. 그런데 묘하게도 그 자신은 허무로 돌아간 상태인데도 무한한 행복감과 황홀감을 느낄 수 있다면 그야말로 금상첨화(錦上添花)일 것입니다."

"그건 왜 그렇습니까?"

"앉은 자리에서 순식간에 수련이 몇 단계 도약한 것이니까요."

"어떻게 하면 그렇게 될 수 있을까요?"

"자기가 본받으려는 스승과의 격의 없는 공감대가 형성되는 것이 가장 중요합니다. 요즘 흔히들 말하는 노무현 대통령과 그를 따르는 사람들 사이에 공유되고 있다는 코드 또는 주파수 같은 것과는 차원이 다른 공감대입니다."

"양자 사이에는 어떤 차이가 있습니까?"

"하나는 세속적이고 정치적이고 사회의 한 계층의 이익을 위한 것이라면 다른 것은 전체의 이익을 위한 것이라고 할 수 있습니다. 제아무리 노동운동 변호사였던 사람이라도 일단 한 나라의 대통령이 되었다면 국민 전체를 위한 대통령이 되어야지 노동자들만을 위한 대통령이 되어서는 안 됩니다.

제아무리 영남이나 호남 지방 출신 대통령이라고 해도 일단 한 나라의 대통령이 되었으면 국민 전체를 위한 대통령이 되어야 합니다. 국토나 국민의 한 부분만을 위한 대통령을 고집하면 반드시 실패하게 되어 있습니다.

결론적으로 말해서 나라 안의 일부 특권층의 이익만을 추구하면 반드시 망하고 전체의 이익과 조화를 추구하면 번영과 발전을 가져오게 되어 있습니다. 이것이 변함없는 진리입니다. 정치인들은 이념이나 당파의 이익보다는 항상 이 점을 명심해야 할 것입니다. 구도자 역시 어느 일부가 아닌 전체를 추구해야만 큰 성취를 이룰 수 있습니다."

"구도자가 추구하는 전체는 무엇을 말합니까?"

"그게 바로 우리가 사는 대우주의 진리입니다."

"스승과의 공감대를 형성하는 데 결정적인 요인이 되는 것은 무엇입니까?"

"스승의 정체를 알아내는 것이 가장 중요합니다. 그가 누구이고 무엇을 하는 사람이며 그의 생각과 목표는 무엇이고 그의 수련의 핵심은 무엇인가 하는 것을 속속들이 알고 있다면 그와의 공감대는 이미 형성되어 있다고 보아도 됩니다."

"스승과의 공감대를 이루는 데 가장 빠른 지름길은 무엇이라고 보십니까?"

"짐승의 발자국을 따라가면 짐승이 될 수밖에 없을 것이고, 나무꾼의 발자국을 따라가면 나무꾼이 될 수밖에 없을 것입니다. 이와 같이 성자(聖者)의 발자국을 따라가면 성자가 될 수밖에 없을 것입니다.

가령 석가모니를 스승으로 삼고 싶다면 그가 한 말을 그의 제자가 옮겨 썼다는 『아함경』, 『반야심경』, 『금강경』, 『화엄경』, 『법화경』, 『능엄경』 같은 불경을 읽고 실천하는 것이 가장 빠른 지름길이 될 것입니다. 또 어떤 사람이 예수를 스승으로 삼고 싶어 한다면 신약 성경의 4

복음을 정독하고 그 내용대로 실천하면 그를 가장 빨리 아는 지름길이 될 것입니다.

　육조 혜능(慧能)을 스승으로 삼고 싶다면 『육조단경』을 읽으면 될 것입니다. 또 어떤 사람이 성철 스님을 스승으로 삼고 싶다면 그의 저서를 모조리 섭렵해야 할 것입니다. 이처럼 본받고 싶은 스승의 저서를 읽는 것이 그 스승과 정신적 공감대를 이루는 필수 과정이 됩니다."

　"그래서 삼공재의 단골들은 예외 없이 『선도체험기』 애독자들일 수밖에 없겠군요."

　"그럴 수밖에 더 있겠습니까? 상근기(上根器)들은 책만 읽고도 모든 것을 터득할 수 있습니다. 그러나 중근기(中根器) 이하는 반드시 스승의 직접적인 지도가 있어야 합니다. 특히 기공부 분야에서는 그렇습니다. 마음공부와 몸공부는 구도자의 의지와 인내력과 노력만으로도 누구나 성취할 수 있지만 기공부만은 그렇지 않습니다. 기공부 분야에서만은 만 권의 책보다는 한 장소에서 함께 호흡할 수 있는 한 사람의 스승이 더 소중합니다."

【이메일 문답】

정신 똑바로 차리겠습니다

삼공 선생님께.

선생님, 안녕하셨습니까? 상주에 사는 이미숙 인사 올립니다. 지난 번에는 메일도 못 보내고 연락도 없이 삼공재를 방문하였는데도 따스하게 맞아 주셔서 감사했습니다. 햇볕 알레르기 때문에 두문불출하다가 얼굴이 좀 괜찮아지는 순간 문득 선생님을 뵙고 싶어서 갔었습니다만 다음엔 전화나 메일 드리고 찾아뵙도록 하겠습니다.

요즘은 맘이 편안합니다. 비록 명현반응이 아직 끝나지 않아서 얼굴은 보기가 흉칙하고 바깥 생활을 하지 못해서 불편한 일도 많지만 오히려 그래서 제 자신을 돌아보는 좋은 시간들을 보내고 있습니다. 가만 집에만 있으면서 삼공 공부에 전력을 다하며 지나온 제 생활들을 차근차근 관해 보니 미처 모르고 지나친 것들이 많음을 알게 됩니다.

예를 들면, 해마다 담임을 맡는데 전 제가 맡은 아이들에게 지나치게 관심과 애정을 쏟아부어 피곤함을 자초한다는 겁니다. 물론 담임으로서 주어진 역할을 철저히 해야겠지만 방법적인 면에서 허물이 많음을 알게 되었습니다.

한 해가 다르게 변해 가는 아이들에게 제 방식만을 강요하기보다는 때로는 제가 맞춰 주기도 하고 아직 판단력이 부족한 아이들이지만 믿고 맡길 줄도 알고 울타리도 넉넉하게 넓게 쳐 주었어야 했는데 극성스럽게 다그친 부분들이 많았습니다.

사랑과 관심을 가지고 멀리서 지켜보는 일도 중요한데 너무 가까이서 채근하는 바람에 저도 지치고 아이들도 지친 어리석음을 저질렀습니다. 이제 그런 부분들을 알아챈 만큼 같은 실수를 하지 않도록 해야겠지요.

그 밖에도 제 딸아이에게도 남편에게도 소홀히 하고 있는 것들이 속속 눈에 들어옵니다. 정신 똑바로 차리겠습니다. 왜 맨날 나만 바쁘고 덤터기로 일을 많이 하는가 생각하니 그건 모두 과욕과 어리석음에서 벗어나지 못한 제 탓이었습니다.

그렇게 인정하고 나니 눈에 낀 이물질이 벗겨져 나간 마알간 느낌입니다. 갑자기 앞이 훤하게 보이면서 마음이 개운해집니다. 이 마음 변치 않도록 잘 단속하겠습니다.

그럼 내일 찾아뵙겠습니다. 안녕히 계십시오.

2003. 02. 21. 금요일
상주에서 이미숙 올립니다.

【필자의 회답】

구도자(求道者)라고 하면 사람들은 남들이 못 하는 대단한 일을 하는 좀 유별난 이인(異人) 정도로 치부하는 경향이 있습니다. 그러나 사실 알고 보면 일상생활에서 자기 자신을 반성하여 바르게 살아가려는 사람을 말합니다.

자기의 지나온 발자취를 냉정히 돌이켜 보고 무엇이 잘못되었는가를 알아내고 그것을 하나하나 바르게 고쳐 나가는 과정이 바로 구도자가 걸어가는 길입니다. 자기 자신의 잘못을 고쳐 나가는 과정이라고 말했는데, 그럼 무엇을 기준으로 삼아 자기 자신의 언행을 고쳐 나가느냐 하면 그것이 바로 자리이타(自利利他)입니다.

다시 말해서 내 이익을 챙기기 위해서 남에게 해를 끼치지는 않았는가를 엄밀히 따져 보는 겁니다. 이러한 과정을 끊임없이 계속해 나가다가 어느 시점에 도달하면 남을 위해 주는 일이 결국은 나 자신을 위하는 길이라는 깨달음이 오게 되고 이 깨달음이 일상생활에서 아무런 거부감이나 저항감 없이 실현되는 때가 반드시 오게 될 것입니다.

성통공완(性通功完)이니 해탈(解脫)이니 견성성불(見性成佛)이니 하는 것은 바로 이 시점에 도달했을 때를 말합니다. 이 경지에 도달한 사람은 이미 탐진치(貪瞋癡)와 오욕칠정(五慾七情)에서 벗어나 부동심(不動心)과 평상심(平常心)에 도달해 있게 될 것입니다. 불안과 근심 걱정에서 떠난 상태를 말합니다.

이런 구도자의 겉모습은 사람의 탈을 쓰고 있지만 마음은 이미 피안(彼岸)의 세계인 니르바나 즉 열반에 도달해 있게 된 것입니다. 마음이 늘 편안하다는 것은 이미 그 경지 언저리에 도달해 있다는 것을 말해 줍니다. 용맹정진을 거듭하여 계속 분발하시기 바랍니다. 좀더 힘을 내어 바로 그 피안의 중심에 도달하기 바랍니다.

삶이 무의미할 때

안녕하십니까? 선생님 저서는 모두 읽고 있으며 살아가는 데 많은 도움이 되고 있습니다.

전 수련은 하지 않고 있습니다. 전에 오행생식은 세 번 정도 하다가 역시 항심(恒心)이 부족해 중도에 포기해 버렸습니다.

요즘에 선생님 저서 중에 전에 읽은 적이 있는 46권 『육조단경』을 읽고 있는데 처음 읽을 때와는 사뭇 다른 느낌이 듭니다. 근데 요즘 들어 살아가면서 왜 이렇게 삶이 무의미할까요?

만사가 귀찮습니다. 전에 운동을 하다가 몸을 다친 적이 있는데 그곳도 아파 오고 어떤 일에 대하여 생각을 하면 답답하기만 합니다.

잠잘 때도 숙면을 취하기는커녕 망상의 바닷속에 빠져 허우적거리다 겨우 새벽녘에나 잠이 든답니다. 선생님의 저서에 보면 무기공(無記空)이란 말이 나오는데 정말 매사에 힘이 없고 어떨 때는 이런 무의미한 삶을 포기하고 싶은 생각도 드는군요. 지금은 직장 다니다가 건강상의 문제로 잠시 쉬고 있습니다. 매사가 귀찮고 더구나 밥 먹는 것조차 싫을 때가 있습니다.

수련은 한다고 매일 다짐하건만 역시 제대로 되지 않습니다. 남들은 이루고 싶은 것도 많고 하고 싶은 것도 많은데, 저는 모든 일이 무의미하다고 느껴집니다. 식심견성(識心見性), 견성성불(見性成佛), 성통공완(性通功完)이란 단어도 글쎄 정말로 마음속에 와닿지 않습니다. 무엇이 진아이고 나의 무엇이 가아인지도 모르겠고.

그냥 넋두리라고 생각하시고 좋은 조언 부탁드립니다.

그럼 건강하시고 평안하십시오.

마음만은 공부에 있는
양월수 독자로부터...

【필자의 회답】

같은 제목으로 13년이라는 세월에 걸쳐서 나온 『선도체험기』 시리즈 70권을 모조리 다 읽을 정도라면 상당한 인내력이 있는 분이라고 생각됩니다. 그러한 인내력으로 무의미하다고 느껴지는 자기 자신의 삶을 진지하게 관찰해 보시기 바랍니다.

이 경우 관찰은 자기성찰이기도 합니다. 한두 시간 또는 하루 이틀 정도로 관찰을 끝낼 것이 아니라 무엇인가 확실히 손에 잡힐 때까지 지구력을 갖고 계속 끈질기게 관찰하시기 바랍니다. 그렇게 관찰하다가 보면 어느 때인가는 반드시 그 원인이 자기도 모르는 사이에 차츰차츰 드러나게 될 것입니다.

관찰은 반드시 자각(自覺)을 몰고 옵니다. 자각은 자기반성을 하게 할 것입니다. 관찰, 자각, 반성은 일종의 마음 집중 현상입니다. 마음 집중은 태양열을 한 점에 모으는 확대경처럼 에너지의 집중을 가져옵니다.

"무의미한 삶"을 쌀이라고 할 때 관찰은 그 쌀을 솥에 안치고 불을 때는 것과 같습니다. 불은 에너지입니다. 이때 에너지는 솥 안의 쌀에 틀림없이 변화를 몰고 올 것이고 일정한 시간이 흐르면 그 쌀은 맛있는 밥이 될 것입니다.

이처럼 우리가 어떤 일에 관심을 기울이고 관찰하고 마음을 집중하고 의문을 품고 해답을 찾으려는 노력을 기울이는 동안 에너지가 발생하여 반드시 긍정적인 변화를 가져오게 되어 있습니다. 이때 "나의 무의미한 삶의 정체가 무엇일까?"가 화두가 되는 셈이죠.

관을 할 때의 요령은 이기심 대신에 이타심을 가져야 합니다. 이기심이 성하면 그것이 눈앞을 뿌옇게 가려서 아무리 관찰을 해도 진실이 드러나지 않습니다. 그러나 항상 나보다 남을 도우려는 마음의 자세가 되어 있으면 마음이 스스로 맑아져서 자기가 보고자 하는 대상이 있는 그대로 그 실상을 드러내게 되어 있습니다.

단언해서 말하지만, 그 원인은 탐진치(貪瞋癡), 오욕칠정(五慾七情)에서 유래되지 않은 것이 없습니다. 좀더 냉정하게 관찰해 보면 오욕칠정 중에서도 무엇에 그 원인이 있는가 하는 것도 알 수 있게 될 것입니다. 무기공(無記空)의 원인도 알고 보면 탐진치나 게으름에서 온 것입니다. 원인이 밝혀지면 그 대책은 자연히 알게 될 것입니다.

숙면을 취하지 못하는 것은 운동 부족 때문입니다. 집에서 쉬고 있다니 등산이나 조깅을 일상생활화 해 보십시오. 땀이 흠뻑 나고 피곤할 정도로 등산이나 조깅이나 걷기 운동을 하시기 바랍니다. 그래도 숙면을 취할 수 없으면 마음속에 정리되지 않은 부분이 있기 때문입니다. 마음공부에 진력하시기 바랍니다. 그리하여 스스로 자기 마음을 다스릴 수만 있다면 불면증에 시달리는 일은 없어지게 될 것입니다.

무기(無記)란 정신과 넋이 빠져나간 멍청한 상태입니다. 무기(無記)의 함정에서 빠져나오는 지름길은 정신 똑바로 차리고 그것에서 빠져나오는 길밖에 없습니다. 물이 웅덩이에 고여서 흐르지 않으면 썩는 것과 같이 기혈이 흐르지 않으면 무기력에 빠지게 되어 있습니다.

위기에 처한 자기 자신을 냉정하게 객관적으로 관찰하여 그 원인을 스스로 밝혀내는 것이 그 위기서 탈출하는 첫걸음임을 잊지 마시기 바랍니다. 가아(假我)란 내 이익을 위해서는 남을 희생해도 좋다는 이기적(利己的)인 심리 상태입니다. 진아(眞我)란 그와는 정반대의 이타심(利他心)을 말합니다.

⟨72권⟩

다음은 단기 4336(20003)년 7월 1일부터 같은 해 9월 30일까지 필자와 수련생 사이에 있었던 수행과 인생 문제에 대한 대화를 위시하여 필자의 선도수련 체험과,『선도체험기』독자들과 필자 사이에 오고간 이메일 문답 등을 수록한 것이다.

타산지석(他山之石)과 귀감(龜鑑)

우창석 씨가 말했다.

"선생님께서『선도체험기』70권에 일부 독자들의 요청에 따라 앞으로 시사 문제는 될수록 다루지 않겠다고 하시자, 다른 독자들은 시사 문제를 그전처럼 다루는 것이 좋겠다는 여론도 만만치 않습니다. 여기에 대해 어떻게 생각하십니까?"

"엄격히 말해서 시사성 있는 얘기를 다 빼 버린다면 나는 아무것도 할 말이 없어지게 될 것입니다. 왜냐하면 우리들은 시간과 공간이라는 유한 속에 살고 있기 때문입니다. 유한이 있기 때문에 무한도 있습니다. 무한이라는 진리를 표현하기 위해서는 어차피 우리가 오감으로 인식할 수 있는 유한이라는 시간과 공간 속에서 일어나는 사건들을 다루어 그 안에서 진리를 포착해 내지 않을 수 없게 되어 있습니다.

시사 문제를 자제해 달라는 일부 독자의 요구는 우리나라의 여당과 야당의 양당 구조로 볼 때 어느 한쪽의 정치적 주장을 대변하는 일을 삼가해 달라는 것이라고 봅니다. 나는 어느 한쪽의 정치적 견해를 지지하는 주장은 결코 하지 않을 것입니다. 나는 어느 한 정파를 지지하는 조직원도 후원자도 선전원도 아니기 때문입니다. 나는 어느 정파의 주장과는 상관없이 그것이 국리민복을 위해서 옳은 일이고 구도에도 도움이 되는 것이라면 어느 쪽 주장이든 관계없이 수용하고 지지해 줄 것입니다.

진부(眞否)의 잣대로 보아 옳으면 옳은 것이고 그른 것은 그른 것일 뿐 그 이상도 이하도 아닙니다. 그것이 비록 대통령과 정부의 처사에 관한 일이라도 그른 것은 그른 것입니다. 그리고 마음공부에 도움이 된다면 그것들을 타산지석이나 반면교사로 이용하는 데 주저하지 않을 것입니다. 그러나 어느 한쪽의 주장을 대변하는 어리석은 짓은 결코 하지 않을 것입니다. 그것은 내가 제일 싫어하는 일이기 때문입니다.

대통령과 정부에 관한 시시비비가 자주 거론되는 것은 그것들이 구도자를 포함한 전체 국민들의 지대한 관심사이기 때문입니다. 대통령은 이 나라 유권자들이 직접 뽑은 사람이므로 그의 일거수일투족은 국민의 첨예한 관심사가 아닐 수 없습니다.

그는 우리가 뽑은 사람이므로 우리 자신들의 분신(分身)이고 우리의 권익을 위해 봉사하는 국민의 대리인이기도 합니다. 따라서 그가 잘못할 때는 지체 없이 지적하고 바로잡아야 합니다. 그의 말 한마디 한마디에 국가와 국민의 운명을 좌우하게 되므로 그의 심신의 움직임은 우리 자신의 그것처럼 민감한 일이 아닐 수 없습니다.

　　따라서 대통령에 관한 일은 누구에게나 관심을 끄는 얘기 소재가 되지 않을 수 없습니다. 내가 하는 얘기 중에 야당이나 조중동의 주장과 비슷한 것이 등장하는 것은 내 생각과 그들의 주장이 우연히 일치했기 때문이지 내가 일부러 그들의 주장을 추종한 것은 결코 아닙니다. 그런 의미에서 나는 최근의 대통령의 대일 외교와 참여 정부의 호주제 폐지를 적극 찬성합니다.”

　　“구도자는 세상일 특히 나랏일에 관여하지 말아야 한다는 말이 있는데 이 점에 대해서는 어떻게 생각하십니까?”

　　“그것은 구도자가 권력에 연연하거나 부귀영화 따위에 관심을 갖지 말라는 말이지 세상 돌아가는 일에 대하여 일체 입을 다물고 있으라는 뜻은 아닙니다. 석가모니, 예수, 공자, 노자, 장자의 글들을 잘 읽어 보면 그들이 잘못되어 가고 있는 세상사 특히 권력자들에 대하여 얼마나 신랄하게 꾸짖고 개탄하고 있는가를 알 수 있을 것입니다. 예수는 불의를 보고도 못 본 척하는 것은 불의에 동조하는 것이라고 말했습니다.

　　특히 우리나라는 예부터 선비들이 관직의 유무를 막론하고 임금이 잘못을 저지르면 목숨을 걸고 공익을 위해 직접 상소문(上疏文)을 올리고 임금은 이것을 꼬박꼬박 읽는 전통이 있습니다. 전제군주(專制君主) 시대에도 역적 혐의를 무릅쓰고 상소를 올렸는데 언론의 자유가 보장된 민주 국가에서 대통령이나 정부가 명백하게 잘못을 저지르고 있는 것을 보고도 못 본 척하는 것은 식자로서 무책임하고 비겁한 짓이 아닐 수 없습니다.”

　　“대통령과 정부의 잘못을 아무리 지적해도 고쳐지지 않으면 그게 다 헛수고가 아닙니까?”

"반드시 그렇지만은 않습니다. 통일신라 말엽에 임금과 지배층의 무위무능으로 나라가 망해 갈 때 당시의 석학(碩學) 최치원(崔致遠)은 시무십조(時務十條)라는 획기적인 개혁안을 제출했지만 끝내 받아들여지지 않았고 결국 신라는 1천 년 사직을 마감하고 나라를 통째로 왕건에게 그대로 바쳤습니다.

이조선(李朝鮮) 선조 25년(1592)에는 임진왜란이 일어났습니다. 그러나 그로부터 10년 전에 이미 왜적이 쳐들어 올 것을 알고 이율곡(李栗谷)은 십만양병(十萬養兵)을 선조에게 주청했지만 역시 받아들여지지 않고 7년간 삼천리강토는 왜란으로 쑥밭이 되었습니다. 비록 당시의 권력자들의 우매와 무지로 나라가 망하거나 국란을 초래했지만 정신 차리고 세상을 지켜보던 선비들은 자기 할 일은 했습니다. 그래야 후손들이라도 인과응보의 이치를 깨닫고 같은 실책을 되풀이하지 않을 것입니다.

후세를 위한 교훈을 위해서라도 깨어 있는 사람은 권력자의 비리를 그냥 덮어 버릴 수는 없는 것입니다. 그뿐만 아니라 권력자의 잘못과 비리는 마음공부하는 사람들에게는 생생하게 살아 있는 타산지석이기도 합니다."

"타산지석과 귀감(龜鑑)은 어떻게 다릅니까?"

"타산지석은 남이 경험한 잘못에서 교훈을 얻는 것을 말합니다. 이것을 반면교사(反面敎師)라고도 합니다. 그러나 귀감은 남이 잘한 일을 거울로 삼아 자기도 따라하는 것을 말합니다.

실례를 들어 생활고로 시달리던 어떤 가정주부가 살려 달라고 발버둥치는 다섯 살 난 아들과 일곱 살 난 딸을 비정하게 14층 아파트 난간에서 내던져 버리고 세 살 난 딸을 안고 자기도 함께 떨어져 자살한 사건은 끔찍하고 비정하기도 하지만 생활고와 우울증으로 고생하는 모든 주부들에게는 타산지석이 아닐 수 없습니다.

타산지석(他山之石)이란 글자 그대로 남의 산에 있는 돌이라는 뜻입니다. 다른 사람에게는 아무 쓸모가 없는 돌이라도 옥(玉)을 갈고 닦는 데는 긴요하게 쓸 수 있다는 뜻이 담겨 있습니다. 비록 나보다 못한 사람의 언행도 내 인격을 도야하고 마음공부를 하는 데는 큰 가르침이 된다는 말입니다.

한편 평생 검소한 생활을 하여 모은 돈 백이십오억 원을 흔쾌히 사회에 환원한 85세 노인의 이야기는 모든 부자들이 귀담아 들어야 할 귀감이요 모범이 아닐 수 없을 것입니다.

내가 만약에 『선도체험기』에 시사성이 전연 없고 남들이 다 아는 케케묵은 옛날이야기만 늘어놓는다면 식상(食傷)해서 누가 그것을 읽겠습니까? 그 대신 시사성 있는 얘기는 우리가 사는 지금 이곳에서 일어나고 있는 사건들에서 취재한 것이므로 지금껏 들어 보지 못한 생생한 흥미를 자아내게 될 것입니다.

여기서 문제가 되는 그 이야기의 논조가 공평무사한 진리에 입각하지 않고 어느 정당이나 계층의 이익을 편향적으로 대변하는 것이 아닌가 하는 것입니다. 만약에 누가 그런 논조로 글을 쓴다면 그의 글 역시 독자들의 흥미를 끌지 못하고 도태당하고 말 것입니다. 『선도체험기』 필자는 그런 어리석음을 범하는 일은 결코 없을 것입니다."

내면의 목소리

우창석 씨가 말했다.

"선생님께서는 1990년도에 『선도체험기』 1, 2, 3권을 내신 이래 지금까지 71권을 쓰셨습니다. 같은 제목을 가진 장편 시리즈를 이렇게 13년 동안이나 계속 쓰신다는 것은 보통 사람으로서는 하기 어려운 일 같은데, 그렇게 계속 글을 쓰실 수 있는 남모르는 비결이라도 있는 건지 알고 싶습니다."

"남모르는 비결 같은 것은 없습니다."

"그럼 어떻게 지치지도 않으시고 선도수련이라는 하나의 주제를 가지고 그렇게 계속 써 내려가실 수 있습니까?"

"내가 체험한 수련의 내용을 어떻게 하면 효과적으로 동학(同學)이나 후배들에게 전달할 수 있을까? 하는 것을 늘 화두로 삼고 관(觀)을 하다가 보면 좋은 착상들이 그때그때 떠오르게 되어 있습니다. 이것을 영감(靈感)이라고도 합니다.

이 영감의 원천을 늘 응시하고 있으면 때로는 기발한 아이디어들이 샘솟듯이 용솟음치게 됩니다. 이것을 나는 내면의 목소리라고 부릅니다. 이 목소리에 늘 귀를 기울이고 있으면 글 쓸 소재들이 자꾸만 머리에 떠오르게 됩니다.

그렇게 떠오르는 영감들은 제때제때에 포착합니다. 이것이 기초 소재가 되어 거기서 싹이 트고 줄기가 되고 가지가 되는가 하면 꽃이 피고 열매를 맺어 드디어 글이 되어 나오게 됩니다."

"선생님께서는 내면의 목소리에 늘 귀를 기울인다고 하셨는데 그 내면의 목소리의 정체가 무엇입니까?"

"그것이 바로 내 의식의 내면 속에 흐르는 우주의식의 흐름이라고 할 수 있습니다. 나라고 하는 소우주의 개체 의식과 대우주의 전체의식이 합류할 때 들려오는 것이 내면의 소리입니다. 유한한 개체가 무한한 전체와 합류하는 순간에 들려오는 내면의 소리는 영원히 샘솟는 분수처럼 마르는 일이 없습니다.

작곡가가 이러한 경지에 도달하면 영원히 시들지 않는 명곡을 만들어 낼 수 있을 것입니다. 화가가 이 경지에 도달하면 만인을 감동시킬 수 있는 명화를 그릴 수 있을 것입니다. 예술가의 의식이 대우주의 흐름과 합류할 때 우리는 흔히 입신(入神)의 경지에 들었다고 합니다."

"불경, 성경, 『논어』, 『맹자』, 『도덕경』, 『장자』 같은 책들도 그럴까요?"

"물론입니다. 이때 글을 쓴 사람은 우주의식의 흐름을 포착하는 도구에 지나지 않습니다."

"어떻게 하면 그러한 우주의식의 흐름과 만날 수 있을까요?"

"아상(我相)을 잃어버리는 망아(忘我)의 경지에 도달한 사람은 누구나 그렇게 할 수 있습니다."

"결국은 어떻게 하면 그 망아의 경지에 도달하느냐가 관건이군요."

"그렇습니다."

"어떻게 하면 그 경지에 도달할 수 있을지 다시 한 번 말씀해 주시겠습니까?"

"아상(我相)이 사라지면 그 순간에 누구나 개체 의식은 전체의식과 합류하게 되어 있습니다."

"아상이 무엇입니까?"

"사욕(私慾)입니다."

"사욕은 무엇입니까?"

"사욕이 바로 에고(ego)입니다. 그 에고가 줄어드는 정도만큼 우주의식의 흐름은 늘어나게 되어 있습니다."

"우주의식은 무엇입니까?"

"우리 인간과 같은 개체 의식이 아니라 전체의식입니다."

"전체의식은 무엇입니까?"

"우리 조상들은 그것을 신의 목소리라고 했습니다."

"그럼 모든 경전들은 신의 목소리를 적은 것이라고 보면 되겠습니까?"

"그렇기는 하지만 그 경전들 속에 어느 정도의 신의 목소리와 사람의 목소리가 섞여 있는지는 눈이 밝아진 사람만이 알아볼 수 있습니다."

자기 책을 돈 받고 팔다니

정지현 씨가 말했다.

"요즘 삼공재에 출입하는 수련생 네티즌 중에 선생님께서 삼공재의 선생님 책상 앞에 새로 발간된『선도체험기』시리즈를 쌓아 놓고 원하는 사람에게 정가대로 돈 받고 파는 것을 심히 못마땅해하는 사람이 있습니다.

그는 작가였던 자기 선친이 자신의 저서를 방문객에게 깨끗한 봉투에 넣어 서명까지 하여 책값을 안 받고 증정(贈呈)했다고 합니다. 그런데 선생님은 수련생들과 방문객들에게 일일이 돈을 받고 자기 저서를 팔다니 도대체 세상에 어찌 이런 일이 있을 수 있느냐는 겁니다. 선생님께서는 이런 견해에 대해서 어떻게 생각하십니까?"

"사람은 백인백색 천차만별의 자기 나름의 잣대를 갖게 마련인가 봅니다. 그리고 대부분의 사람들은 자기 잣대야말로 이론의 여지없이 절대로 옳다고 확신하고 있습니다. 그 때문에 그 잣대로 남을 함부로 재단하면서도 자기의 잣대만은 추호의 오류도 없고 정당하다고 생각합니다.

그러나 사실 알고 보면 그 잣대라는 것이 얼마든지 틀릴 수도 있다는 것은 새까맣게 모르고 있습니다. 세상을 보는 잣대란 항상 상대적이지 절대적일 수 없기 때문입니다. 그런 의미에서 자기 잣대만을 고집하는 것만큼 딱하고 어리석은 일도 없습니다.

그 말을 들으니까 문득 생각나는 것이 있습니다. 지금부터 12년 전 1991년의 일이었습니다. 마산에서 강휘중이라는 중년의 남자가 나에게 수련을 받겠다고 찾아온 일이 있었습니다. 그러나 뒤에 알고 보니 그는 나를 음해(陰害)하려는 모 수련단체 수련원 원장의 맹종자(盲從者)로서 그의 사주를 받고 나를 검찰에 고발할 만한 빌미를 알아내려고 투입된 위장 간첩 수련자였습니다.

며칠 동안 삼공재에 출입하면서 백방으로 알아보았지만 이렇다 할 고발거리를 발견하지 못하다가 내가 『선도체험기』를 수련생에게 파는 것을 주목하게 되었습니다. 드디어 그는 이것을 트집 잡았습니다. 내가 서적상 허가도 받지 않고 방문객에게 자기 저서를 파는 것은 불법이라는 등 그 밖에도 몇 가지 허위 사실을 날조하여 마산 지방검찰청에 고발하였습니다.

나는 난생 처음 소환장을 받고 마산 지방검찰청에 출두한 일이 있었습니다. 그때 담당 검사는 내가 소설가이며 내가 쓴 책을 구입을 원하는 방문객에게 팔아 왔다는 내 진술을 듣고는 저자(著者)가 자기 책을 방문객에게 파는 것은 굳이 서적상 허가를 받지 않아도 무방하다고 말하면서 사람들이 이렇게도 할일이 없는지 모르겠다면서 나를 무혐의 처리한 일이 있었습니다."

"그럼 그 후 그 강휘중 씨는 어떻게 되었습니까?"

"들려온 소식에 의하면 그 후 그 수련단체의 원장과도 사이가 나빠지고 그로부터 2년 뒤에 갑자기 사망했다고 합니다."

"선생님을 무고(誣告)한 인과응보가 아닐까요?"

"그렇지 않을 겁니다."

"강휘중 씨는 그때 몇 살이었는데요?"

"정확한 나이는 기억이 나지 않는데 나보다 10세 이상은 연하였을 것입니다."

"직업은요?"

"건설업이었다고 한 것 같습니다."

"그렇군요."

"그건 그렇고 그런 일이 있기 훨씬 전에도 이런 일도 있었습니다."

"그 얘기도 좀 들려주십시오."

"그럽시다. 내가 소설가로서 정식으로 문단에 등단한 것이 1974년이니까 햇수로 금년이 꼭 30년째입니다. 내 저서가 처음 나온 것은 등단한 지 4년 만인 1978년이었습니다. 그때는 단편소설집이 한창 붐을 이루고 있던 때였습니다.

이름도 없는 대일출판사라는 곳에서 내 책을 출판하겠다는 청탁이 와서 신인(新人)인 나는 얼씨구나 하고 응했고 초판 3천 부를 인쇄했습니다. 그러나 신인의 작품을 출판하면서 광고 한 줄 내지 않아서 세상에 알려지지도 않은 채 절판(絕版)이 되고 말았습니다.

그때 나는 난생 처음 내 저서를 출판하여 다소 흥분되어 인세로 받은 내 책을 조금이라도 안면이 있는 문인들에게는 물론 친지나 동료 기자들에게도 모조리 한 권씩 직접 증정하거나 우송했습니다. 그리고 문인들의 각종 모임에도 열심히 나갔습니다. 그 모임들에는 내 저서를 받은 문인들도 물론 많았습니다.

그런데 이상하게도 내 책을 받았을 문인들은 나를 보고도 책 잘 받았다는 인사 한마디는 고사하고 보고도 못 본 체했습니다. 예의를 모를 리 없는 사람들이 어찌 저럴 수 있을까? 하고 나는 속으로 이만저만 실망한 것이 아니었습니다. 이때 내 눈치를 알아 챈 가까운 문우(文友)인 작고한 신석상이라는 소설가가 말했습니다.

'뭐 할라고 그 아까운 책을 모조리 다 돌려? 사람의 심리란 요상해서 말야, 남이 공짜로 주는 책은 읽지 않는 버릇이 있다고. 읽으려고 작정하고 사야겠다고 마음먹었던 책도 누가 공짜로 주면 읽고 싶은 생각이 싸악 없어지는 것이 사람의 심리라고. 공짜니까 별게 아니라는 선입견 때문이지. 공짜로 얻는 책은 책장 구석에 처박혀 있지 않으면 쓰레기통에 들어가기 십상이지.

사람은 자기가 읽고 싶은 책을 제 돈을 주고 사야만이 제대로 읽게 되어 있다고. 책값이 아까워서라도 말야. 물론 내가 처음 책을 출판했을 때도 지금의 김형과 같은 경험을 했기 때문에 이런 말을 하는 거라고. 그래서 나는 내 책이 팔리지 않아 처치 곤란하여 태워 버리는 한이 있더라도 절대로 남에게 공짜로는 안 주기로 했지. 특별한 경우를 빼고는 말야. 특별한 경우란 내 책을 꼭 읽을 거라는 확신을 주는 경우를 말하지.'

이 말을 듣자 나는 정신이 번쩍 들었습니다. 그 책 한 권을 쓰기 위해서 나는 얼마나 많은 각고(刻苦)와 인고(忍苦)의 세월을 보냈으며 때로는 밤잠을 못 자고 뼈와 살을 에이는 고뇌의 나날을 보내야 했던가를 생각하니 어리석은 짓을 했다는 후회로 견딜 수가 없었습니다.

공짜 책은 읽히지 않는다

이런 일이 있은 후부터 나는 불가피한 사정이 있지 않은 한 내 책을 남에게 공짜로는 주지 않기로 작정했습니다. 남의 손에 들어간 내 책

239

이 그의 집 방구석에 아무렇게 처박혀 있거나 쓰레기통에 들어가는 신세가 되는 것은 고이 길러 시집보낸 내 딸이 괄시받고 내쫓기는 것보다 더 참을 수 없는 모욕이었습니다.

동시에 나는 이때부터 팔리지 않는 책을 내는 것은 저자의 존재를 과시하거나 선전하는 것 외에 아무 의미가 없다고 생각하게 되었습니다. 자비(自費) 출판하는 경우에 이런 일이 벌어집니다."

"자비 출판이란 어떤 것을 말합니까?"

"출판사의 청탁 없이 자신의 돈으로 출판사에 의뢰하여 책을 출판하는 것을 말합니다. 이런 경우 저자는 자신의 저서를 대부분 친지나 문우들에게 증정하게 됩니다. 팔기 위해서 낸 책이 아니기 때문입니다. 다시 말해서 상품 가치를 고려하지 않은 책을 말합니다. 따라서 시장성도 수익성도 없는 책을 말합니다.

그러나 나는 처음부터 자비 출판을 하지는 않았습니다. 그래서 남이 내 책을 자기 돈을 내고라도 사 볼 수 있어야 비로소 책 쓰는 보람도 있고 가치도 있다는 신념을 갖게 되었습니다. 따라서 수익성도 시장성도 없는 책을 낸다는 것은 무의미하다는 생각까지 하게 되었습니다.

물론 예외가 없는 것은 아닙니다. 프랑스 작가 스탕달의 『적(赤)과 흑(黑)』, 미국의 허먼 멜빌의 『모비 딕』 같은 작품은 출판 당시에는 백 부도 채 팔리지 않아 도서관에서 뿌연 먼지를 뒤집어 쓴 채 잠자고 있었습니다. 그러나 몇 세대가 지나간 뒤에야 한 문학평론가에 의해 재평가되어 불후의 명작으로 크게 각광을 받기도 했습니다. 그러나 아주 희귀한 예입니다.

그러나 대체적으로 팔리지 않는 책은 출판할 가치가 없다는 것이 변함없는 내 생각입니다. 그래서 나는 지금이라도 내 저서가 팔리지 않으면 언제라도 글을 쓰지 않겠다는 각오로 임하고 있습니다. 이러한 내 생각은 지금도 변함이 없습니다. 아마도 내가 눈을 감을 때까지도 이러한 신념은 변함이 없을 것입니다."

"그리고 선생님, 그 네티즌은 저자가 방문자에게 돈을 받고 자기가 쓴 책을 파는 것은 선비나 스승답지 못한 짓이라고도 말했습니다. 그래서 자기는 삼공재에 와도 『선도체험기』를 선생님한테서 직접 구입하지 않고 우정 교보문고에 가서 산다고 합니다. 이에 대한 선생님 의견은 어떻습니까?

"돈 만지는 것 특히 스승과 돈 거래하는 것을 큰 수치로 알고 종의 손을 통해서만 금전 거래가 이루어졌던 이조(李朝) 시대 양반의 사고방식이 그에게는 남아 있다는 생각이 듭니다. 내가 내 저서를 내 서재인 삼공재에서 팔기 시작한 것은 위에서 말한 내 평소의 신념도 작용했지만 방문객과 수련자들의 요청도 있었기 때문이었습니다.

삼공재 수련자들은 내 저서뿐만 아니라 내가 『선도체험기』에서 언급한 다른 사람들의 저서도 가져다 팔아 주기를 원했습니다. 그러나 그것만은 사양했습니다. 내가 삼공재에서 남의 책까지 판다면 나는 한낱 불법 책장사로 오해받을 소지도 있었기 때문입니다. 그러자 그들은 내 저서들만은 일부러 책방까지 갈 필요 없이 삼공재에 오는 길에 내 서명도 받아 가면서 구입하기를 원했습니다.

어떤 저술가는 자기 손으로 책을 쓰고 편집하고 인쇄하고 광고하고 외판까지 온통 혼자 도맡아 하는 경우도 있습니다. 그에 대면 나는 출판된 내 책의 극히 일부를 독자들의 요청에 의해 팔 뿐입니다. 저자가

241

자기 책을 돈 받고 파는 것을 그렇게 좋지 않는 눈으로 보는 것을 나는 찬성할 수 없습니다. 나는 저자가 자기 책 파는 것을 부도덕한 일도 창피한 일이라고도 생각지 않습니다. 적어도 내 책을 자기 돈을 내고 사 가는 사람이야말로 가장 확실한 내 독자라는 자부심을 가질 수 있어서 도리어 마음이 흐뭇합니다.

저자가 자기 책 파는 것을 스승이나 선비답지 못한 짓이라고 생각하는 사람은 요즘 베스트셀러 작가들이 가끔씩 대형 서점에 나가서 몇 시간씩 자기 책을 사 가는 독자들에게 서명을 해 주고 대화도 나누는 것을 어떻게 생각하는지 알고 싶습니다. 그들은 물론 손님들로부터 돈을 직접 받지는 않습니다. 그 대신 서점 판매원이 대신 책값을 받지만 사실상 책을 파는 홍보와 판촉 활동까지 하면서 돈을 받고 책을 파는 것과 조금도 다르지 않습니다.

시대가 바뀌면 사고방식도 당연히 바뀌어져야 합니다. 거듭 말하지만 이조(李朝) 시대에는 선비나 스승이 돈 만지는 것을 큰 수치로 알았습니다. 그래서 일체 돈에 손을 대지 않았습니다. 선비는 시나 짓고 과거나 보고 엽관(獵官) 운동이나 하고 탁상공론 아니면 고담준론이나 펴고 그러면서도 기생이나 첩을 끼고 술 마시고 노래하고, 춤추고 엽색(獵色)이나 하는 것을 멋으로 알았습니다.

돈은 일체 머슴이나 마름의 손으로 거래되었습니다. 극도의 형식주의였죠. 양반은 얼어 죽어도 곁불 안 쬔다는 극도의 허장성세(虛張聲勢)가 판을 치고, 경제관념이 희박하고 공업과 상업을 그들은 극도로 천시(賤視)했습니다.

돈을 지나치게 밝히는 탐욕도 나쁘지만, 스승의 저서를 그 스승에게서 직접 구입하고 돈을 지불하는 것을 천시하는 것도 좋은 일은 아니라고 생각합니다. 돈을 탐욕의 상징으로 보는 것은 인간이 만들어낸 관념일 뿐입니다. 돈은 어디까지나 돈일 뿐이지 돈 자체에는 시비선악(是非善惡)의 개념 같은 것은 없습니다.

그래서 하루 종일 돈만 만지는 은행원들을 우리는 전부 다 탐욕한 인간으로 보지 않습니다. 돈이 문제가 아니라 돈을 만지는 사람의 마음이 문제입니다. 돈을 만지되 마음이 바르고 깨끗하고 덤덤하면 됩니다. 사기꾼이나 도둑의 심보만 아니라면 돈은 얼마든지 만져도 상관없을 것입니다.

이조 시대의 선비들은 실질은 무시하고 형식만 존중했고 공업과 상업을 천시했기 때문에 19세기의 서점동진(西漸東進) 시대에, 서양 문명에 우리보다 한발 앞서 개화된 일본의 사무라이에게 뒤떨어져 그들의 식민지가 되는 천추(千秋)의 한(恨)을 역사에 남겨 놓은 실수를 저지른 사실을 되새겨 보아야 할 것입니다."

도(道)의 스승과 지식(知識)의 스승

"어떤 네티즌은 또 이런 의견도 내놓았습니다."

"어떤 의견인데요?"

"삼공재가 생식 매장인지 수련장인지 알 수 없다고 했습니다. 수련생에게 생식을 내어 주고 돈을 받아 세어 보는 것은 스승답지 못한 짓이라고 했습니다. 정 생식을 팔려면 선생님은 맥 짚고 체질 감별하여 처방만 내리고, 물건을 내주고 돈 받고 하는 것은 사모님이나 다른 사람이 다른 방에서 해야 한다고 했습니다. 선생님이 돈 받고 세는 것이 마음에 들지 않아 자기는 미리 온라인 통장에 대금을 입금하고 생식만 받아 간다고 말했습니다. 선생님께서는 이런 의견을 어떻게 생각하십니까?"

"그 얘기는 제법 그럴 듯한 제안입니다. 나 역시 그렇게 하는 것이 멋지고 폼 나는 것이라는 것을 모르는 것이 아닙니다. 의사가 진료실에 떠억 버티고 앉아서 진찰하고 나서 처방서만 쓰고 주사는 간호원이 놓고 약값은 약사가 받는 방식이 좋다는 것을 난들 왜 모르겠습니까?

그러나 그렇게 하려면 점포를 세내어야 하고 경리 사원을 한 사람 고용해야 합니다. 그 비용이 만만치 않습니다. 그렇지 않아도 요즘은 매출이 계속 줄기만 하여 그전의 2분의 1밖에 안 됩니다. 그 때문에 점포를 세낸 대리점들은 임대료와 인건비를 감당할 수 없어서 줄줄이 문을 닫고 있습니다. 나 역시 점포를 세내었더라면 벌써 문을 닫았을 것입니다.

삼공재는 다 알다시피 기(氣)공부하는 곳입니다. 마음공부와 몸공부는 혼자서도 성의만 있으면 누구나 할 수 있지만 기공부만은 그렇지 않습니다. 그런데 생식은 요즘 하루에 평균 한 세트도 팔릴까 말까입니다. 그래서 수련생이 수련하는 데는 별 지장이 없다고 봅니다. 형식 (形式)보다 실질(實質)을 중요시하는 사람이라면 다소 불편하기는 하겠지만 수련하는 데 크게 불편을 느끼지는 않을 것이라고 생각됩니다.

『선도체험기』 시리즈를 다 읽고 기(氣)만 느끼고 기문(氣門)만 확실히 열린 사람이라면 삼공재에 들어와 앉아만 있어도 예외 없이 기공부가 향상되는 것을 감각적으로 느낄 수 있을 것입니다. 바로 이 때문에 삼공재는 그래도 유지가 됩니다."

"그 네티즌은 또 이런 말도 했습니다."

"또 무슨 말인데요?"

"삼공재에서 수련생들은 열심히 수행을 하고 있는데 선생님은 독서를 하시든가 컴퓨터 자판을 두드리는 것은 수련생들을 무시하는 불성실한 태도라고 말입니다. 이런 지적에 대해서는 어떻게 생각하십니까?"

"내 태도가 수련생들에게 불성실하게 보였다면 깊이 반성할 일입니다. 그러나 그분이 진정으로 기 수련을 하려고 삼공재에 왔다면 자신의 기 수련 자체에 더욱더 신경을 썼어야 했을 것입니다. 왜냐하면 수련자는 수련이 목적이지 수련시키는 스승의 태도를 감시하는 것이 목적은 아닐 것이기 때문입니다.

자신의 수련에 문제가 있다면 그것을 스승에게 물어서 그의 도움을 받아 가면서 해결하는 것이 온당한 일일 것입니다. 그런데 좁쌀영감처럼 스승의 태도를 놓고 감 놓아라 배 놓아라 이러쿵저러쿵하는 것은 본줄기는 비켜 놓고 잔가지만 가지고 문제를 삼는 격이 아닌가 생각됩니다.

우리나라가 공업화(工業化)되기 전 1960년대까지만 해도 시장에 나가면 갓난아기에게 젖을 물린 채 물건도 팔고 손님과 얘기도 나누고 하는, 장사하는 여인의 장면을 흔히 볼 수 있었습니다. 그렇게 한다고 해서 그 여인이 아이를 소홀히 다룬다거나 무시한 것은 결코 아닙니다. 어미가 무슨 일을 하든 아이는 어미 품에 안겨 젖을 빨고 배불러 잠이 들거나 혼자 옹알대며 놀거나 합니다.

제자들에게 기 수련을 시키는 스승은 독서를 하거나 컴퓨터 자판을 두드린다고 해도 수련생의 동정을 손금처럼 환히 꿰뚫고 있다는 것을 알아야 할 것입니다. 아이는 젖이 안 나오면 얼마든지 어미에게 투정을 부릴 수 있지만, 어미가 물건을 팔고 손님과 얘기를 나누는 것을 불평하지는 않습니다.

수련생에게는 누구에게나 수련을 방해하는 사기(邪氣)가 있습니다. 스승은 그 사기를 재빨리 수습하여 수련에 장애가 되지 않게 해 줍니다. 그것이 기공부를 시키는 스승이 해야 할 일입니다. 때로는 아주 강인하고 지독한 사기가 자신을 천도하려는 스승에게 배어들어 스승에게 상처를 입힐 때도 있습니다.

이런 때 스승은 그 사기를 수습하는 동안 심한 손기(損氣)를 당하기도 합니다. 그렇다고 제자들에게 이것을 놓고 공치사를 하거나 무슨 대가 같은 것을 요구하지는 않습니다. 만약에 그러한 스승이 있다면 사기꾼이나 미친 사람 취급을 당할 것입니다. 그래서 스승은 그때 입은 손기를 회복하느라고 밤이면 말없이 혼자서 끙끙 앓을 뿐입니다.

제자에게는 스승 한 사람이 만 권의 책보다 낫다는 말은 바로 이 때문에 나온 말입니다. 그래서 단지 지식을 전달하는 학원 강사나 대학교수와 도를 전수하는 선도의 스승은 그 근본적으로 다르다는 것을 알아야 할 것입니다.

그러나 스승이라는 사람이 제자들이 운기조식(運氣調息)하는 앞에서 독서를 하거나 자판을 두드리는 것은 보기에 따라서는 모양새가 좋지 않을 수도 있을 것입니다. 그래서 앞으로는 피치 못할 사정이 없는 한 수련 시간에 책을 읽거나 자판을 두드리지는 않고 나도 함께 운기조식을 할 것입니다."

역지사지(易地思之)와 생존(生存)

"한 네티즌이 인터넷에 띄운 이런 말을 제가 옮기면 선생님께서 혹시 화를 내시지 않으시겠는지 모르겠습니다."

"화내지 않을 테니 마음놓고 말씀하세요."

"선생님께서는 『선도체험기』에서 말끝마다 역지사지(易地思之)를 강조하시면서 선생님 자신은 실제로 역지사지를 하시지 않고 있다는 겁니다."

"무엇을 보고 그렇게 말했는지 구체적으로 말씀해 보세요."

"그 네티즌이 삼공재에 나온 지 얼마 안 되어 한밤중에 갑자기 심한 복통이 일어났는데 도저히 참을 수가 없었다고 합니다. 혹시 선생님한테 전화해 보면 도움이 되지 않을까 생각되어 전화를 했다고 합니다.

그런데 선생님은 나오지 않고 사모님께서 전화를 받으시는데 선생님은 지금 집에 안 계신다고 하더랍니다. 한밤중에 댁에 안 계실 리는 없고 아무래도 귀찮으니까 전화를 피하는 눈치였답니다. 오죽 다급했으면 밤늦게 전화를 했겠습니까? 그런데 그렇게 매정하게 전화를 안 받으시니 그게 무슨 역지사지냐?는 겁니다. 언행이 일치하지 않는다는 거죠."

"그건 그렇다 치고 그분의 복통은 그 뒤에 어떻게 되었습니까?"

"이튿날 병원에 가서 진찰을 받아 보니 식중독(食中毒)이었는데 항생제 주사 맞고 곧 나았다고 합니다."

"그럼 처음부터 병원을 찾을 것이지 왜 나한테 전화를 했답니까?"

"하도 갑자기 당한 일이라 빙의령(憑依靈)에 의한 것은 아닌가 하고 선생님께 전화를 걸었다고 합니다."

"그 네티즌이 스승의 처지를 생각했다면 좀더 신중할 수도 있었을 것입니다. 빙의령 때문에 생명을 잃는 일은 없습니다. 역지사지는 남에게만 적용되는 것이 아니고 자기 자신에게도 먼저 적용된다는 것을 알아야 할 것입니다.

요즘은 톱 가수나 탤런트쯤 되면 매니아(mania) 팬이 수십만 명은 된다고 합니다. 그들 열성 팬들은 어떻게 하든지 그 가수나 탤런트에게 전화라도 걸어 목소리라도 직접 들어 보려고 혈안들입니다. 가수나 탤런트는 한 사람인데 통화하려는 사람은 수만 명이니 하루 종일 전화를 받아도 다 받는 것은 물리적으로 불가능한 일입니다. 그래서 사업상 꼭 필요한 전화가 아니면 비서나 매니저가 대신 받아서 처리합니다.

나는 수십만 또는 수백만의 독자를 거느린 베스트셀러 작가는 아닙니다. 그러나 나는 주로 『다물』과 『선도체험기』로 국내외에 알려진 겨우 수천의 독자를 가진 보잘것없는 미미한 작가에 지나지 않습니다.

　10년 전까지만 해도 나는 독자나 수련생들에게서 상담차 걸려오는 전화를 아무리 한밤중이라도 일일이 다 받았습니다. 그러나 그 후 전화 걸려오는 빈도가 점점 잦아져서 도저히 감당을 할 수 없게 되었습니다. 장난 전화, 호기심 전화, 협박 공갈 전화 등 온갖 전화들이 다 있는데 그중에서도 빙의령 때문에 걸려오는 전화가 대다수입니다.

　빙의령(憑依靈)이란 사기(邪氣)를 말합니다. 낮에 하루 종일 수련생들의 사기와 씨름을 하느라고 기진맥진(氣盡脈盡)해 있는데다가 한밤중에 전화로 실려 오는 사기까지 감당하려면 과부하(過負荷)로 나는 생존을 위협받게 됩니다.

　그래서 좀 매정하기는 하지만 어쩔 수 없이 전화를 받을 수 없게 되었습니다. 그 대신 이메일을 보내오면 내 나름으로는 성실히 답변하려고 애쓰고 있습니다. 아직 이메일만은 내가 감당할 수 없는 수준이 아닙니다. 이러한 나를 보고 말과 글로만 역지사지(易地思之)를 부르짖고 실천은 하지 않는다고 비난한다면 나는 할말이 없습니다.

　역지사지도 물론 중요하지만, 그보다 더 중요한 것은 생존하는 것이라고 보기 때문입니다. 역지사지도 내가 살고 나서의 일이지 죽은 다음에야 어떻게 역지사지를 실행할 수 있겠습니까? 그래서 나는 내가 처한 여건이 허락하는 범위 안에서 역지사지를 실천하려고 애쓰고 있습니다."

상식인의 접근 가로막는 생식

　"선생님, 또 이런 말을 하는 네티즌도 있었습니다."

　"계속 말씀해 보세요."

"물론 생식이 어중이떠중이들을 걸러 내는 필터 역할을 하는 것은 인정하지만 생식이라는 복채가 수많은 건전한 상식인(常識人)의 접근을 가로막고 있다는 겁니다. 이러한 견해에 대해서는 어떻게 생각하시는지요?"

"생식이 많은 사람의 접근을 가로막고 있다는 것은 옳은 말입니다. 그런데 여기서 말하는 건전한 상식인(常識人)이란 구체적으로 누구를 말한다고 보십니까?"

"제가 보기에는 생식을 하지 않는 사람을 말하는 것 같습니다."

"그렇습니다. 그렇다면 여기서 생식 얘기를 되풀이하는 것은 시간 낭비에 지나지 않을 것입니다. 나에게서 기공부를 도움받고자 하는 사람은 수없이 많은데 그들을 전부 다 수용할 수 없어서 나는 어쩔 수 없이 일부러 생식으로 문턱을 높여 놓은 것입니다.

따라서 생식은 내가 터득한 도를 전수할 수 있는 수련자의 자격 기준 역할을 하기도 합니다. 우리나라 대학들이 수능시험 성적에 따라 입학생을 선발하듯 나는 내가 가르칠 수련자의 자격 기준으로 생식을 할 수 있는 사람을 선택한 것입니다.

생식을 할 수 있는 사람은 맛의 세계를 초월해야 합니다. 맛있는 음식을 먹겠다는 욕심 즉 미식욕(美食慾)을 극복할 수 있는 수련자라야 성욕(性慾)을 이길 수 있습니다. 성욕을 이길 수 있어야 물욕(物慾)을 이길 수 있습니다.

그리고 성욕을 이길 수 있는 수련자라야 명예욕을 이길 수 있고 명예욕을 극복할 수 있는 구도자라야 권세욕도 능히 제압할 수 있습니다. 식욕, 성욕, 물욕, 명예욕, 권세욕을 나는 오욕(五慾)이라고 합니다. 불교에서는 권세욕 대신에 수면욕(睡眠慾)을 대체하여 오욕(五慾)이라

고 합니다. 오욕을 극복할 수 있는 수련자라야 칠정(七情)을 이길 수
있습니다."

"칠정에는 무엇이 있죠?"

"칠정에는 희구우애노탐염(喜懼憂哀怒貪厭) 즉 기쁨, 두려움, 근심
걱정, 슬픔, 노여움, 탐욕, 혐오(嫌惡)가 있습니다. 칠정을 스스로 다스
릴 수 있는 구도자라야 능히 부동심(不動心)과 평상심(平常心)에 들
수 있습니다.

이처럼 나는 오욕칠정을 다스릴 수 있는 기초 조건을 생식을 할 수
있느냐 없느냐에 둔 것입니다. 생식은 삼공재에서 공부할 수 있는 기
초적인 자격 기준일 뿐만 아니라 대학의 등록금과 같은 이중 역할을
합니다. 따라서 생식을 삼공재에 접근하는 데 장애물로 생각하는 사람
은 특정 대학에 들어갈 자격도 없고 등록금도 내지 않고 대학에 들어
가 공부하겠다는, 공짜를 선호하는 뻔뻔스러움을 드러내는 것이라고밖
에 말할 수 없습니다.

내가 처방한 생식을 하면서라도 나에게서 기공부를 하겠다는 단단한
각오와 인내력이 있는 사람만을 가르치겠다는 것이 내 취지입니다. 수
련을 하려면 때로는 산속의 토굴 속에 들어가 적어도 몇 년씩 생식을 하
면서도 버틸 수 있는 지구력이 필요할 때가 있습니다. 또 열흘이나 스무
날씩 먹지 않고도 살 수 있는 인내력이 필요할 때도 있습니다. 생식은
그러한 인내력과 지구력을 기를 수 있는 가장 효과적인 방편입니다."

"생식을 안 하는 건전한 상식인들 중에도 많은 인재가 있을 터인데
그럼 그들을 전부 놓치는 것이 아닙니까?"

"놓쳐도 할 수 없습니다. 나는 여느 기공(氣功) 수련단체와 같이 될

수록 많은 수련생들을 끌어들이려고 하지 않습니다. 그 대신 나는 소수정예주의(少數精銳主義)를 택하고 있습니다. 『선도체험기』시리즈에서 기회 있을 때마다 이 취지를 나는 수없이 주지시켜 왔는데 이제 그 문제를 새삼스럽게 다시 거론해 보았자 시간 낭비일 뿐이지 무슨 소용이 있겠습니까?"

"어떤 네티즌은 삼공재에 다니고 싶어도 생식값이 없어서 못 온다고 합니다."

"그래서 나는 삼공재에서 수련을 하고 싶으면 경제 자립을 먼저 하라고 늘 말하지 않았습니까? 대학생이 다니던 대학을 그만두는 주 이유는 등록금을 댈 수 없기 때문입니다. 그와 마찬가지로 삼공재에 열심히 다니던 수련생이 나오지 못하는 것은 주로 생식값을 낼 형편이 안 되기 때문이라는 것을 나는 잘 알고 있습니다.

그런 의미에서 생식이 수련자를 가로막는 것은 대학 등록금 미납이 대학생으로 하여금 강의실에 나오지 못하게 하는 것과 같습니다. 삼공재에 나오던 수련자가 갑자기 아무 말도 없이 나오지 않는 것은 어떤 네티즌의 추측처럼 내가 책값을 받기 때문도 아니고, 위급할 때 밤에 전화를 받지 않는 나의 불친절 때문에도 아닙니다."

"그럼 무엇 때문입니까?"

"바로 생식이 싫어지든가 생식비를 조달할 만한 형편이 안 되든가 둘 중의 하나 때문이라는 것을 나는 누구보다도 잘 알고 있습니다. 그러나 내가 수련생에게 기공부를 시킬 수 있는 능력이 있는 한, 생식비를 감당할 만한 재력이 있는 사람은 늘 삼공재를 찾게 될 것입니다. 그렇다고 해서 나의 이런 능력은 어떤 공인된 기관이나 개인이 검증하고

인가한 것이냐 하면 그렇지는 않습니다.

그런 능력을 검증하거나 인가할 만한 기관이나 개인은 아직 이 땅에 존재하지 않기 때문입니다. 다만 수련자 자신이 어쩌다가 『선도체험기』를 읽고 삼공재에 찾아와 수련을 해 본 경험으로 자신의 수련이 그전보다 크게 향상되었음을 알아낼 뿐입니다."

"어떤 네티즌은 또 이런 말을 했습니다. 삼공재에서 파는 생식을 지방에서 구입해 먹는 수련자나 삼공재에 왔다가 사정상 직접 가지고 갈 수 없는 사람들에게 왜 택배비를 따로 받는지 모르겠다고 합니다."

"물건을 팔 때 택배비를 누가 부담하느냐 하는 것은 전적으로 파는 사람과 사는 사람 사이의 합의에 의해 결정될 사항입니다. 나는 원래 생식 판매를 시작할 때 남들처럼 박리다매주의(薄利多賣主義)를 택한 것이 아닙니다. 그리고 나는 보통 상품을 파는 장사꾼이 아니고 도(道)를 파는 장사꾼입니다."

"도를 파는 장사꾼이라는 말은 좀 지나친 표현이 아닐까요?"

"그렇지 않습니다. 학교 교사와 교수는 지식과 기술과 경륜을 학생들에게 팔아 그 대가로 학교에서 월급을 받는 장사꾼입니다. 그리고 공무원은 국가에 노력을 제공하고 그 대가로 월급을 받아 생활하는 장사꾼입니다. 공무원이 제아무리 국가와 민족을 위해 일하는 것을 보람으로 여긴다고 하지만 봉급을 주지 않고 무급으로 일만 하라고 한다고 누가 평생 공무원 직업을 택하려고 하겠습니까? 그러니까 보수를 받은 공무원은 국가에 노력을 파는 장사꾼이라고 할 수밖에 없습니다.

노동자와 기술자는 회사에 노동과 기술을 제공하고 월급을 받은 장사꾼입니다. 목사, 신부, 스님과 같은 성직자 역시 신도들에게 종교를 설교하거나 보급하면서 살아가는 장사꾼이기는 마찬가지입니다. 그들은 각자 소속된 종교기관에서 그들의 노력의 대가로 급료를 받거나 의식주를 보장받고 있기 때문입니다.

그리고 도의 스승을 자처하고 수련원 허가를 받은 사람들은 찾아오는 수련생들에게 가입비, 평생회원 가입비니 하는 돈을 받거나 매달 정해진 수련비를 받습니다. 그것으로 성이 차지 않으면 이상야릇한 선약이니 부적 같은 것을 만들어 거액을 받거나 특별 수련이니 해외 관광 수련이니 하여 큰돈을 벌어들이기도 합니다.

스승이 수련자와 한 시간 독대(獨對)하는 데 1억 원씩 받는 경우도 있다고 하는데 돌팔이 스승이나 가짜 스승들이 흔히 하는 일종의 사기 수법입니다. 그리고 회원 가입비로 무려 3천만 원씩 받는 고급 수련단체도 있습니다.

공익 단체인 수련원의 공금을 제 돈처럼 무제한 착복하는 수련원 원장들도 수두룩합니다. 이왕에 뒤를 캐려면 이러한 구린내 나는 곳을 파헤쳐 보아야 성과도 있고 생색도 나지 않겠습니까? 그래야 공공의 이익을 위해서 보람 있는 일을 하는 대의명분도 설 것입니다.

그러나 나처럼 수련원은 물론이고 아무런 조직도 갖지 않는 사람은 어떻게 하여야 하겠습니까? 고작 한다는 짓이 자기가 쓴 책이나 찾아오는 수련생들에게 정가대로 팔아먹거나 오행생식 같은 식품을 팔아서 호구지책(糊口之策)을 강구할 수밖에 없습니다.

신의(神醫)로 알려진 작고한 김일훈 옹은 환경오염으로 발생한 현대병을 치료하기 위해서 죽염이나 오핵단 같은 각종 약을 만들었습니다. 그러나 그것을 팔아 가지고는 생계를 이어 나갈 수 없었습니다. 그분 역시 나처럼 조직을 갖지 않았으므로 조직적으로 제자를 양성하지도 않았습니다. 이렇다 할 수입이 있을 수 없었습니다. 그럼 그는 어떻게 호구지책을 세웠을까요? 그분 역시 자기 저서를 방 문간에 비치해 놓았습니다.

책을 본 방문객들은 각기 알아서 한두 권씩 정가대로 구입하기도 하고 어떤 방문객은 책값보다 많은 돈을 슬쩍 놓고 가기도 했습니다. 자주 찾아오는 방문객들은 일부러 책방에서 사지 않고 이곳에 와서 사기도 했습니다. 이 책 대금이 그의 생계를 해결해 주었다고 합니다. 말하자면 그는 자기 책을 파는 책장사요 자기가 만든 약을 파는 약장사였습니다.

2천 5백년 전에 공자는 석가나 예수와는 달리 고향 마을에 정착하여 3천 명이나 되는 제자를 양성했습니다. 단 공자의 제자가 되기 위해서는 속수(束脩)라고 하는 학비를 반드시 내어야만 했습니다. 학자금인 속수(束脩)는 보통 마른 물고기 스무 쾌였다고 합니다. 한 쾌는 스무 마리니까 4백 마리였습니다. 지금도 북어 4백 마리면 결코 적지 않은 금액입니다. 한 학기 당 등록금으로 그렇게 받았을 것으로 보입니다. 공자는 이것으로 호구지책도 세우고 제반 경비로 충당했을 것입니다. 공자 역시 지식을 파는 장사꾼이었습니다.

그런데 나는 교사도 교수도 아니니 월급을 주는 학교가 있을 리 없고 목사나 신부가 아니니 종교 단체에서 월급을 주거나 의식주를 해결해 줄 리도 없고 공무원이 아니니 국가 기관이 월급을 줄 리도 없습니다.

2천 5백 년 전에 석가모니는 탁발을 했고, 2천 년 전 예수는 구걸이나 기부에 의존해서 먹고 사는 노숙자였습니다. 그 당시에는 그렇게 하는 것이 하나의 풍습이었습니다. 그러나 지금은 그러한 풍습이 사라져 버렸습니다. 시대 환경이 그때와는 판이한 현대를 살아가는 구도자가 옛 방법대로 살 수는 없는 것이 아니겠습니까?

그래서 고작 한다는 짓이 자기 책 팔고 생식 대리점 내는 것이고 택배비 받는 것입니다. 택배비 받아 보았자 택배회사나 우체국에 내는 것이고 포장하고 심부름만 할 뿐입니다. 한 달 수입을 모두 다 합쳐 보았자 노조에 소속된 현대자동차 공장 노동자 월급의 반에 반도 안 됩니다. 교사나 교수, 목사나 신부, 회사원이나 공무원 등에 비해서 얼마나 초라하고 불안정하고 구질구질합니까?

이것을 문제 삼는 네티즌들은 자신들이 좀 째째하고 구질구질하다는 생각이 들지 않는지 궁금합니다. 자기가 도의 가르침을 받으려는 스승에게 고작 한다는 짓이 이렇게 치사한 짓이라면 그런 정신 자세로 어떻게 제대로 공부인들 되겠습니까?

털어 보았자 먼지밖에 날리는 것이 없습니다. 나 같은 사람은 아무리 샅샅이 훑어 보았자 결국은 쫌팽이 소리밖에 못 들을 것입니다. 나에게 비판적인 잣대를 들이대려는 네티즌들은 이왕이면 시야를 좀 크게 넓히는 것이 좋을 것입니다.”

“무슨 뜻입니까?”

“이왕에 사정(司正)의 칼을 들이대려면 왕창 크게 사기치는 돌팔이 스승의 뒤를 열심히 캐어 보라는 얘기입니다. 그것이 사이비 수련단체에 속고 있는 천진난만한 수련자들을 위하는 길이 될 뿐 아니라 이 사회의 공익(共益)에 크게 이바지하는 길이 될 수 있을 것입니다.

정의감이 있는 사람이라면 누구나 한번 시도해 봄직한 일이 아니겠습니까?『선도체험기』4권부터 13권까지를 읽어 본 독자들은 필자도 한때 그러한 정의감으로 사이비와 싸웠다는 것을 알게 될 것입니다. 그러나 이 일은 결코 쉬운 일이 아닙니다. 때로는 목숨을 걸어야 하는 위험천만한 모험이 도사리고 있기 때문입니다. 종교 연구가 탁명환 선생은 몇십 년 동안 그러한 의로운 투쟁을 벌이다가 끝내 사이비 종교 교주의 맹종자에 의해 목숨을 잃었습니다.

사이비 종교 교주들은 신도들에 대한 사기와 공금 횡령으로 막대한 돈을 축적하고 있어서 마음만 먹으면 권력 기관에 대한 로비를 비롯하여 살인까지도 서슴지 않으므로 극도로 조심을 해야 합니다. 영생교의 살인 사건이 그것을 단적으로 증명해 주고 있습니다.

그때 필자는 한 사이비 수련단체의 비리를『선도체험기』속에서 소설적인 기법을 이용하여 폭로했기 때문에 그들이 파놓은 함정에 용케 빠지지 않고 무사할 수 있었습니다. 그러나 그런 일이 있은 지 10년쯤 뒤에 그들 조직에 몸담고 있던 모 유명 시인은 실명으로 그들의 비리를 언론에 폭로했다가 도리어 그들에게 역습을 당하여 자기가 살고 있는 집까지 차압당할 뻔한 일이 있습니다. 다행히 집은 부인의 명의로 되어 있어서 겨우 위기를 모면했다고 합니다.

그들 사이비 종교 조직에는 세무사와 변호사가 고용되어 있어서 웬만해서는 비리의 증거를 포착하기도 어렵습니다. 그러나 이왕이면 그러한 사이비 조직의 비리를 폭로해야 그 조직에 의해 희생당하고 있는 약자들에게 도움을 줄 수 있을 것입니다. 나에 대하여 인터넷을 통해 입방아를 찧어 대는 네티즌들에게 보내는 나의 진정한 충고입니다.

얘기의 본 줄거리로 되돌아가 책, 생식, 택배비 얘기를 다시 하겠습니다. 싼 떡이 비지떡이라는 말이 있습니다. 상품이란 제값을 못 받고 싸게 팔면 그만큼 품격과 값어치도 떨어지게 되어 있습니다. 나는 내가 애써 터득한 도를 아무에게나 공짜나 헐값에 넘길 생각은 조금도 없습니다. 그렇다고 보건의료법을 위반해 가면서까지 이상야릇한 선약(仙藥)이라는 것을 만들어 터무니없이 비싼 값을 받거나 기공부가 잘된다는 부적 같은 것을 만들어 순진한 수련생들에게 사기를 치는 일은 하지 않습니다.

그 대신 생식 대리점 사업자 등록을 했으므로 다른 대리점과 똑같은 가격으로 생식을 판매하고 있을 뿐입니다. 도의 소중함을 일깨우기 위해서라도 나는 적게 팔망정 제값을 받고 팔겠다는 것이 내 취지입니다. 그렇게라도 해야 내 도를 사들인 구도자가 스스로 중심을 잡고 자립한 뒤에도 아무에게나 함부로 그것을 팔아 버리는 우를 범하지 않을 것입니다. 그리고 수익자 부담 원칙에 의해 직접 운반해 갈 수고를 하지 않는 사람이 택배비를 부담하는 것은 당연한 일이라고 생각합니다.

만약에 나에게서 생식 사 가겠다는 사람이 엄청나게 많이 찾아온다든지 주문이 밀려서 내가 눈코 뜰 새 없이 바쁘게 돌아간다면 삼공재는 기 수련장이 아니라 잘 나가는 생식 판매장이 되었을 것입니다. 나는 그렇게 많은 구매자가 몰려오는 것을 처음부터 원하지 않았습니다. 그 대신 수련에 방해가 되지 않을 정도로 적당한 수효의 구매자 겸 수련자들이 찾아오면 됩니다."

스승의 기질

"그리고 네티즌들 중에는 선생님께서는 수련생들에게 따뜻한 정으로 대하시지 않기 때문에 삼공재 문턱이 닳도록 열심히 몇 해씩 다니던 수련생도 인사 한마디 없이 떠나 버린다고 합니다. 이런 견해에 대하여 선생님께서는 어떻게 생각하십니까?"

"구도자는 도가 깊어질수록 전체를 사랑할망정 어느 개체나 부분을 사랑하거나 집착하지 않습니다. 개체나 부분에 대한 어떠한 집착이든지 새로운 업인(業因)이 되기 때문입니다. 업인이야말로 태어남의 원인이 됩니다. 그러므로 전체를 사랑하려면 개체에 대한 애증의 감정에서 벗어나야 합니다.

오욕칠정(五慾七情)에서 떠나지 않으면 진리의 실상을 볼 수가 없습니다. 오욕칠정에서 벗어나야 비로소 평상심(平常心)과 부동심(不動心)에 도달할 수 있습니다. 평상심과 부동심에 도달한 사람만이 자신의 존재의 실상을 볼 수 있습니다. 자기 존재의 실상에 도달해야 우주심(宇宙心)을 이해할 수 있게 되고 급기야 우주심 자체가 될 수 있습니다.

애증(愛憎)을 초월하려면 특별히 어느 개인을 사랑하지도 말고 미워하지도 말아야 합니다. 누구를 사랑하면 반드시 이별의 고통이 따르게 마련이고 누구를 미워하면 틀림없이 원수 외나무다리에서 만나는 고통을 감수하지 않을 수 없게 되어 있기 때문입니다.

구도자는 개체에 대한 애증을 초월하여야 하므로 점차 자연과 가까워지게 됩니다. 자연은 우주심의 외형적 표현입니다. 하늘에서 내리는 비는 곡식이나 독초를 가리지 않고 골고루 적셔 줍니다. 오욕칠정과 애증을 초월해 있기 때문입니다. 오욕칠정에서 완전히 벗어나야 누구나 대자유인이 될 수 있습니다.

그래서 대인은 누가 자기를 특별히 사랑해 주거나 관심을 가져 주기를 바라지 않습니다. 소인만이 남의 특별한 애정과 돌봄을 바랄 뿐입니다. 인연이 있는 사람은 찾아올 것이고 인연이 다한 사람은 언제나 떠나게 되어 있다는 것을 나는 누구보다도 잘 알고 있습니다.

나 역시 한낱 구도자에 지나지 않습니다. 우주심에 도달하기 위해서 열심히 공부하는 사람들 중의 하나에 지나지 않는다는 말입니다. 남에게 좀 매정하게 보이더라도 공부하는 중에 나타난 형상일 뿐 내가 누구를 특별히 미워하거나 무관심해서는 아니라는 것을 이해해 주었으면 합니다.

기공부의 스승은 어찌 보면 농작물을 재배하는 농부와도 같은 데가 있습니다. 수련생에게 늘 붙어 다니는 사기(邪氣) 즉 빙의령(憑依靈)은 농작물에 기생하는 해충이나 잡초와도 같습니다. 농부가 농작물의 성장을 가로막는 해충과 잡초를 제거하듯 기공(氣功)의 스승은 제자들의 수련을 가로막는 빙의령을 대신 제거시켜 줍니다.

그렇다고 해서 삼공재 밖에 있는 수련생들에게서 걸려오는 전화를 통해서까지 빙의령을 천도하는 일은 하지 않습니다. 그런 때 수련생은 빙의로 고통스러워도 수련의 한 과정으로 알고 잘 견디어 내야 합니다. 그래야 다음 단계의 수련에 진입할 수 있는 능력과 자격을 갖게 됩니다.

스승은 이것을 알고 있으므로 될 수 있는 대로 제 힘으로 극복하는 힘을 기르도록 지켜보면서 속으로 성공을 기원해 줍니다. 바로 이 때문에 그는 누구에게나 함부로 도움의 손길을 내밀지 않습니다. 마치 어미 호랑이가 새끼들을 높은 벼랑에서 사정없이 밀쳐서 굴러떨어지게 하여 천신만고 끝에 제 힘으로 어미에게 기어오르는 놈만을 강건하게 키우는 것과도 비슷합니다."

"그때 어미 호랑이가 굴려 떨어뜨린 새끼 호랑이들 중에서 어미가 너무 한다고 반항심을 품거나 꾀가 나서 어미에게 기어오르지 않고 딴 길로 새어 버린 새끼들은 어떻게 됩니까?"

"그런 호랑이 새끼들을 일컬어 호랑이가 되다 말았다 하여 스라소니라고 합니다. 스님으로 말할 것 같으면 견성성불하지 못한 땡중과 같다고 할 수 있을 것입니다. 해병대나 특전대의 소위 지옥 훈련을 생각해 보십시오. 그때의 교관과 조교들은 훈련생들에게는 지옥사자만큼이나 무섭고 냉혹한 존재들입니다.

그때 교관과 조교들이 적당히 인정을 베풀어 주어 실전과 같은 어려운 훈련을 적당히 넘어갈 수 있게 눈감아 준다면 실제 전쟁터에서 전투 기량 미숙으로 생명을 잃을 수도 있습니다. 이때 전투에서 살아남은 것은 훈련 때 엄격한 교관과 조교에게서 강훈련을 받은 군인들뿐입니다.

역경을 겪을 때 스승의 따뜻한 정보다는 엄격함과 냉정함이 도리어 수련생에게는 득이 될 수 있습니다. 기공의 스승은 조직을 유지 발전시키기 위한 보스 기질도 대중을 매료(魅了)시키는 카리스마도 필요 없습니다. 단지 자연의 이치만을 충실히 따르는 순진한 농부의 기질에 더 가깝다고 할 수 있습니다."

"무슨 뜻인지 대강 알 것 같습니다. 그런데 삼공재에서 생식을 구매하여 먹기 시작한 사람들은 다른 대리점에서는 구입하지 않는다고 합니다. 그 이유는 똑같은 공장에서 만들어진 생식인데도 삼공재의 것은 맛이 다르다는 겁니다. 그 이유가 무엇일까요?"

맛의 차이가 나는 이유

"똑같은 샘물인데도 어떤 곳의 샘물은 다른 곳의 샘물에 비해 물맛이 좋은 수가 있습니다. 왜 그렇다고 생각하십니까?"

"다른 곳보다 양질의 광물이 녹아 있으면 물맛이 더 좋은 것이 아닐까요?"

"물론 그럴 수도 있겠죠. 그러나 똑같은 광물이 녹아 있는데도 물맛이 현저히 다른 수가 있습니다. 그럴 때는 그 이유가 무엇일까요?"

"글쎄요. 잘 모르겠는데요."

"사람에게는 기(氣)가 유통하는 경혈(經穴)이 있는 것과 같이 땅에도 유난히 운기가 활발한 곳이 있습니다. 이것을 풍수학에서는 혈(穴)자리라고 합니다. 기감(氣感)이 예민한 수련자는 혈자리 근처에만 가도 그곳 기운이 강하고 색다르다는 것을 느낄 수 있습니다. 우리나라에서는 왕릉이나 이름난 묘자리에서는 대체로 강한 기운의 흐름을 느낄 수 있습니다. 물맛이 유난히 좋은 것은 바로 이러한 혈자리의 작용 때문이라고 봅니다.

똑같은 커피와 설탕과 프림과 물을 재료로 사용했는데도 누가 끓이고 조리했느냐에 따라 그 미묘한 커피 맛의 차이는 천차만별입니다.

똑같은 재료를 가지고 음식을 만들었는데도 누가 요리했느냐에 따라 맛이 각기 다릅니다. 그 이유가 어디에 있다고 생각하십니까?"

"그건 커피를 끓이고 요리를 하는 사람의 손맛의 차이 때문이 아닐까요?"

"그렇습니다. 그 손맛의 차이가 왜 생긴다고 보십니까?"

"잘 모르겠는데요."

"각 사람에게 흐르는 기의 강도와 기미(氣味)의 미묘한 차이 때문입니다. 삼공재에 수련생들이 모여드는 것은 이곳에는 다른 곳보다 유달리 강한 기운이 흐르는 것을 느끼기 때문입니다. 그 기운으로 인하여 기 수련이 잘되기 때문입니다. 어느 수련생은 이곳에 한 시간 앉아서 받는 수련이 여느 도장에 3개월 동안 다니면서 받은 것보다 그 내용이 더 충실하다고 고백한 일이 있었습니다.

기 수련이 잘된다는 것은 이곳에서 흐르는 기운이 그의 몸에 변화를 가져왔기 때문입니다. 어떤 수련생은 우연히 생수를 한 병 사 들고 삼공재에 와서 수련을 하는 동안 옆에 놓아두었다가 집에 돌아가 물맛을 보니 다른 생수보다는 물맛이 한결 좋았다고 합니다. 이곳에서 흐르는 기운이 물에 변화를 가져왔기 때문입니다.

그와 마찬가지로 삼공재에 전시해 놓은 생식 역시 적어도 일주일 이상 쏘인 이곳의 기운으로 인하여 수련생의 몸에 변화를 일으키듯 변화를 일으킨 것입니다. 기감이 예민한 수련자는 그것을 맛으로 구분한 것입니다. 일단 그 맛에 길들여진 사람은 다른 대리점에서 구입한 생식은 먹지 않게 된다고 합니다."

"그렇다면 택배비 정도만 받아서야 되겠습니까?"

"그 이상의 웃돈을 받는다면 나는 사기꾼 소리를 들을지도 모릅니다. 돈에 욕심을 부리면 끝이 없습니다. 받을 만큼 받아서 적절하고 바르게 쓸 줄 아는 것이야말로 참된 지혜가 아닐까요?"

"그리고 선생님에게 선물을 가져오는 사람에게는 『선도체험기』를 돈 받지 말고 거저 주어야 한다고 말하는 네티즌도 있습니다."

"그건 그 책의 저자인 내가 알아서 할 일이 아니겠습니까? 그런 일에까지 미주알고주알 잔소리를 하는 것은 남의 집 제사에 감 놓아라 배 놓아라 하는 것과 같은 주제 넘는 간섭이라고 생각합니다."

"또 어떤 사람은『선도체험기』내용이 그전보다 점점 못하다고 불평하는 사람이 있습니다."

"물론 그렇게 말하는 사람이 있을 수 있습니다. 그런 사람은 이메일로 구체적인 실례를 들어 나에게 알려 준다면 성실히 참고할 것입니다. 8년 전에도 한 재미 동포 독자가 비슷한 소리를 자꾸만 반복하는『선도체험기』는 당장 그만 쓰라고 나에게 항의 편지를 보낸 적이 있습니다.

1990년도에『선도체험기』가 나온 이래 지금까지 어림잡아 50만 부 이상의『선도체험기』가 발간되었습니다. 그동안에『선도체험기』를 그만 쓰라고 항의한 사람은 그 사람 하나뿐이었습니다. 그 외의 대부분의 독자들은『선도체험기』를 읽고 마음공부와 선도수련에 큰 도움을 받았다고 필자에게 알려 왔습니다.

그러나 독자들 중에『선도체험기』에 대하여 약간의 불만이 없었던 것은 아닙니다. 가령 '평안감사'라고 써야 할 것을 '평양감사'라고 썼다든지 하는 오류를 지적하는 경우와 '원효결서'와 같은 잘못된 책을 필자의 판단착오로『선도체험기』에 소개한 것과 같은 경우입니다. 이처럼 구체적인 사례를 들어 알려 주면 언제나 기꺼이 받아들일 것입니다.

그러나 그저 막연히 책 내용이 그전보다 못하다고 말하는 것은 앞서 예시한 재미 동포 독자와 같이『선도체험기』를 당장 그만 쓰라는 말과 다르지 않습니다. 그러한 말을 하는 독자 역시『선도체험기』가 나온 후 지금까지 필자가 듣기에는 처음입니다.『선도체험기』를 읽기 싫으면 읽지 않으면 될 것입니다. 약간의 불만이 있긴 하지만 계속 읽으려는 독자는 무엇이 불만인지 필자에게 구체적으로 지적해 주어야 할 것입니다.

책을 내고 안 내는 것은 이해 당사자인 저자인 나와 출판사 사장이 알아서 결정할 일입니다. 독자가 현저히 줄어들어 적자가 누적되어 책을 출판할 가치가 없다면 나는 언제라도 그만 쓸 준비가 되어 있습니다. 손해를 감수하면서까지 책을 계속 낼 수는 없는 일이기 때문입니다. 그러나 아직 그 정도는 아니고 고정 독자는 여전히 건재합니다.”

“그러니까『선도체험기』를 읽기 싫은 사람은 안 읽으면 그만이겠군요.”

“그렇습니다. 약간 불만이 있으면서도 계속 읽으려는 사람은 거듭 말하지만 무엇이 불만인지 이메일로 필자에게 자세히 구체적으로 알려 주시면 시정해 보도록 노력할 것입니다. 한때는 시사성 있는 얘기는 쓰지 말아 달라는 사람이 있어서 시사성 있는 얘기를 대폭 줄였더니 이번에는 시사성 있는 얘기를 그전처럼 실어 달라는 요구도 빗발쳤습니다.”

“그럴 때는 어떻게 하시죠?”

“저자인 내가 감(感)을 잡아서 알아서 처신할 것입니다.”

백회(百會)가 스멀스멀합니다

50대 초반의 가정 주부인 홍인자 씨가 말했다.

"선생님, 저는 얼마 전서부터 머리 정수리인 백회 언저리가 느닷없이 마치 벌레가 기어다니는 것처럼 스멀스멀합니다. 혹시나 빙의령(憑依靈)이 들어온 것은 아닐까요?"

"빙의령과는 상관이 없습니다."

"그럼 왜 그렇죠?"

"백회가 열리려는 초기 증상입니다. 만약에 빙의령이 들어왔다면 머리 전체를 누가 위에서 짓누르거나 조이는 것 같아서 심히 불쾌한 압박감을 느끼게 될 것입니다. 그렇지 않으면 누가 척추를 옥죄이는 듯한 답답하고 불쾌한 느낌을 받게 될 것입니다. 어떻습니까? 지금 그런 불쾌한 느낌입니까?"

"아뇨. 그렇지는 않습니다. 백회가 스멀스멀하기는 하지만 기분은 나쁘지 않고 도리어 좋은 편입니다. 꽉 막혔던 것이 조금씩 조금씩 뚫려 나가는 듯한 시원한 느낌입니다."

"하단전(下丹田)에 기운은 항상 느끼십니까?"

"네."

"하단전에 기운을 느끼신 지는 얼마나 되었습니까?"

"벌써 한 일 년 되었습니다."

"대맥(帶脈)과 임독(任督)은 열렸습니까?"

"네."

"그렇다면 소주천을 하고 있으니 백회가 열릴 때도 되었습니다."

"백회가 열리면 어떻게 됩니까?"

"대주천(大周天)이 되는 거죠."

"아니, 그럼 저도 대주천이 될 수 있다는 말씀이십니까?"

"그렇고말고요."

"얼마나 있으면 그렇게 될 수 있을까요?"

"사람에 따라 천차만별(千差萬別)입니다. 홍인자 씨는 지금은 백회에 송충이가 지나가는 것처럼 스멀스멀하지만 좀더 지나면 백회를 누가 바늘로 콕콕 찌르는 것처럼 따끔따끔한 느낌을 받게 될 것입니다. 처음에는 이따금 또는 일주일에 한 번씩 그러다가 수련이 진행되면 차츰 그 빈도(頻度)가 잦아지게 될 것입니다."

"그러다가 어떻게 되죠?"

"백회에 구멍이 뻥 뚫리고 그리로 시원한 샘물줄기가 쏟아져 들어오는 시원한 느낌을 갖게 될 것입니다. 하단전은 항상 따끈따끈하고 머리는 언제나 시원하면 비로소 수승화강(水昇火降)이 정착되어 자연치유력이 극도로 발휘되어 적어도 내과 질환을 앓는 일은 없어지게 될 것입니다. 그러나 계속적인 수련의 향상으로 인한 기몸살이나 명현반응만은 지속적으로 겪게 될 것입니다."

"선생님, 어떻게 하면 제가 그러한 경지에 빨리 도달할 수 있겠습니까?"

"수련과 구도에 대한 강인한 의지와 이를 끝까지 밀어붙이려는 인내력과 지구력으로 항상 용맹정진(勇猛精進)해야 합니다. 그러니까 홍인자 씨도 지금이 수련하는 데 절호의 기회라 생각하시고 계속 밀어붙인

267

다면 기필코 한소식하게 될 것입니다."

"최선을 다해 보겠습니다. 그런데 선생님, 백회가 열리면 어떻게 됩니까?"

"백회가 일단 열리면 그 순간부터 백회는 소우주인 나 자신과 대우주와 교신하고 기운을 주고받는 통로요 영적 교감을 하는 안테나 구실을 하게 됩니다. 대우주인 하늘과 많은 기운을 주고받는 사람일수록 그리고 대우주와 영적 교감을 많이 갖게 되어 백회가 발달하게 되므로 정수리 부위가 마치 봉분(封墳)처럼 봉긋하게 솟아오르게 되어 있습니다."

"왜 그런 현상이 일어나죠?"

"백회 역시 인체의 한 기관입니다. 인체의 모든 혈이 이곳에 모인다고 해서 백회(百會)라는 이름이 생겼습니다. 모든 기관은 많이 쓸수록 발달하게 되어 있습니다. 다리를 유난히 많이 쓰는 축구 선수는 다리가 발달하고 오른팔을 많이 쓰는 악단 지휘자나 탁구 선수는 오른팔이 눈에 띄게 발달합니다.

오른팔이 많이 발달한 지휘자를 보고 우리는 그가 얼마나 지휘를 많이 했는가를 알 수 있는 것과 같이 우리는 백회가 발달한 사람을 보고 그의 수련 정도를 알아볼 수 있습니다. 그런데 백회는 머리를 기른 사람에게서는 알아볼 도리가 없습니다. 그 머리가 백회 부위를 가려 버리기 때문입니다.

그러나 대머리나 삭발을 한 사람은 백회의 모양을 금방 알아볼 수 있습니다. 특히 스님들의 백회는 누구나 환히 알아볼 수 있습니다. 스님이 아닌데도 삭발을 한 사람도 마찬가지입니다. 한때 텔레비전에서 동양 고전 강의로 명성을 떨쳤던 어떤 명사는 삭발을 했고 견성 해탈

(見性解脫)한 사람으로 널리 소문이 나 있었는데도 막상 텔레비전 화면에 클로즈업된 그분의 정수리인 백회 부분을 유심히 살펴보면 그저 밋밋하기만 할 뿐 이렇다 할 특징은 보이지 않았습니다.

또 몇 해 전에 타계한 한국 불교를 대표했다는 한 고승의 정수리도 열심히 관찰해 보았지만 역시 이렇다 할 만한 것을 찾아볼 수 없었습니다. 그런데 이상하게도 아무런 명성도 없는 평범한 선승(禪僧)들의 백회가 간혹 두드러지게 발달한 것을 찾아볼 수 있었습니다. 이것으로 보아 진짜 구도자는 이름 없는 선승들 중에 있다는 느낌이 들었습니다."

"그렇군요."

부자 되는 길

우창석 씨가 말했다.

"선생님, 지금 국민들은 경제 불황에 시달리고 있습니다. 빈곤층일수록 심한 가난으로 고통을 당하고 있고 동반 자살자도 늘어나고 있습니다. 가난은 나라도 구제하지 못한다는 옛말이 있긴 하지만 과연 우리가 가난에서 항구적으로 벗어날 수 있는 묘안이 있을 수 없을까요?"

"왜 묘안이 없겠습니까?"

"그럼 누구나 부자가 되는 묘안이 있다는 말씀인가요?"

"있고말고요."

"그럼 그 묘안을 좀 말씀해 주시겠습니까?"

"그건 아주 간단합니다. 전에 우창석 씨는 나에게 진리를 깨닫는 방법이 무엇이냐고 물었을 때 내가 뭐라고 대답했는지 기억납니까?"

"그때 선생님께서는 진리를 깨닫는 길은 '바르게 사는 것'이라고 말씀하셨습니다."

"그렇습니다. 바르게 살자면 마음을 바르게 먹고 바르게 행동해야 합니다. 바르게 행동하는 사람은 자연 착한 사람이 되고 착한 사람은 슬기로운 사람이 될 수 있습니다.

석가모니의 팔정도(八正道), 계정혜(戒定慧), 육바라밀도 여기에서 출발한 것입니다. 그리고 삼공선도(三功仙道)의 자기성찰(自己省察), 마음공부, 기공부, 몸공부 역시 바르게 사는 데서 그 뿌리가 시작된 것입니다. 그와 마찬가지로 부자가 되는 지름길도 물건을 아끼는 데서 출발해야 합니다."

"물건을 아끼다니요?"

"물건을 절약하라는 말입니다. 그렇습니다. 물건을 낭비하지 말고 아끼는 것이 부자가 되는 첫걸음이기도 하고 지름길이기도 합니다. 『경세통신(警世通信)』이란 책에 보면 석의유의(惜衣有衣) 석식유식(惜食有食)이란 말이 있습니다.

옷을 아끼면 옷의 여유가 생기고 음식을 아끼면 음식의 여유가 생긴다는 말입니다. 여기에 한마디 덧붙여 석전유전(惜錢有錢)이라고도 말할 수 있습니다. 즉 돈을 아끼면 돈의 여유가 생긴다는 말입니다.

무인(武人)은 자기를 알아주는 주군(主君)을 위해 목숨을 바친다고 합니다. 돈은 돈을 알아주는 주인을 위해 끝까지 봉사하게 되어 있습니다. 부자만이 일 원짜리의 소중함을 안다는 말이 있습니다. 그 대신 가난한 사람들은 일 원짜리 같은 것은 돈으로 취급하려고도 하지 않습니다. 그러니까 빈자는 가난할 수밖에 없게 되어 있습니다."

"사회에 빈곤층이 자꾸만 늘어나는 것은 국가의 경제 시책이나 사회보장제도의 미비 때문이 아닐까요?"

"그것이 우리 사회의 일각에서는 하나의 상식으로 통하지만 나는 그렇게만 생각지 않습니다. 경제 시책이나 사회보장제도의 미비에도 일정 부분의 책임이 없는 것은 아니지만 근본적인 원인은 전연 다른 곳에 있습니다."

"그럼 빈부 격차가 생겨나는 근본적인 원인은 어디에 있다고 보십니까?"

"각자가 물건을 얼마나 아끼느냐 낭비하느냐의 차이가 바로 빈부 격차로 연결됩니다. 물건을 아끼는 사람은 예외 없이 부지런하고 열심히 일합니다. 그러나 물건을 아낄 줄 모르는 사람은 게으르고 술과 색과 도박을 좋아하여 카드빚을 늘 지고 살므로 신용불량자가 될 확률이 높습니다."

"그러나 처음부터 찢어지게 가난한 집에 태어난 사람은 물건을 아끼려고 해도 아낄 물건이 없는데 어떻게 아낄 수 있겠습니까?"

"아무리 가난하게 태어난 사람이라고 해도 아껴야 할 만한 것이 전연 없는 것은 아닙니다. 그 실례로 내가 젊었을 때 직접 겪은 얘기를 하나 하겠습니다. 열아홉 살 나던 해에 북한에 살다가 나는 6·25를 만났습니다.

나는 인민군에 동원되어 전선에 투입되었다가 경남 함안에서 미군에게 포로가 되었습니다. 포로가 되어 수용소에 들어갈 때는 당시 입고 있던 군복은 완전히 홀딱 다 벗기고 미군 내의와 작업복으로 갈아입혔습니다. 그러니까 포로들은 완전히 맨몸으로 수용소에 잡혀 들어간 것입니다.

수용소에서 포로들은 세끼 식사 외에 당시 골든버그(goldenbug)라는 일제 담배를 하루에 열 가치씩 배급받았습니다. 그리고 철마다 옷을 지급받았습니다. 당시의 국군보다는 보급이 좋았다고 합니다. 어쨌든 포로들은 모두가 맨몸으로 들어와 똑같은 처지에서 똑같은 대우를 받았습니다.

그런데 포로 생활 3개월쯤 뒤에는 이상하게도 포로들 사이에는 빈부의 격차가 점차 뚜렷하게 드러나기 시작했습니다. 수용소 철조망 속에서는 누구나 똑같이 윗옷 등 한복판에는 PW 또는 POW(prisoner of war) 즉 전쟁 포로라는 검은 페인트 글씨가 큼지막하게 표시되어 있지만 매끈하게 신품으로 깨끗하게 차려입고 유복한 얼굴을 한 포로와 넝마 같은 군복을 입고 초라한 몰골을 한 포로가 확연히 드러나게 되었습니다."

"도대체 똑같은 보급을 받고 똑같은 조건하에서 생활하는 포로들 사이에 왜 그런 차이가 생겨났을까요?"

"나도 처음엔 그게 수수께끼였습니다. 그러나 유심히 관찰해 보았더니 그 이유를 알게 되었습니다. 포로들 중 어떤 사람은 매일 배급되는 골든버그 담배 열 가치를 한 가치도 피우지 않고 고스란히 모았습니다."

"그런 사람은 물론 담배를 피우지 않는 사람이겠죠?"

"아니, 반드시 그렇지도 않습니다. 비록 담배를 피우는 사람도 처음에 밑천이 만들어질 때까지는 피나는 인내와 절제력을 발휘하여 배급받은 담배를 악착같이 모았습니다. 바로 이것이 보통 사람과 다른 점입니다.

어떤 사람은 다 피우고도 모자라 남에게 얻어 피우는데 그는 한 달 동안 배급되는 담배를 하나도 안 피우고 몽땅 다 모으니 열다섯 갑이 되었습니다. 그는 담배를 피우고 싶어도 꾹 눌러 참을 수 있는 절제력이 여느 사람들보다 유달리 강했던 것입니다."

"그렇게 담배를 모아서 뭐 하려구요?"

"그것으로 그는 담배가 모자라 걸걸대는 사람과 흥정을 했습니다."

"흥정할 것이 있나요?"

"왜 없겠습니까? 담배를 주고 상품성이 있는 작업복이나 내의, 양말 따위와 바꿉니다. 이렇게 바꾼 물건들을 철조망 밖에서 수용소를 감시를 하는 국군 경비병과 거래를 합니다."

"국군 경비병한테서는 무엇을 대신 받죠?"

"담배나 술 같은, 수용소 안에서 모자라는 물건을 받습니다. 이렇게 물물 교환을 한 담배와 술을 이번에는 다시 군복이나 내의와 바꿉니다. 이렇게 해서 자본이 축적되어 부자와 빈자가 생겨나기 시작했습니다.

거래 단위가 커지면서 미군 몰래 변장한 매춘부가 드나들기도 합니다. 누가 시키는 것도 아니고 가만히 내버려 두었는데도 이렇게 빈부 격차는 자연발생적으로 생겨나고 있었습니다. 경제 정책이니 사회보장제도니 하는 것은 여기에 개입할 여지도 없습니다.

여기서 부자가 되고 빈자가 되는 경계선은 무엇인가? 한쪽은 물건을 열심히 아끼는가 하면 다른 한쪽은 그저 본능이 시키는 대로 배급받는 족족 소비해 버리는 차이입니다. 석의유의(惜衣有衣), 석식유식(惜食有食), 석전유전(惜錢有錢)의 원칙 즉 옷을 아끼면 옷의 여유가 생기고, 음식을 아끼면 음식의 여유가 생기고, 돈을 아끼면 돈의 여유가 생기는 이치가 단 한 치의 오차도 없이 그대로 작용된 것입니다.

부자와 빈자의 차이

군대나 직장에서도 가만히 살펴보면 한날한시에 들어온 동기생들도 똑같은 봉급을 받는데도 한 반년만 되면 벌써 빈부 격차가 확연히 드러납니다. 물론 똑같은 봉급을 받는데도 씀씀이의 차이가 바로 빈부 격차로 연결되는 것을 알 수 있습니다.

그리하여 동기생들 중에서도 언제나 돈을 꾸는 사람이 있는가 하면 늘 돈을 꾸어 주는 사람이 반드시 생겨나게 되어 있습니다. 물론 봉급을 아껴서 쓰는 사람은 항상 돈에 여유가 생기고 봉급을 받자마자 금방 다 써 버리는 사람은 봉급날부터 외상을 긋거나 빚을 지게 됩니다.

보너스가 나올 때 어떻게 하나 유심히 관찰해 보면 빈부 격차의 싹을 뚜렷이 구분할 수 있습니다. 보너스가 나오면 어떻게 쓸까 하고 궁리하는 사람은 틀림없이 빈털터리입니다. 그러나 보너스를 무조건 저축하는 사람은 항상 돈에 여유가 있는 사람입니다.

내 장교 동기생 중에 특이한 사람이 하나 있었습니다. 그는 나와 한날한시에 일선의 같은 포병 대대에 배치되었습니다. 그런데 여느 동기생들과는 달리 그는 부대에 배속된 지 일 년도 채 안 되어 장교들 사이에 알부자로 소문이 났습니다. 장교들은 독신자들도 영외에 방을 얻어 생활을 하는데 그만은 영내에서 생활하면서 주변을 독차지하고 숙식을 해결했으므로 돈 쓸 일이 없었습니다. 따라서 봉급은 차곡차곡 그대로 저축했습니다.

돈이 있는 낌새를 알아챈 장교들은 급하면 그에게서 이자를 주고 돈을 빌려 썼습니다. 물론 원리금을 돌려받을 때는 경리부에서 그가 직접 받아갈 수 있도록 사전 약속을 얻어내는 것을 잊지 않았습니다. 이렇게 모으기 시작한 그의 자본은 눈덩이처럼 불어났습니다.

자본이 커지자 그는 모양새가 좋지 않다고 하여 동료 장교들에게 돈 꾸어주는 일을 그만두고 부대 주변의 상인들로부터 담보를 맡고 돈을 융자해 주기 시작했습니다. 몇 해 사이에 그는 큰돈을 모아 트럭을 몇 대 구입하여 운수 사업을 시작했습니다, 임관된 지 10년 만에 내가 예비역에 편입할 당시에 들려온 소문에 따르면 그는 벌써 5년 전에 예편하여 트럭과 버스를 수십 대 굴리는 어엿한 운수업자로 성장해 있었습니다.

이처럼 검소한 사람은 목돈을 만들 때까지는 피나는 노력을 기울여 절약을 합니다. 봉급이 2백만 원인 사람은 확실한 계획을 세워 무슨 수를 쓰더라도 천만 원 저축을 목표로 정합니다. 먹고 싶은 것을 먹지 않고 입고 싶은 것을 입지 않고 될 수 있으면 버스 요금까지도 아껴서 걸어 다닙니다. 검소한 생활이 몸에 배이면 돈은 저절로 모여들게 되어 있습니다.

천신만고 끝에 일단 천만 원이 모이면 그 다음에는 2천만 원을 목표로 세웁니다. 이미 모아놓은 천만 원에서 나오는 이자까지 합치면 2천만 원 모으기는 훨씬 더 쉬워집니다. 이렇게 하여 목돈이 생기면 그 다음부터는 그 목돈을 잘 굴리는 데 신경을 씁니다. 현명하게 재테크를 하는 데 주력한다는 말입니다. 공짜 바라지 않고 욕심만 부리지 않는다면 남에게 속거나 떼일 염려는 없습니다."

"그럼 부자가 되려면 돈을 얼마나 모아야 하겠습니까?"

"남들과 똑같이 일상생활을 하는 구도자를 기준으로 삼을 때 당장 다니던 직장에서 해고를 당하더라도 먹고 사는 데는 지장이 없을 정도는 되어야 합니다. 그 이상 욕심을 부린다면 끝이 없을 것입니다. 재물에 끊임없는 욕심을 부리는 사람은 사실은 돈 많은 빈자라고 할 수 있습니다.

진정한 의미의 부자는 만족해야 할 때 만족할 줄 아는 사람이기 때문입니다. 작은 부자는 각자의 노력으로 되지만 큰 부자는 하늘이 낸다는 말이 있습니다. 그러므로 치부(致富)에 특별한 재능이 있는 기업가 기질을 가진 사람이라면 그 재능을 무리하게 억제할 필요는 없을 것입니다. 왜냐하면 그 사람은 그 재능 하나만 가지고도 국가와 사회에 크게 이바지할 수 있을 것이기 때문입니다.

이 세상에는 현대 그룹을 창시한 정주영 회장과 같이 순전히 빈손으로 피나는 노력과 근면과 검소한 생활로 재벌을 이룩한 사람들이 얼마든지 있습니다. 이처럼 재능 있는 사람들이 마음놓고 자기 기량을 뻗어 나갈 수 있게 보장해 주는 것이 시장 경제와 자유 민주주의 국가의 특징입니다."

【이메일 문답】

행복의 조건

안녕하십니까?

저는 경남 마산에 거주하고 있는 강영학이라고 합니다. 제가 『선도체험기』를 처음 대하였을 때 제가 하여야 할 일을 선생님께서 하시니 하도 고마워서 큰절을 올렸습니다. 저는 진리를 찾고 어떻게 하면 사람들이 행복할 수 있을까? 하는 것을 생각해 왔습니다. 그것이 앞으로 제가 해 나가야 할 일이라고 어릴 때부터 생각을 하였습니다.

몸이 약해 운동을 하면서 단전호흡을 하였는데 그게 중학교 때부터였을 것입니다. 그 당시 뭔지 모를 힘이 솟구치고 몸도 아주 건강해졌습니다. 힘이 솟구치는 원인을 몰랐었는데 1988년 김정빈의 『단』을 읽고 내가 여지껏 단전호흡을 하였다는 것을 알았습니다.

빙의령 때문에 고생도 많이 하였고 아직도 세속에서의 삶은 내리막 길입니다. 처음 사회생활을 5,000원으로 시작해 올해 35세인데 가진 것은 고작 500만 원 전세금뿐입니다. 나 자신에 대한 지출은 아끼면서 남에게는 베풀면서 내가 아는 한도 내에서 마음으로 많이 순화를 시키며 살고 있습니다.

저는 좌절이 많았지만, 지금은 오랜 시간을 가지 않습니다. 선생님의 도서에서 저에게 많이 도움이 되었던 것은 고승열전 그리고 영혼과 민족 주체성에 대한 이야기입니다. 영혼은 제가 수련 중에 보고 어떤 때는 무서워 밖에 나가지 못할 때도 있었습니다. 단학에 관한 어떠한 책자에도 그런 내용이 없었기에 제가 잘못 본 것이 아닌가 하고 제가 보고도 믿지를 않았습니다.

선생님 다시 한 번 감사드립니다. 저도 어느 땐가는 많은 사람의 밑거름이 될 수 있도록 노력하겠습니다. 이후 다시 언제 연락드릴지는 모르겠습니다. 가정에 언제나 화평한 기운이 가득하시고 행복하시기를 바랍니다. 안녕히 계십시오.

마산에서 강영학 올림

추신: 제가 꼭 한번 인사를 올려야 하겠기에 이렇게 글로나마 드리는 것입니다

【필자의 회답】

메일 잘 읽었습니다. 부디 초지(初志)를 굽히지 마시고 열심히 수련하시어 좋은 성과를 올리기 바랍니다. 앞으로 수련을 하시다가 의문이 생기거나 넘기 어려운 난관에 부닥쳐서 혼자서는 도저히 해결이 안 될 때 다시 메일을 보내시기 바랍니다.

빙의와 그 고통

선생님.

답장 감사합니다. 수련하시는 분들께 도움이 될지 몰라 제가 빙의되었을 때의 현상과 고통을 말씀드릴까 합니다. 1993년쯤 되는 것 같습니다. 그 당시 영혼을 보면서도 믿지를 아니하였는데 지금 와 생각하니 빙의가 되었던 것 같습니다.

길을 걸어가다가도 사람을 보면 속이 다 들여다보이고 어디가 아픈지 알 수가 있었습니다. 근데 그렇게 한 번씩 무의식중에 보고 나면 머리가 하루 종일 몹시 아파서 참을 수 없을 때도 있었습니다.

그때는 그냥 잠만 계속 자고 일어나면 괜찮았는데 1년 가까이 계속되었습니다. 저도 모르게 저는 빙의령에게 나의 몸에서 떠나 달라고 주문하듯이 계속 일주일 정도 잠자기 전에 단전호흡을 하면서 나에게 들어와 있는 영혼에게 말하였더니 어느 순간 머리 위로 빠져나가 우주로 계속 날아가는 것이 보였습니다.

우주라고 표현하지만 블랙홀처럼 빠져나가는데 영혼이 가고 있는 곳에 빛이 무척 아름다웠습니다. 그 뒤로는 머리 아픈 것이 없어지긴 하였는데 수련으로 쌓여 있던 기운이 많이 소모가 되어 몇 년간 단전호흡 자체가 되지를 아니하였습니다.

단전호흡을 해도 아주 조금씩 진전만 있을 뿐 앞으로 나아가지를 못하였습니다. 제가 수련을 하다 보니 운동은 남과 같이 해야 한다는 것을 느끼게 되었는데 그러면 진전이 빨리 되었습니다. 이런 생각도 해보았습니다. 원래 운동을 하면 육체적 건강은 누구나 이루는 것이 아닌가? 그러나 운동이 단전호흡에 꼭 필요하다는 것을 수련 중에 알게 되었습니다. 그냥 할 때보다 몇 배나 많은 기운이 들어오니까요. 그리고 수련이 진전되니 맛에 대한 미련은 저절로 조금씩 사라졌습니다.

저는 선생님께서도 대단하시지만 사모님도 역시 대단한 분이시라는 것을 무의식중에 느껴졌는데 불평 없이 선생님을 그렇게 하시도록 보조를 해 주시니까요. 그리고 『선도체험기』에 사모님께서 가끔 등장하시는데 그게 독자인 저로선 약방에 감초처럼 느껴집니다. 사람 사는 게 느껴지니까요. 조금이나마 도움이 될지 모르겠습니다. 안녕히 계십시오.

추신: 단전호흡을 하다 다리에 쥐가 나는 것은 저 혼자 느끼는 것인가요? 한 시간 정도 하면 다리에 쥐가 나는데 심하지는 않지만.

【필자의 회답】

빙의될 때에는 정도에 따라 엄청난 기운이 소모될 때가 있습니다. 기운이 과도하게 소모되면 단전호흡을 해도 전처럼 축기가 제대로 안 될 때가 있습니다. 그렇다고 해서 수련을 중단하면 안 됩니다. 수련은 일단 시작을 했으면 평생 죽을 때까지 한다는 단단한 각오로 중단 없이 계속해야 합니다. 그래야 일시에 많이 소모되었던 기운도 회복할 수 있습니다.

수련을 하다가 보면 잘될 때도 있고 안 될 때도 있습니다. 수련도 인생살이처럼 기복이 있게 마련입니다. 사람이 살다가 보면 건강할 때도 있지만 병이 들 때도 있는 것과 같습니다. 수련은 밥을 먹는 것과 같이 해야 합니다. 건강할 때만 밥을 먹고 병들었을 때는 굶는 일은 있을 수 없습니다.

그리고 일단 자기에게 들어온 빙의령은 나가라고 한다고 해서 호락 호락 나가는 것은 아닙니다. 나갈 때가 되어야 나갑니다. 감기에 걸린 사람이 감기가 나가라고 한다고 해서 나가는 것이 아니라 나갈 때가 되어야 나가는 것과 같습니다.

몸이 약한 사람은 한 번 감기에 걸리면 오래가기도 하려니와 합병증이 생기는 수도 있습니다. 그러나 항상 건강한 사람은 감기 따위는 거뜬히 물리칠 수 있습니다. 그와 마찬가지로 수련이 많이 된 사람은 빙의가 되어도 어렵지 않게 천도할 수 있습니다.

영이 보인다든가 남의 옷 속이 들여다보인다든가 하는 것은 수련 중에 일어날 수 있는 일종의 초능력 현상입니다. 진정한 수행자는 이런 것에 관심을 기울이거나 집착해서는 안 됩니다. 항상 말변지사(末邊之事)로 간주해야 합니다. 초능력에 집착하면 그 순간부터 수련은 자연 중단이 됩니다.

근육경련 즉 쥐가 자주 일어나는 것은 간담이 허약할 때 일어나는 현상입니다. 신맛 나는 음식을 많이 드는 것이 도움이 될 것입니다.

마음공부에 도움 주는 시사 문제

빠른 답변 감사합니다.

선생님, 그럼 선도수련 중에 1시간에서 2시간 반가부좌로 있어도 쥐가 나지 않는 것입니까? 일반 사람의 경우는 1시간 정도 그 상태로 있으면 쥐가 나는 줄 알고 있는데 저의 궁금증을 풀어 주시면 감사하겠습니다.

그리고 62권에 보니까 스승과 제자에 대한 내용이 나오는데 저의 생각은 이렇습니다. 제자가 스승을 꼭 따라야 한다는 것은 현세의 생각이고 영혼의 관계에서 보면 모두가 하나인데 스승을 앞지르지 못한다는 것은 항상 그 아래 머물러 있어야 된다는 소린데 그럼 지금 현세를 비교하면 신과 사람과의 관계 같습니다. 즉 신과 무당과의 관계로 볼 수 있겠죠.

그리고 저는 기독교에 대해 어릴 적부터 상당히 거부감을 느끼고 지금도 그렇습니다. 왜 사랑을 기본으로 하면서 꼭 예수를 믿어야만 천당을 간단 말인가? 그리고 성경책도 그렇습니다. 예수가 말씀하신 것은 분량이 얼마 되지 않습니다. 예수님의 제자들과의 문답식 대화가 주를 이루고 있다고 저는 생각합니다. 지금 교회를 보면 예수님께 정말 못할 짓을 하고 있다는 생각에 많은 아쉬움이 남습니다.

그리고 아직 저는 성경책과 교회 가까이 가면 거부감이 먼저 생깁니다. 그리고 70권 이후부터는 시사 문제를 다루지 않으실 거라 하시는데 한 번 더 고려 해보심이 어떠한지요. 시사 문제도 옳고 그름을 볼 수 있는 마음공부에 도움이 된다고 저는 생각합니다. 선생님께서는 어떻게 생각하시는지 제 생각과 비교해 볼 수 있으니까요.

중학교 다닐 때부터 수련을 하다 보니 주위에서는 무당이 내림굿을 받으라고 하는가 하면 형님과 친구는 절로 들어가라고 합니다. 그러나 저는 사람들이 모두 사회생활을 하면서 살고 있는데 굳이 내가 현실을 도피하는 일은 하기 싫고 이생에 업을 하나씩 풀면서 수련을 하려고 그런 말들을 거부해 왔고 앞으로도 그럴 것입니다.

저는 언제나 혼자 수련을 하고 어디에 소속되는 것을 싫어합니다. 하나의 단체를 형성하면 꼭 이상한 쪽으로 흘러가니까요. 이생에 못다 이루면 내생에 이룬다는 생각으로 계속 정진하겠습니다. 선생님의 책이 저에게 많은 도움이 되고 있습니다. 다시 한 번 감사드립니다.

강영학 올림

【필자의 회답】

가부좌에 습관이 된 건강한 수행자는 한두 시간이 아니라 몇 시간을 앉아 있어도 쥐 같은 것은 나지 않습니다. 건강에 이상이 있거나 가부좌에 길들지 않는 사람만이 쥐가 납니다.

그리고 "영혼의 관계에서는 모두가 하나"라고 했는데 그렇지 않습니다. 영혼도 업보에서 완전히 벗어나지 못하면 모두가 하나가 될 수는 없습니다. 업장에서 완전히 벗어나 구경각(究竟覺)에 도달해야만 비로소 모두가 하나임을 실감할 수 있습니다.

구도의 세계에서 스승과 제자의 관계는 신과 사람과의 관계도 신과 무당과의 관계도 아닙니다. 스승과 제자의 관계는 단지 수련이 앞선 것과 뒤진 것의 차이가 있을 뿐입니다. 그러므로 스승도 수련을 게을리하면 제자에게 추월당할 수 있습니다. 청출어람(靑出於藍)이란 이것을 두고 하는 말입니다.

『선도체험기』 70권 이후부터 시사 문제를 다루지 않기로 했다고 한 것은 단지 민감한 문제에 한해서입니다. 구도자는 말할 것도 없고 국민 모두가 관심을 갖는 시사 문제들은 계속 다루어 나갈 것입니다. 세상 돌아가는 것을 보고 진리를 깨닫고 교훈을 얻을 수 있기 때문입니다.

자력 수행(自力修行)을 바탕으로 진리를 추구해 나가는 진정한 구도자는 원래 무슨 단체나 조직에 가입하지 않습니다. 어디에 소속된다는 것은 그만큼 외부에 구속당하는 것이 되기 때문입니다. 계속 용맹정진(勇猛精進)하시기 바랍니다.

자주 못 뵐 것 같습니다

안녕하십니까? 박석규입니다. 토요일에 방문해서 말씀드리려고 했는데 갑자기 주말에 지방을 다녀올 일이 생겨서 부득이 메일로 말씀드리게 되었습니다.

다름이 아니라 그동안 하루 세끼를 생식 위주로만 식사한 결과 저체중, 영양실조, 면역력 저하 현상이 1년이나 계속되어서 이제 생식을 그만두기로 했습니다. 그러니 삼공재 방문 자격도 자동으로 상실되었습니다.

그렇지 않아도 이런저런 이유로 해서 곧 삼공재 출입 없이 독자적으로 수련할 생각이었습니다만, 지난 2주일간의 건강진단 결과가 평소의 제 느낌과 경험이 사실이었음을 알려 주었고 의료진과의 상담에서도 식생활의 문제점이 거론되었습니다. 그래서 제 결심을 앞당기게 되었습니다.

그래서 이제 수련 목적으로 방문하던 연결 고리가 없어져 버렸습니다. 하지만 다른 일로 방문할 일이 있을지 모르겠습니다. 그것은 바로 『선도체험기』 정리와 관련되는 일인데 제가 재작년 말부터 진행하던 '『선도체험기』 정리' 작업은 금년 3월 이후에는 시간이 없어서 손을 놓고 있습니다만 네티즌들을 위해 언젠가는 마무리할 생각입니다.

그 과정에 선생님의 의견이나 설명이 필요할 경우에 그때 사전에 허락받고 방문하려고 합니다. 그동안 선생님께서는 삼공재 다니다가 안

오는 사람들을 두고 "어떻게 말 한마디 없이 발길을 뚝 끊는지 모르겠다"고 하셨죠? 6년이나 같이 살던 이용철 씨에 대해서도 이사 간 후로는 전화 연락도 한 번 없다고 하셨죠? 그런 식으로 말없이 사라지다 보니 "열심히 다니다가 왜들 안 오는지 이유도 모르겠다"고 하셨죠?

하지만 저는 그 이유를 짐작하고 있습니다. 그리고 그것은 선생님의 짐작하시는 내용과는 너무나도 다릅니다. 제 생각에는 선생님 본인만 모르고 계신 것 같습니다. 주변에서 아무도 그런 말을 입 밖에 꺼내지 않으니까요.

선생님이 내세우신 '생식'은 어중이떠중이를 걸러내는 필터 역할도 했겠지만 제가 삼공재를 출입하면서 지켜본 결과 그 필터는 건전한 상식을 가진 사람들을 멀리하게 한 '장애물'이었고, 뭔가 기대를 걸고 찾아오는 사람의 '복채'로 전락한 느낌입니다.

그 외에 제가 삼공재를 출입하면서 받은 느낌은 같은 작가이신 제 아버님의 '명월재' 서재와는 너무나 딴판이었습니다. 선생님의 관심 분야와 행동 또한 저의 상식 밖이었습니다. 그래서 저는 언젠가 제가 더 이상 찾아오지 못하게 될 때가 오면 자세히 그 사정을 말씀드리려고 생각하고 있었습니다. 그런데 막상 때가 되고 보니 자세한 내막을 말씀드리기 어렵습니다.

그냥 좋은 게 좋은 거라는 생각이 듭니다. 그래서 다들 떠날 때는 아무 말이 없었던 모양입니다. 그리고 그것이 선생님께는 "말 한마디 없이 발길을 끊었던 것"으로 비친 것 같습니다. 하지만 저는 적어도 기본적인 '직언'은 해야겠기에 이렇게 '생식을 매개로 한 만남'을 그만두는 인사를 드립니다.

하지만 '생식 만남' 이외의 것까지 부정하지는 않습니다. 선생님께서는 컴퓨터 문제로 제게 전화하시면 저도 반가울 것이고, 저도 가끔씩 문안 인사 갈 일이 있을 것이며, 또 관악산에서 만나면 반가울 것입니다.

『선도체험기』에 실린 '선도 체험' 부분은 앞으로도 제 수행에 많은 도움이 될 것으로 생각합니다. 기회가 생기면 나중에 다시 뵙겠습니다. 안녕히 계십시오.

【필자의 회답】

늘 같이 다니시는 부인인 성윤희 씨도 같은 의견인지 알고 싶습니다. 가능하면 성윤희 씨도 메일을 보내 주셨으면 합니다. 두 분의 의견을 다 들은 뒤에 내 의견을 구체적으로 말씀드릴까 합니다.

우선 떠오르는 생각은 다음과 같습니다. 내가 보기에 박석규 씨는 지금 2차 진동을 겨우 끝낸 선도수련의 초기 단계입니다. 박석규 씨 자신은 기문(氣門)도 열리고 운기(運氣)도 하고 있다고 하지만 내가 보기에는 그렇지 않습니다.

정말 기문이 확실히 열리고 축기(築氣)가 되어 운기를 하고 있다면 수련으로 인한 명현반응을 '저체중, 영양실조, 면역력 저하'로 진단한 의사들이 판단을 곧이곧대로 받아들이지는 않았을 것입니다. 지금 박석규 씨는 심한 명현반응을 겪고 있습니다. 다겁생(多怯生)의 업장이 무너져 내리는 고통이기도 합니다.

선도수련은 건물로 비유하자면 일종의 개조작업 즉 리모델링입니다.

이에 비해서 건물 전체를 아예 부수어 버리고 새로 건축하는 것은 인간의 생로병사의 생의 한 과정을 처음부터 새로 시작하는 것을 말합니다. 그러나 수련은 건물의 뼈대만 그대로 둔 채 내부와 외부 전체를 새로 갈아치우는 작업입니다.

명현반응은 바로 이 리모델링하는 과정에서 일어나는 몸살 즉 부작용으로서 호전반응(好轉反應)이라고도 합니다. 또한 명현반응은 우리 인간이 억겁생(億怯生)을 이어 오면서 겹겹이 쌓이고 쌓인 아상(我相)의 두터운 벽이 무너져 내리는 참기 어려운 아픔이요 괴로움이기도 합니다.

그래서 참된 구도자들은 명현반응이 일어나는 것을 괴롭고 힘들더라도 하늘에 감사합니다. 그런데 박석규 씨는 이것을 일반 질병으로 알고, 구도가 무엇인지도 모르는 의사들의 진단에 맡겼고 그 진단을 간단히 수용한 것입니다. 그것은 수련자가 할 일이 아닙니다.

처녀가 결혼을 하여 한 아이의 어머니가 되는 데도 10개월 동안 산고(産苦)를 겪어야 합니다. 평범한 시민이 장교가 되고 특전대원이 되려 해도 보통 사람이 상상키 어려운 고된 훈련 교육 과정을 거쳐야 합니다. 그리고 무당에게 신이 내려도 된통 심한 몸살을 합니다.

하물며 중인(衆人)이 선인(仙人)이 되고 중생(衆生)이 부처가 되는데 어찌 그만한 고통이 없을 수 있겠습니까? 보통 사람이 장교가 되거나 특전대원이 되는 것은 외부에서 가해진 훈련이지만, 선인이 되고 부처가 되기 위해서는 내부에서 일어나는 뼈를 깎는 심신의 변화 과정을 겪어야만 합니다.

그러한 변화과정을 '저체중, 영양실조, 면역력 저하'로 간단히 진단하는 것은 아무래도 큰 오산입니다. 고통스러운 수련 과정을 케케묵은 것으로 치부하고 신속과 편리만을 추구하는 현대의 상식인다운 사고 방식입니다. 그리고 오행생식의 의학적 근거인『황제내경』은 서양의학의 접근 방법과는 근본적으로 다르다는 것을 알아야 합니다.

결론적으로 말해서 선도수련을 해 보지 않아서 명현 현상을 겪어 보지 못한 양의사들의 경솔한 진단을 박석규 씨의 상식이 수용한 것이 아닌가 생각됩니다. 나는 생식을 한 지 13년이나 되었지만 지금도 명현반응을 1년 이상씩 겪는 수가 있습니다.

그래도 생식이 수련에 도움이 되기 때문에 지금도 나 자신이 직접 하고 있고 원하는 사람들에게 권하기도 합니다. 그리고 수없이 많은, 생식하는 수련자들을 대하여 왔습니다만 비록 체중이 줄어들어 몸이 호리호리해지거나 날씬해지는 경우는 많아도 박석규 씨처럼 저체중, 영양실조, 면역력 저하와 같은 명현 현상으로 수련을 중단하는 경우는 없었습니다.

경험에 의하면 화식(火食) 체질이 생식(生食) 체질로 완전히 바뀌는 데는 적어도 3년은 걸립니다. 그래서 생식 먹기가 괴로운 사람은 하루 두 끼 또는 하루 한끼씩 하다가 다시 세끼로 환원하는 수도 있습니다.

그렇다고 해서 내가 박석규 씨에게 억지로 생식을 권하는 것은 아니니 그 점은 안심하시기 바랍니다. 다만 섭섭한 것은 이왕이면 그런 결정을 내리기 전에 지난 1년 반 동안 삼공재에 출입한 정의를 생각해서라도 내 의견도 충분히 들어 보았으면 좋지 않았을까 하는 것입니다. 두 분이 다 좋은 구도자가 될 것이라는 내 평소의 기대가 컸기 때문에 하는 말입니다.

나는 원래 가는 사람 잡지 않고 오는 사람 막지 않습니다. 그리고 사람은 꼭 화식(火食)을 해야만 한다는 상식에 나는 동의할 수 없습니다. 화식은 인류가 불을 요리에 이용한 이후에 생겨난 요리법임을 알아야 합니다. 그것이 겨우 지금부터 1만 년 이전 구석기 시대의 일입니다. 그전에는 생식(生食)이 오히려 상식이었습니다.

지구상에 인류가 나타난 것을 백만 년 전으로 잡을 때 99만년 동안 인류는 생식을 하는 것이 상식이었다는 것을 명심하시기 바랍니다. 따라서 상식(常識)은 한 시기를 지배하는 인간의 관념일 뿐 진리와는 관계가 없습니다.

극소수이긴 하지만 삼공재 문턱이 닳도록 찾아오던 수련자가 어느 날 갑자기 말 한마디 없이 발길을 끊는 무례(無禮)에 대하여 내가 좀 섭섭하게 생각하기는 하지만 그 이상은 아닙니다. 지나치게 이상야릇한 상상의 날개를 펼치지 않았으면 좋겠습니다.

그리고 박석규 씨가 "선생님의 관심 분야와 행동 또한 저의 상식 밖이었습니다" 하고 말한 것 중에는 저자가 자기 책을 방문객에게 무료로 나누어 주지 않고 돈 받고 파는 문제가 들어 있다는 것을 나는 잘 압니다. 저자가 자기 책을 독자에게 파는 것은 문단에서는 흔한 일이지 절대로 상식 밖의 일은 아닙니다.

박석규 씨는 자기만 가지고 있는 이상한 잣대로 남을 재단하려는 것 같습니다. 자기 저서를 무료로 남에게 나누어 주는 것은 대체로 자비출판(自費出版)한 저자가 홍보용으로 그렇게 한다는 것을 알아야 할 것입니다.

출판사의 청탁을 받고 자기 책을 낸 일이 없는 박석규 씨가 아무려면 문단에 데뷔하여 30년이나 글을 써 온 직업 소설가인 나보다 그 방면을 더 잘 아시겠습니까? 의심이 나면 지금이라도 주변의 전업 문인들에게 물어보시기 바랍니다.

아니면 문인들의 출판기념회에라도 한 번 가 보시기 바랍니다. 출판기념회에 축하차 찾아가는 축하객들도 참가비를 내지 않으면 출판된 책을 증정받을 수 없다는 것을 알아야 할 것입니다. 남을 비판하려면 우선 자신의 시야부터 수준급으로 넓혀 놓아야 합니다. 그러지 않고 함부로 남을 비판하려고 하다가는 우물 안 개구리의 잣대로 우물 밖 사물을 재단하는 어리석음을 범하게 될 것입니다.

나는 언제나 떠나는 사람에게 무심하려고 합니다. 원래 한 번 만난 사람은 언젠가는 떠나가게 되어 있으니까요. 회자정리(會者定離)입니다. 더구나 나는 아무런 조직을 갖고 있지 않으므로 누가 떠난다고 해도 현실적으로 구애받을 일이 없으므로 더욱 그렇습니다. 인연이 있어서 왔다가 인연이 다하면 떠나는 일에 나는 익숙해 있습니다.

추신 :

어제 보낸 회답에 미진한 부분이 있어서 다시 메일을 보냅니다. 오늘(8월 3일) 오전 내내 비를 맞아가면서 등산하는 동안 줄곧 박석규 씨 내외를 생각했습니다. 박석규 씨가 나에게 직언을 서슴지 않는 것처럼 나 역시 선도수련에 대하여 다음과 같은 말은 꼭 하고 싶습니다.

그것은 보통 상식을 가진 사람은 선도수련을 끝까지 하기가 어렵다는 겁니다. 왜냐하면 선도수련을 하려면 근본적인 발상의 전환이 필요하기 때문입니다. 내가 『선도체험기』 곳곳에 되풀이해서 언급한 것과 같이 단전호흡이 정상화되어 기를 느끼고 기문(氣門)이 열리면 축기

(築氣)가 된 후 운기(運氣)가 시작되어 단기(丹氣)가 12정경(正經)과 기경팔맥(奇經八脈)을 통하여 온몸에 골고루 순환을 하게 됩니다.

그러나 사실은 기문이 열리려는 준비 기간서부터 박석규 씨처럼 보통 상식을 가진, 수련을 하지 않는 사람과는 전연 다른 생리 현상을 겪게 됩니다. 박석규 씨가 삼공재에 다닌 지난 1년 반 동안 '저체중, 영양실조, 면역력 저하'를 겪게 된 것은 생식 때문만이 아니라 화식을 하는 사람도 선도수련이 진행되면서 누구나 겪을 수 있는 명현반응입니다.

명현반응 외에 수련자를 괴롭히는 것은 빙의 현상입니다. 이것은 박석규 씨 내외도 직접 겪어 보아서 잘 아실 겁니다. 선도수련을 해 보지 않아서 이런 현상을 겪어 보지 않는 현대 의료진이 박석규 씨의 '저체중, 영양실조, 면역력 저하'를 생식 탓만으로 돌리는 것은 당연한 일일수도 있습니다. 그것이 현대의학의 한계이니까요.

그런데 『선도체험기』를 71권까지 읽었을 박석규 씨가 의료진의 판단에 그렇게 쉽사리 동의한 것은 아무래도 이해가 되지 않습니다, 어쩌면 박석규 씨는 그동안 『선도체험기』를 잘못 읽어서 그 핵심을 파악하지 못했거나 수련을 잘못한 것이 아닌가 생각됩니다.

그러니까 선도수련을 제대로 하려면 선도수련으로 일어나는 갖가지 부작용을 현대의학의 잣대로 볼 것이 아니라 선도수련의 잣대로 보는 근본적인 발상의 전환이 반드시 필요하다고 말 할 수 있습니다. 우리가 학교에서 받은 서구식 교육으로 인한 이분법적 흑백논리와 서양의학의 잣대로 선도수련을 평가하려고 하면 안 됩니다.

박석규 씨는 『선도체험기』를 읽고 선도수련을 하려고 삼공재를 찾았을 것입니다. 그렇다면 선도수련으로 야기되는 갖가지 부작용을 『선도체험기』를 기준으로 삼아야지 무엇 때문에 현대 교육의 상식과 서양 의학의 잣대로만 평가하려고 합니까? 더구나 선도에는 문외한이고 기(氣), 경락(經絡), 경맥(經脈)이 무엇인지도 모르는 양의사들의 사고방식과 잣대로 선도수련으로 인한 명현반응을 진단하려는 것은 연목구어(緣木求魚) 즉 산에 자란 나무 위에 올라가 물고기를 낚자는 것만큼이나 어리석고 또 어리석은 일이 아닐 수 없습니다.

의사들은 늘 구사하는 수법대로 환자에게 병균이 귀에 침입하면 귀가 멀고 눈에 침입하면 실명할 것이고 뇌에 침입했더라면 생명이 위험했을 것이라고 잔뜩 공포심을 일으키게 합니다. 그러한 의사들의 수법과 가정(假定)에 놀아나려면 선도수련은 당연히 시작부터 하지 말았어야 했을 것입니다.

그리고 삼공재에 열심히 다니다가 말없이 그만둔 사람들은 생식을 '복채'로 보았기 때문이라는 말은 정곡을 찌른 것입니다. 나 역시 그것을 일찍부터 잘 알고 있습니다. 삼공재에 열심히 나오다가 말없이 떠난 극소수의 사람들을 보고 연락 한마디 없다고 한 것은 그동안 정이 들어 인간적인 섭섭함과 그들의 무례를 나도 모르게 무의식적으로 표출한 것이지 그들이 떠난 진짜 원인을 몰랐기 때문은 아닙니다.

혹시 박석규씨 선친의 '명월재'는 문우들의 사교장이 아니었나 생각됩니다. 삼공재는 기공부의 현장입니다. 삼공재는 수련을 시키는 사람의 기운과 수련자들이 몰고 온 수련에 역행하려는 기운들과의 사이의 치열한 기 싸움의 현장입니다.

그러니 자연히 다를 수밖에 없을 것입니다. 사물을 판단할 때 기존의 현상과 비교하는 것은 참고는 될 수 있을지언정 정확한 판단 기준은 될 수 없습니다. 문제 해결의 핵심은 항상 그 문제 자체 속에 있기 때문입니다.

수련생과 나 사이를 가로막는 생식이라는 장애물을 없애고 누구나 자유롭게 삼공재에 출입하면서 수련을 하게 하자는 것이 박석규 씨의 직언의 골자라는 것을 나는 누구보다도 잘 알고 있습니다.

그러나 그것은 대학생에게 등록금 받지 말고 가르치라고 학교 당국에 요구하는 것과 같습니다. 세상 물정 모르는 철없는 어린애도 아니고 지천명(知天命)의 나이인 오십이 내일모레인 박석규 씨의 입에서 어떻게 그런 말이 나올 수 있을 정도로 앞뒤가 꽉 막혔는지 정말 의문이 아닐 수 없습니다.

등록금 없는 대학 교육은 어디까지나 이상이지 현실은 아닙니다. 왜냐하면 등록금 없는 대학은 운영 자체가 불가능하기 때문입니다. 나는 공짜로 남의 것을 바라는 것도 나쁘지만 공짜로 남이 터득한 기술이나 도를 전수받겠다는 것도 나쁘다고 생각하는 사람입니다. 그래서 『선도체험기』의 일관된 메시지들 중의 하나는 공짜 바라지 말고 얌체 짓 하지 말고 어디까지나 떳떳한 거래형(去來型) 인간이 되라는 것입니다.

생식을 상식인의 접근을 가로막는 장애로 보는 박석규 씨는 내가 제일 싫어하는 공짜 좋아하는 얌체가 되겠다는 것과 같습니다. 그런 마음을 가지고 어떻게 공부가 제대로 되겠습니까? 나는 생식이라는 필터 없이 삼공재를 2년간 운영해 본 일도 있습니다. 한 사람이 그 많은 방문객을 일일이 다 접대한다는 것은 현실적으로도 그리고 물리적으로도 불가능한 일이었습니다.

나는 내가 애써서 터득한 도를 심심풀이나 호기심 또는 관광 삼아 아무 부담 없이 찾아오는 사람들에게 싸구려로 전수할 생각은 추호도 없습니다. 스승이 터득한 귀중한 도를 공짜로 이어받겠다는 것은 털도 뽑지 않고 거저먹겠다는 얌체 배짱과 똑같습니다.

삼공재에서 생식은 대학 등록금과도 같습니다. 그래서 나는 선도수련을 자력으로 할 사람은 경제 자립부터 해야 한다고 늘 주장하는 겁니다. 그럴 능력이 없는 사람은 절에 찾아가서 나무하고 밥하고 빨래하는 일부터 익혀 가는 비구나 비구니의 길을 가야 할 것입니다.

그렇지 않으면 가톨릭 계통의 대학을 나와 신부가 되든가 수사나 수녀가 되어야 할 것입니다. 그것도 아니면 개신교 신학 대학을 나와 목사가 되어야 합니다. 그러나 비구도 비구니도 신부도 수사도 수녀도 목사도 되기 싫고, 일체의 조직에 속박당하기를 원치 않는 자력 수행자는 천상 경제 자립을 성취해야 합니다. 어디를 둘러보아도 이 세상에 공짜는 없으니까요.

문제의 생식이라는 필터에 대해서는 내가 『선도체험기』에 하도 빈번하게 자세히 언급한 일이므로 시간낭비가 되겠기에 더이상 말하지 않겠습니다. 삼공재에서 구입하는 생식이 자기 체질에 맞고 수련에 도움이 되는 사람은 찾아올 것이고 그렇지 않다면 언제든지 떠나 버리면 그만입니다. 절이 싫어서 중이 떠나겠다는데 누가 말리겠습니까?

삼공재가 왜 생겨났고 무엇 때문에 존재하는가? 하는 이유는 삼공재 자체 속에서 찾아야 할 것입니다. 삼공재를 거쳐 간 사람이 수없이 많은데 그중에서 박석규 씨처럼 자기 생각을 기탄없이 직언한 사람은 처음입니다. 이 점은 모처럼 나에게 찾아온 복이라고 생각합니다.

마지막으로 되풀이되는 말이긴 하지만 중요한 것이기에 이 말은 꼭 하고 넘어가야 하겠습니다. 박석규 씨는 전에도 진동을 했다고 하지만 이번에 또 심한 진동을 일으킨 것으로 보아 아직은 수련 초기 단계입니다. 이제 겨우 운기가 되고 축기가 시작되려는 중요한 단계입니다. 만약에 축기가 되고 운기가 이미 시작되었더라면 그렇게 경솔한 판단을 내리지는 않았을 것입니다. 그 중요한 고비에 일어난 첫 번째 난관을 뚫지 못하고 좌절한 겁니다.

참고로 삼공재에 다닌 지 6년 되는 지방에서 중학교 여교사로 근무 중인 이미숙 씨의 체험기 일부를 인용해 보겠습니다.

"... 전보다(97년도 여름에 생식 처음 시작하고 한 달 동안 명현반응 겪음) 훨씬 심하고 오래해서 고전을 했었습니다. 단순히 가렵고 따갑기만 한 게 아니라 얼굴이 퉁퉁 붓고 피부가 거멓고 딱딱해지면서 칼로 베는 듯 아린 통증으로 몸살을 했습니다. 어떤 때는 모공들이 부풀어 올라 일그러진 모습으로 진물까지 줄줄 흘리는 바람에 얼굴을 둘둘 감고 출근을 하기도 했습니다.

워낙 험한 꼴로 다니다 보니 입을 여는 사람들이 많았는데 그 지청구 듣는 것이 하나의 공부가 되기도 하더군요. 그럴 때마다 걱정해 줘서 고맙다면서 병원 잘 다니고 있으니 좀 있으면 나을 거라고 흰 거짓말을 했습니다.

남의 이야기라고 쉽게 말하는 이도 있었지만 웃는 낯으로 잘 받아 넘겼습니다. 명현반응임을 잘 알기에 연고도 약도 쓸 수가 없고 그냥 자연스레 때가 되어 그치기만을 기다렸는데 육 개월 이상을 그러더니 이제야 다 나은 듯싶습니다. 요즘엔 낮에 외출할 때 조심만 하면 괜찮습니다. 대신에 다 낫고 나니 피부가 탈바꿈을 하여 깨끗해지고 좋아졌습니다.

참, 그리고 명현반응하는 도중에 다행하게도 단전이 따스했습니다. 어떨 때는 온몸에 열감이 느껴지면서 백회 쪽에 큰 기둥이 서 있는 느낌이 들기도 했고 가끔은 단전이 달아오르기도 하였습니다.

그리고 지금은 그만큼은 아니지만 정좌하고 있으면 편안하고 등줄기에 뜨거운 물줄기가 쏴아 쏴아 그러면서 온몸에 뭔가가 스멀스멀 지나다니는 듯싶으면서 따스해집니다. 물론 『선도체험기』를 읽어도 그렇습니다.”

선도수련이란 어떻게 보면 인내력과 지구력 그리고 확고한 자기 신념과 명현반응과의 끊임없는 싸움입니다. 선도 수련자라면 적어도 이미숙 씨 정도의 인내력과 신념은 있어야 합니다. 박석규 씨가 그 중대한 선도수련의 첫 번째 고비를 못 넘기고 나에게 의논 한마디 없이 의사의 진단만 받아들인 것은 안타깝고 안스러운 일입니다. 하긴 박석규 씨에게 믿음을 주지 못한 것은 나의 불찰도 없는 것이 아니므로 자책하고 있습니다.

그러나 보통 질병이냐 아니면 수련에 의한 명현반응이냐 하는 것을 분별해 내는 것은 일차적으로 수련자 자신의 몫입니다. 그 다음에 도움을 받을 수 있는 사람들은 스승, 고수(高手), 선배(先輩), 도반(道伴)들입니다. 왜냐하면 구도자는 구도자를 알아보고 수련자는 수련자를 알아보기 때문입니다. 그러나 수련을 모르는 의사는 절대로 의논 상대가 아닙니다. 선무당이 사람 잡는다고 수련을 모르는 의사는 반드시 수련을 망치게 되어 있기 때문입니다.

　그러면 수련자에게 저체중(底體重) 현상은 왜 일어나는지 알아보도록 하겠습니다. 수련하는 사람치고 과식하는 사람은 없습니다. 소식을 해야만 수련이 잘된다는 것은 경험을 해 본 사람은 누구나 다 잘 아는 일입니다. 과식은 머리를 흐리게 하고 졸음을 유발하여 수련에 장애가 됩니다.

　석가모니가 네란자라 강가의 보리수나무 밑에 정좌하고 마지막 깨달음의 피치를 올리고 있을 때는 뼈와 가죽만 남아 그야말로 피골(皮骨)이 상접(相接)해 있었다고 합니다. 이것도 현대의학의 관점에서 보면 저체중 현상에 지나지 않을 것입니다.

　수행자들의 상식으로는 용맹정진(勇猛精進)할수록 체중은 떨어지게 되어 있습니다. 그래서 뚱뚱보 스님을 보고는 수련에 얼마나 게을렀으면 저럴까? 하고 한심하게 생각하게 됩니다. 수련자에게 있어서 저체중(底體重)은 수련이 잘되고 있다는 증거는 될망정 결코 질병이 아닙니다. 그리고 박석규 씨의 170에 55는 병역법상으로도 저체중이 아닙니다.

　병역법상 저체중은 예컨대 키가 172의 경우 체중이 36 이하일 때입니다. 체중이 36 이하의 장정은 공익근무 요원에 편입된다고 합니다.

　다음에 영양실조에 대해서 말하겠습니다. 의사들은 환자가 몸이 마르고 현기증을 느낀다고 하면 영양실조로 진단을 내립니다. 그러나 수련자 특히 선도 수련자로서 운기가 되는 사람은 현기증이 나면 명현반응이라는 것을 알고 속으로는 기뻐합니다. 한 번씩 그런 현상을 겪고 나면 힘들고 괴로운 과정이긴 해도 수련이 한 단계씩 향상된다는 것을 알고 있기 때문입니다.

이희승 저『국어대사전』에 찾아보면 '명현(瞑眩)'이라는 단어 해석에 '어지럽고 눈앞이 캄캄함'이라고 나옵니다. 명현(瞑眩)을 글자 그대로 해석해도 눈앞이 캄캄하고 어지러운 것을 말합니다. 이러한 명현 현상은 보통 몇 개월에서 몇 년씩 가는 경우도 있습니다. 이것을 이겨낼 만한 강인한 의지력이 없는 사람은 처음부터 선도수련을 시작하지 말았어야 합니다.

기존의 심신의 질서가 수련으로 크게 변화하는 과정에서 필연적으로 일어나는 현상입니다. 지구로 말하면 천지개벽(天地開闢)으로 바다가 육지로 뒤바뀌는 해환육천(海幻陸遷)하는 대변동이 일어나는 것과도 같습니다. 국가로 말하면 일체의 기존 질서와 제도가 깡그리 리모델링되는 대혁명을 겪는데 어찌 부작용이 없을 수 있겠습니까? 이것을 의사가 보통 사람이 겪는 영양실조로 진단하다니 말이 됩니까?

세 번째로 '면역력(免疫力) 저하(低下)'에 대해서 말하겠습니다. 수련을 하다가 보면 피부에 빨간 반점이 생기는 수가 흔히 있습니다. 수련을 하지 않는 사람 같으면 주사나 고약으로 금방 나을 수 있지만 수련자의 경우는 그렇지 않습니다.

단전호흡을 열심히 하면 수련자 자신도 모르는 사이에 축기도 되고 운기도 되는 수가 있습니다. 피부 깊숙한 곳에 숨어 있던 병균이나 독소나 노폐물, 병기(病氣)와 사기(邪氣)가 정기(正氣)에 못 견뎌 밖으로 조금씩 배출되는 자체 정화작용을 일으키게 됩니다. 이때 그 병기(病氣)가 배출되는 부위에 열이 나면서 빨간 반점이 생겨나게 됩니다.

반점이 있는 동안 가렵습니다. 그러나 이때는 아무리 약을 쓰고 주사를 놓아도 낫지를 않습니다. 왜 그럴까요? 현대의학이 아무리 치료를 해 보았자 그것은 국부 치료나 대중(對症) 치료에 지나지 않기 때문입니다. 그래서 피부 깊숙한 곳에서 배출되어 나오는 병기(病氣)와 독소(毒素)를 막을 수는 없기 때문입니다. 그러나 그 부위가 세균에 감염되는 수도 간혹 있을 수 있습니다. 그렇다고 해서 일반 질병으로 치부해서는 안 됩니다.

그런데 이 병기(病氣)는 한꺼번에 왕창 나와 버리는 것이 아니고 조금씩 조금씩 배출됩니다. 몇 달이 걸리는 수도 있고 몇 해가 걸리는 수도 있습니다. 이때 수련에는 문외한인 의사들은 보통 환자와 똑같이 취급하여 '면역력(免疫力) 저하(低下)'라고 진단해 버립니다.

이것이 의사의 한계입니다. 그러나 다년간 수련을 해 본 사람은 이런 의사의 진단이 얼마나 엉터리인가를 잘 알고 있습니다. 따라서 선도수련과 병원은 상극임을 깊이깊이 명심해야 할 것입니다.

그리고 박석규 씨가 지금 단계에서 『선도체험기』를 정리하는 작업을 진행하는 것을 그 책의 저자인 나는 찬성치 않습니다. 왜냐하면 보통 질병과 명현반응도 채 구분하지 못하고 의사의 진단에 맡기는 수준의 공부에 머물러 있는 분에게 『선도체험기』 정리 작업을 맡긴다는 것이 위험천만한 일이기 때문입니다.

그래도 정 『선도체험기』 정리를 하고 싶다면 마음도 크게 열리고 적어도 기 수련이 대주천(大周天) 정도는 진행되었을 때 시작하시기 바랍니다. 기공부가 대주천은커녕 소주천(小周天)에도 이르지 못한, 이제 기문(氣門)이 겨우 열리려 하는 극히 초보 단계에 있는 사람이 『선도체험기』를 정리한다는 것은 군맹무상(群盲撫象) 격이라 생각되기 때문입니다.

　나는 내 필생의 저술인 『선도체험기』시리즈가 독자나 네티즌들에게 잘못 해석되어 전달되기보다는 차라리 지금처럼 그대로 있는 것이 낫다고 생각합니다. 책만을 읽고도 인연이 있는 사람은 얼마든지 공부를 할 수 있기 때문입니다.

　그리고 박석규 씨의 지금의 의식 상태가 변하지 않는 한 나를 찾아온다고 해도 서로에게 득이 되는 일은 아무것도 없을 것임을 명심하시기 바랍니다. 박석규 씨가 지금 해야 할 일은 수련에 정진하여 그 수준을 높이는 일이지 어떻게 하든지 선배 수련자의 약점을 잡아내어 인터넷에 올리는 일이 아닙니다.

　선배 수련자들과 일대일로 실력을 겨루자면 아무래도 지금의 수련 실력으로는 역부족이기 때문입니다. 부디 수련에 정진하여 다른 수련자들에게서도 인정받는 구도자가 되기 바랍니다. 『선도체험기』정리는 그때 가서 해도 늦지 않을 것입니다.

　그리고 마지막으로 박석규 씨에게 꼭 알려 주고 싶은 것이 있습니다. 흔히 듣는 말이지만 로마에 가면 로마의 법을 따르라는 말이 있습니다. 예수도 가이사의 것은 가이사에게 보내라고 했습니다. 그리고 성인도 속세를 따라야 한다는 말도 있습니다.

　『선도체험기』를 읽고 일단 수련을 하기 위해서 삼공재에 왔으면 이곳 법에 따라 열심히 수련부터 하여 자신의 품격과 생명력을 향상시켰어야 하지 않았을까요? 그런데 삼공재에서 하는 일들이 자기 비위에 거슬린다고 하여 매사에 충돌을 일으켰습니다. 수련을 하러 왔으면 비록 눈에 좀 거슬리는 점이 있더라도 그것이 공공의 이익에 벗어나는 일이 아닌 한 수련에 전력을 기울였어야 했습니다.

그런데 박석규 씨는 수련보다는 자기 비위에 거슬리는 일에 더 많은 신경을 썼다는 것이 드러났습니다. 새로운 환경에 스스로 적응하기보다는 반발하는 데 더 많은 정력과 시간을 소모할 경우 그 사람은 언제나 주위와 마찰을 일으키고 깨지고 부딪치게 될 것이고 결국은 소외를 당하여 항상 주류와 합류하지 못하고 아웃사이더로 겉돌게 될 것입니다.

직장에서도 그렇게 한다면 늘 상사와 동료로부터도 환영받지 못하고 왕따를 당하기 일쑤일 것입니다. 이런 때는 자기가 처한 새 환경을 임의로 바꾸려고 할 것이 아니라 자기 스스로 아상(我想)과 아집(我執)을 버리고 새 환경에 유연하게 적응해 나가야 합니다. 노자의 『도덕경』에 나오는 상선약수(上善若水)라는 말은 바로 이것을 두고 하는 말입니다.

흐르는 물처럼 자신을 죽여야 어떠한 환경과 조건에도 유연하게 적응해 나갈 수 있습니다. 주위 환경에 맞서려고만 하지 말고 도리어 자기를 그것에 적응시켜 나가는 것이 구도자가 나아갈 길이 아니겠습니까. 그렇다고 해서 불의에 굴복하라는 뜻은 아닙니다.

만약에 박석규 씨가 어느 수련단체의 회원이 되었는데 그 단체의 회장이라는 사람이 그 조직의 공금을 무한정 횡령 착복하고 수련생들 중 반반한 여자들을 엽색(獵色)의 대상으로 삼아 색욕(色慾)을 채우고 자신의 쥐꼬리만한 초능력을 빌미로 자기 자신을 우상화하고 신격화할 뿐만 아니라 이탈자를 방지하기 위해서 폭력을 구사하고, 영생교처럼 이탈자를 생매장하는 일이 벌어진다면 이건 갈데없는 사이비(似而非)요 사교 집단이 아닐 수 없을 것입니다. 그렇다면 이에 맞서 감연히 정의의 칼을 빼어 들어야 할 것입니다.

그러나 그런 부정과 비리와는 아무 상관도 없는 삼공재에서 그 운영

자가 생계를 위해 자기 저서를 팔거나 사업자 등록을 하고 세금까지 내어 가면서 생식 장사를 하는 것 따위를 문제로 삼아 대단한 부정이나 저지른 듯 인터넷에 올리거나 소위 직언을 서슴지 않는 것은 도끼로 모기를 때려잡으려는 만큼이나 어울리지 않는 일입니다. 나 역시 사이비 수련단체와 싸워본 경험이 있기 때문에 하는 말입니다.

내 말이 불쾌하게 들릴지 모르지만 깊이 좀 생각해 보시기 바랍니다. 덮어둘 일이 있고 까발릴 일이 따로 있지 그게 그렇게 인터넷에 올리고 '직언'을 해야 할 만큼 대단한 일입니까? 삼공재 개설 이래 이곳을 찾은 다른 수련자들은 누구나 다 수련에 열중해 왔건만 유독 박석규 씨만은 수련보다는 소위 직언에 더 많은 신경을 써 온 것입니다.

대학의 문을 닫게 하는 방법은 등록금 안 내는 것입니다. 그와 같이 여기서 생식을 없애라는 말은 삼공재의 문을 닫으라는 것과 다르지 않습니다. 시주는 못할망정 쪽박을 깨는 일은 삼가야 할 것입니다.

박석규 씨는 자신의 아상과 아집의 옹벽을 스스로 쳐부수지 않는 한 앞으로 살아갈 적지 않은 세월 동안 계속 남들과 부딪치고 깨지고 그로 인해 뜻하지 않는 불이익을 당하는 인생을 살 수밖에 없을 것입니다. 이 아집의 옹벽이 무너져 내리고 마음이 크게 열리는 그날 다시 만나기를 기대해 보겠습니다. 그러나 지금은 그때가 아닌 것이 확실합니다.

헷갈리는 문제

안녕하세요. 선생님!

제가 중학교 때부터 읽기 시작한 『선도체험기』가 어느덧 30살 청년이 되어서도 계속 읽게 되어서 너무나 기쁩니다. 일단 제 소개부터 해 드리면 저는 74년생입니다. IMF보다 심각한 경제난 속에서 저 또한 직장을 그만두고 다시 취직을 준비하고 있습니다.

선생님처럼 오행생식 요법사 수련도 마치고(태안 17기입니다) 항상 강조하시는 몸공부, 마음공부, 기공부를 따르려고 노력하고 있습니다. 그러나 아직 중심이 잡히지 않아서 아상(我相)에 자주 무릎을 꿇고 있습니다. 하지만 제 평생 같이 가야 할 길이라는 것을 알기에 조금도 조급해하지 않고 열심히 선생님이 먼저 가신 길을 따라갈 것입니다.

바쁘신 데 쓸데없이 길어진 메일 때문에 시간만 허비하시는 것이 아닌가 하여 간단히 아쉬운 점과 궁금한 점을 적어 보겠습니다.

첫째, 요즘 『선도체험기』가 두 달에 한 번 나오던 것이 이제는 넉 달에 한 번 나오게 되어 너무 안타깝습니다. 비록 큰 도움은 못 되지만 일단 나오는 『선도체험기』 모두(현 71권) 사 보는 것으로 보탬이 되고 저 또한 마음공부에 많은 도움이 되어서 좋았는데 출판사 사정으로 인하여 3달에 한 번 나오니 너무 안타깝습니다.

시사 문제는 선생님께서 말씀하신 대로 어차피 책이 나오면 2~3달이 지난 것이 되고 사람마다 각양각색의 생각이 있듯이 선생님이 보고 관찰하신 대로 말씀하신 것이 잘못이라고는 생각되지 않습니다.

오히려 자신의 생각과 다른 선생님의 고견을 들으면 아 이렇게 생각할 수도 있구나 하고 다른 관점으로 볼 수 있어서 참 좋았습니다. 또한 요즘 저마다 신문이나 TV에 나와서 자신의 생각과 사상을 이야기하는 세상인데 하물며 선생님의 저서에 자신의 생각을 싣는 것이 잘못되었다고는 보지 않습니다.

『선도체험기』 독자는 혹 선생님이 잘못 생각하신 거라도 충분히 옥석을 가릴 수 있는 독자라 생각됩니다. 선생님!! 다시 예전처럼 두 달에 한 권씩 나올 수는 없는 건지요? 출판사 사정 때문이라면 어쩔 수 없지만 궁금하기 이를 데 없습니다.

둘째, 제가 생식원 연수원에서 느낀 거지만 『선도체험기』 독자라면 오행생식을 하는 사람들이 많지 않습니까? 근데 생식원에서는 선생님에게 조금 배타적이더군요. 물론 진리로 가는 길이 여러 가지여서 각자의 생각이 있겠지만 어쨌든 오행생식원도 선생님의 도움을 받는 것이 확실한데 서로 좋은 것은 받아들이고 정보 교류가 되었으면 좋겠다고 생각됩니다.

연수를 받으면서 느끼는 건데 당시에는 상당히 혼란스러웠습니다. 전 좌선을 해도 호흡수련이 잘되는데 그들은 좌선의 호흡수련은 단전에 기가 모이는 것이 아니라 정신력으로 집중하여 가상의 기가 집중되는 것이라 하였습니다.

즉 임독 타통은 오직 동공(動功)을 해야만 그들이 말하는 오행체조나 원운동으로 온몸에서 열기가 나고 눈으로 볼 수 있는 벌건 기운이 단전에 보여야 진짜로 임독 타통이 되는 것이라 하였습니다.

허나 선생님 저서에 보면 삼공재에서 열심히 수련하시는 분들은 좌선으로도 충분히 기공부가 일취월장하던데, 물론 자신이 직접 해 보고 체험하는 것이 좋지만 초보인 저로서는 조금 혼란스러울 때가 있습니다.

이건 좀 안 좋은 소리지만 선생님을 보고 정신력 집중 수련으로 무당처럼 변했다고 말하곤 합니다. 전 처음에는 흔들렸으나 좌선을 해 본 결과 그건 사실이 아니라고 느껴서 선생님처럼 그들의 방편만 수련으로 이용하고 나머지는 그냥 흘려 보내야겠다 결심했습니다.

허나 많은 독자들이 오행생식 요법사 수련을 마치고 나서 잘못된 생각을 가질까 봐 선생님 저서에 한 번쯤 그 부분에 대해서도 언급해 주셨으면 합니다.

진리로 가는 길은 많고 선택은 본인 나름이지만 자신의 생각만 옳다고 남을 매도하는 것은 서로 좋지 않다고 생각되는데 그들은 자신의 생각이 확고한 것처럼 너무나 확신에 차서 말하기에 조금 헷갈렸습니다.

저만 아니라 많은 사람이 수련원(연수원)에서 처음에는 고민하였습니다. 이상 두 가지가 궁금하였으며 선생님의 고귀한 시간을 너무 허비하게 하신 게 아닌가 생각됩니다.

제가 다시 취직하고 경제적으로 독립이 완전히 되면 그때는 선생님에게 찾아가서 오행생식을 소비자가로 구입하여 삼공재에서 도움을 받고 싶습니다. 그전에 저도 부지런히 수련하여서 이기심에서 조금이나마 벗어나도록 노력하겠습니다.

2003년 8월 22일
박성훈 드림

【필자의 회답】

첫 번째 질문에 대한 회답 :

우리나라에서는 출판사에서 책을 한 번 출판하여 적자를 면하려면 적어도 1천 5백 부를 인쇄하여 전국 서점에 배포한 후, 다 팔려야 하는데 요즘은 경제 불황으로 책이 그전처럼 나가지 않습니다. 그래서 전국 출판사의 70퍼센트가 문을 닫을 지경입니다.

전에는 『선도체험기』가 한 권 나간 뒤 두 달 동안 들어오는 수익금으로 다음 책을 출판할 수 있는 자금이 마련되었었는데 요즘은 한 번 출판한 뒤 넉 달이 되어야 겨우 다음 책을 출판할 수 있는 자금이 마련됩니다.

경제 불황이 닥치면 제일 먼저 타격을 입는 것이 출판계입니다. 사람들은 불황이 닥친다고 해도 먹고 입는 것은 안 할 수 없지만 책 사보는 것은 중단해도 생존에는 아무 지장이 없기 때문입니다. 앞으로 불황이 풀리고 경제 사정이 좋아지면 그전처럼 되지 않을까 희망해 봅니다.

그 대신 『선도체험기』 면수(面數)를 지금 260쪽에서 300쪽 내외로 늘리고 책값을 지금의 8천 원에서 1만 원 정도로 인상하는 것이 어떨까 하여 출판사 사장님과 의논 중입니다. 고정 독자들은 책값이 2천 원 정도 인상되어도 그만큼 면수가 4, 50쪽 늘어나면 계속 사볼 것이라 생각되기 때문입니다. 질문자께서는 어떻게 생각하시는지 회답해 주시기 바랍니다.

두 번째 질문에 대한 회답:

오행생식을 창안한 김춘식 선생님에 대한 내 견해를 말씀드리겠습니다. 그분 생존 시에도 그랬지만 나는 그분이 오행생식을 현대인이 먹기 좋게 창안하신 공로는 인정했지만 그분의 선도 수행법에 대해서는 수긍할 수 없었습니다.

단지 그렇다 뿐이지 그분의 수행 방편이 잘못되었다고 말하지는 않습니다. 수행하는 길이 나와는 다르기 때문입니다. 그분 생존 시에도 수련생들에게 나에 대하여 심히 듣기 거북한 말을 한다는 정보를 들어 왔으므로 한때는 사이가 좋지 않았던 때도 있었습니다.

물론 그 후 타계하시기 전 백두산 관광 때 나에게 친절을 베풀기는 했지만 진정한 화해를 한 것은 아니고 내내 겉으로 드러나지 않은 갈등을 빚어 왔던 것은 사실입니다.

지금도 나는 김춘식 선생을 오행생식을 창안한 공로는 인정하지만 선도 수행가로서는 평가하고 싶은 생각이 없습니다. 그분의 수행법을 나 역시 실천해 보았지만 별로 효과를 거두지 못했기 때문입니다.

물론 내가 이렇게 말한다고 해서 다른 사람들도 다 그렇다는 것은 아닙니다. 지금도 그분의 수행법으로 수행의 효과를 본 사람이 있을 수 있기 때문입니다. 이 경우 초보자는 물론 헷갈릴 수도 있을 것입니다. 그럼 이럴 때 그 초보자는 어떻게 해야 하는가?

어디까지나 스스로 선택할 수밖에 없습니다. 직접 두 사람의 수행법을 실행해 본 후 효과가 있는 쪽을 택하면 됩니다. 어차피 수행법은 백인백색(百人百色)이요 천태만상(千態萬象)입니다. 그러나 일단 자기에게 맞는 방법을 선택했으면 더이상 갈등은 빚지 말고 밀고 나가야 할 것입니다.

정말 떨리는 마음으로

선생님의 답장 메일을 받고서 얼마나 두근거렸는지 모릅니다. 평소에 책으로만 읽던 선생님을 실제로 뵙는 거와 마찬가지로 답장을 받아서 너무나 기뻤습니다.

선생님 말씀대로 요즘 전부 경제난이고 제가 알기로도 출판사의 반 이상이 전부 부도 또는 폐업하는 것으로 알고 있습니다. 안타까운 경제 사정으로 유림출판사 또한 심각한 자금난에 빠졌으리라는 것은 불을 보듯 뻔할 것입니다.

요즘 인플레를 감안하더라도 선생님의 저서 또한 당연히 인상을 해야 한다고 생각합니다. 8000원에서 1만 원 정도의 인상은 당연하리라 생각됩니다. 요즘 번역 소설 중 베스트셀러에 뽑힌 것을 보면 거의 1만 원 수준입니다. 선도 공부의 귀중한 책자인『선도체험기』가 1만 원에 판매된다고 해서 돈 아까워하는 사람이나 너무 비싸다고 생각하는 사람은 없을 것입니다.

제가 중학교 때에는 이 책이 4,000원이었고(91년) 조금씩 인상되어 지금은 8,000원(2003년)이 되었습니다. 어떻게 보면 우리 경제와 같이 성장해 온『선도체험기』같습니다. 책값을 1만 원으로 올려서 출판사 사정이 좋아지고 선생님의 저서가 끊기지 않았으면 좋겠습니다. 제 주위에서도 전부 찬성하고 있습니다.

오행생식도 해마다 오르는데 하물며 마음의 양식인 저서야. 물론 반대하는 사람도 있겠지만 전 전적으로 찬성합니다. 오히려 만 원 더 투자해서 좋은 선생님의 말씀을 더 자주 들을 수 있고 또한 더 많은 수련생들이 생길 수 있다면 그보다 좋은 일이 어디 있겠습니까?

두 번째 질문에 대한 회답에도 전적으로 동감합니다. 수련이 일취월장해서 그런 것에 휘둘리지 말고 몸공부, 마음공부, 기공부가 발전하면 고민거리도 없고 다른 사람에게도 당당히 말할 수 있을 텐데 제 수련의 부족함을 탓해야겠죠.

근데 아쉬운 생각은 우리나라가 고도의 정보화 사회이지만 아직 도계에서는 정말 정보의 공유가 안 되고, 배타성이 너무나 심각한 것 같습니다. 연세 많으신 선생님도 좋은 수련 방편은 서슴없이 받아들이시는데 오행생식회사도 제가 생각하기에는 거듭나야 하지 않을까 생각됩니다.

그리고 선생님 저서에 초보들을 위해서 선생님의 생각을 저에게 알려 주셨듯이 간단히 언급해 주시면 혼란을 덜 초래하지 않을까 생각됩니다. 오행생식 분야만 빼고 선생님이 실천해 본 결과 그런 수련법은 별로 효과를 못 보았다고 말입니다. 그러면 그들 또한 선생님에게 그걸로 시비를 걸지 않을 것이라 생각됩니다.

너무나 감사히 메일 답신을 받았습니다. 선생님 항상 건강하셔서 더욱 우리 후학들을 위해서 좋은 저서를 계속 발간해 주시기를 간청합니다. 가끔 수련의 문제점이나 의문 사항이 생기면 메일로 물어보아도 되겠는지요?

또한 제가 경제적 자립이 되면 삼공재에서 수련하고 싶습니다. 물론 오행생식도 선생님에게 구입하고요. 그럼 이만 줄이겠습니다.

2003년 8월 23일
박성훈 드림

【필자의 회답】

김춘식 선생의 선도 수련법은 나 자신이 실천해 본 결과 별로 효과가 없었다는 것이지 누구나 다 효과가 없다는 것은 아닙니다. 그분의 일부 제자들 중에는 그 수련법을 지금도 실천하고 있는 사람들이 있는 걸로 보아 누구에게나 다 효과가 없다고 일률적으로 말할 수는 없을 것입니다.

김춘식 선생은 생존 시 수련생들에게 강의하는 중에 "김태영이가 귀신에 들렸다"느니 '무당'이라느니 하는 터무니없는 말을 하여 나와 사이가 뜨악해졌었는데 그분이 작고하신 지금도 그분의 제자 중 일부가 아무런 검증도 해 보지 않고 여전히 그 말을 그대로 앵무새처럼 되풀이함으로써 근거 없는 중상모략을 일삼고 있는 것은 심히 유감스러운 일이 아닐 수 없습니다.

참된 제자라면 스승의 일거수일투족을 무조건 곧이곧대로 닮으려고만 할 것이 아니라 자기 스스로 검증도 해 보고 김태영이라는 사람이 과연 접신이 되었고 무당 노릇을 하는지 알아보았어야 할 것입니다.

그리고 적어도『선도체험기』시리즈를 다 읽어 보고 그 책에 나온 대로 수련도 해 보고 나서 평가를 내렸어야 했을 것입니다. 그렇게 했더라면 스승의 말이 과연 진실인지 아닌지 확실히 가려낼 수도 있었을 것입니다.

그런데 오행생식원 대리점을 하는 그분의 제자들 중 일부는 고객들에게『선도체험기』8, 9, 10권은 읽으라고 권하면서도 그 외의 것은 읽을 필요가 없다고 말한다고 합니다.『선도체험기』저자가 듣기에는 심히 섭섭한 일이 아닐 수 없는 일입니다. 모 수련단체에서『선도체험기』1, 2, 3권만은 읽어도 좋지만, 그 외의 것은 읽으면 안 된다고 말하는 것과 흡사하다고 하겠습니다.

아무런 검증 과정도 거치지 않고 무조건 스승의 말을 되풀이하는 것은 스승에 대한 맹신(盲信)이요 맹종(盲從)에 지나지 않습니다. 스승의 잘못이나 편견까지도 그대로 계승한다면 그러한 학문이나 수련법은 흐르지 않는 썩은 물처럼 자정능력(自淨能力)을 잃어버리게 될 것입니다. 그리고 수련 중 의문 나는 일이나 궁금한 것이 있으면 기탄없이 언제나 이메일을 띄워 주시기 바랍니다.

명현반응 이야기

삼공선생님께.

선생님, 안녕하십니까? 저 상주에 사는 이미숙입니다. 요즘엔 번번이 이메일도 못 쓰고 찾아뵈어 참으로 면목이 없습니다. 죄송합니다. 그래서 오늘은 그동안 못 드렸던 얘기를 할까 합니다.

지난 해 12월 일일이식 시작 후 나타난 햇빛 알레르기 때문에 얼마 전까지 고생을 했습니다. 전보다(97년도 여름에 생식 처음 시작하고 한 달 동안 명현반응 겪음) 훨씬 심하고 오래해서 고전을 했었습니다.

단순히 가렵고 따갑기만 한 게 아니라 얼굴이 퉁퉁 붓고 피부가 거멓고 딱딱해지면서 칼로 베는 듯 아린 통증으로 몸살을 했습니다. 어떨 때는 모공들이 부풀어올라 일그러진 모습으로 진물까지 줄줄 흘리는 바람에 얼굴을 둘둘 감고 출근을 하기도 했습니다.

워낙 험한 꼴로 다니다 보니 입을 대는 사람들이 많았는데 그 지청구 듣는 것이 하나의 공부가 되기도 하더군요. 그럴 때마다 걱정해 줘서 고맙다면서 병원 잘 다니고 있으니 좀 있으면 나을 거라고 흰 거짓말을 했습니다.

남의 이야기라고 쉽게 말하는 이도 있었지만 웃는 낮으로 잘 받아 넘겼습니다. 명현반응임을 잘 알기에 연고도 약도 쓸 수가 없고 그냥 자연스레 때가 되어 그치기만을 기다렸는데 육 개월 이상을 그러더니 이제야 다 나은 듯싶습니다. 요즘엔 낮에 외출할 때 조심만 하면 괜찮습니다. 대신에 다 낫고 나니 피부가 탈바꿈을 하여 깨끗해지고 좋아졌습니다.

제일 심할 때가 3, 4월이었는데 학기 초라서 할일도 많고 낯선 아이들과 친해져야 하는 시기라서 불편하기도 했지만 오히려 이런 얼굴 때문에 아이들과 적당한 거리를 유지할 수 있어 진 빼지 않고 출발을 잘할 수 있었습니다. 전화위복이 된 셈입니다.

그리고 또 하나는 이렇게 햇빛을 볼 수가 없다 보니 자연 바깥출입을 삼가고 저 자신에게 몰두할 수 있는 시간이 많아져서 꾸준히 저에 대해 고민했다는 것입니다. 그러다 얼마 전 어떤 일을 겪으면서 제 자신이 그 일에 어떻게 반응을 하고 생각하고 있는지가 보였습니다. 아주 작지만 말입니다.

살아오면서 전 제가 실수한 부분에 대해서는 지나치게 민감하게 굴어서 스스로를 괴롭혔습니다. 또는 지레짐작으로 판단하여 혼자서 끙끙대고 그러다 절 미워하기도 하고 학대하기도 하였는데 이번에 이 마음들이 움직이는 과정을 봤습니다.

그리고 나니 전보다 훨씬 있는 그대로의 자신을 보게 되어 괜한 헛고생을 피하게 되었습니다. 또 쓸데없이 감정에 휘말리는 횟수도 줄게 되었고 더 많이 긍정적으로 세상을 보게 되었습니다. 아직은 새 발에 피지만 바로 이거구나 싶어 눈이 번쩍 뜹니다.

이 모두 선생님 덕분입니다. 고맙습니다. 이 작은 것에 머물지 않고 더 치고 나갈 수 있도록 하겠습니다. 참, 그리고 명현반응하는 도중에 다행하게도 단전이 따스했습니다. 어떨 때는 온몸에 열감이 느껴지면서 백회 쪽에 큰 기둥이 서 있는 느낌이 들기도 했고 가끔은 단전이 달아오르기도 하였습니다.

그리고 지금은 그만큼은 아니지만 정좌하고 있으면 편안하고 등줄기에 뜨거운 물줄기가 쏴아 쏴아 그러면서 온몸에 뭔가가 스멀스멀 지나다니는 듯싶으면서 따스해집니다. 물론 『선도체험기』를 읽어도 그렇습니다.

선생님, 지금 저에게 가장 큰 과제는 맘을 여는 것이라고 생각합니다. 기공부도 몸공부도 이게 선행이 되어야 한 걸음이라도 더 나아감을 절실하게 느끼는데 정성이 부족합니다. 아직 욕심이 끝이 없기에, 일단 알아챈 만큼 그 힘을 더 키워야겠지요. 더디지만 놓치지 않으렵니다. 바쁘신데 제대로 정리도 안 된 글 다 읽어 주셔서 고맙습니다. 담에는 더 정갈한 모습으로 찾아뵙겠습니다. 그럼 안녕히 계십시오.

2003년 9월 4일 목요일
상주에서 이미숙 올립니다.

【필자의 회답】

이미숙 님은 삼공재에 출입하는 수행자들 중에서 수행이 가장 잘되는 그룹에 속합니다. 명현 현상을 그처럼 침착하게 인내력과 지구력을 가지고 극복할 수 있었다니 참으로 장한 일입니다.

그야말로 심신이 다 같이 환골탈태(換骨奪胎)하는 과정을 눈앞에 보는 것 같습니다. 그리고 여느 사람들처럼 병원을 찾지 않고 신념을 가지고 그 어려운 과정을 끝내 극복할 수 있었던 것을 진심으로 축하합니다.

많은 도우들과 후배들에게도 훌륭한 모범이 될 것을 의심치 않습니다. 명현 현상을 겪는 중에 단전이 따스해지고 온몸에 열감이 느껴지고 백회에 큰 기둥이 서 있는 느낌이 드는 것은 선도수련이 이미 소주천(小周天)을 지나 대주천(大周天) 경지에 들어섰음을 말해 주고 있습니다.

조금 더 있으면 백회에 서 있는 기의 기둥이 중단전과 하단전을 지나 회음까지 일직선으로 관통하여 서게 될 것입니다. 이제 좋은 승기(勝機)를 잡았으니 조금도 방심하지 마시고 계속 밀어붙이시기 바랍니다.

수행이 가장 잘되는 그룹

삼공 선생님께.

선생님, 안녕하셨습니까? 상주에 사는 이미숙입니다. 지난번 명현반응 얘기에 대한 답글 잘 받았습니다.

삼공재에 오래 출입은 했지만 제대로 열심히 하기보다는 자주 꾀피우는 제가, 이곳에 출입하는 이들 중 수행이 가장 잘되는 그룹에 속한다고 말씀하셔서 좀 놀랐습니다. 비록 수련을 놓지는 않았지만 늘 지지부진 제자리걸음이어서 오히려 안주하는 게 아닌가 경계하던 터라 더욱 믿기지가 않았습니다.

하지만 잘 생각해 보니 그건 그리 중요하지 않다고 여겨집니다. 물론 처음 삼공선도를 시작할 때에는 소주천, 대주천 되는 도우들이 부럽기도 했고 또 그러면 어떨까 상상도 해 보았지만 시간이 지나면서 어느새 그런 맘들은 무디어지고 다 사라져 버렸었습니다. 거기에 신경 쓰기보다는 아직 풀지 못하고 있는 '나는 누구인가?'에 더욱 몰두해야겠지요.

지난번 그 명현반응도 사실은 큰 신념을 가지고 극복했다기보다는 다른 뾰족한 방법이 없으니 그냥 덤덤하게 넘긴 탓이 더 큽니다. 그런데도 그렇게 좋게 해석해 주시니 몸 둘 바를 모르겠습니다. 더욱 열심히 하라는 격려의 말씀으로 듣겠습니다. 고맙습니다.

성패는 인내력이 결정한다는 말씀 다시 새겨봅니다. 지치지 않고 꿋꿋하게 무소의 뿔처럼 가야겠지요. 일이 잘되면 어려움을 생각해서 방심하지 말고 또 어려우면 어려운 대로 위축되지 말고 정진하렵니다. 이제 시작입니다. 처음 그 마음 잊지 말고 멀리 내다보며 찬찬히 하겠습니다. 그럼 이번 주 토요일에 찾아뵙도록 하겠습니다. 안녕히 계십시오.

2003년 9월 15일 월요일
상주에서 이미숙 올립니다.

덧붙입니다 : 요즘 유독 등줄기가 뜨끈뜨끈 물줄기가 쫙 흐르면서 백회 쪽에 묵직한 뭔가가 힘있게 떠 있으면서 거기서 온 머리로 무엇이 흘러내리는 듯한 느낌이 들 때가 많습니다. 정좌를 하지 않고 평상시에도 말입니다.

그리고 가끔 이마 한가운데에도 조이는 듯한 느낌이 들고 가슴 쪽이 아프다가 풀리곤 합니다. 이런 느낌은 잘 전해야 하는데 더 정확하게 말씀을 못 드려 죄송합니다. 아무래도 지난번엔 제대로 잘못 전한 게 아닌가 싶습니다.

【필자의 회답】

백회 쪽에 묵직한 뭔가가 힘있게 떠 있으면서 거기서 온 머리로 무엇이 흘러내리는 듯한 느낌이 드는 것이 이미 백회가 열려 그리로 천기가 들어와 머리에 있는 6개의 양경(陽經)과 임독(任督)을 통해 온몸으로 퍼져나가기 때문입니다. 그럴 때는 단전을 의식함으로써 모든 외기(外氣)가 일단 단전에 모이도록 해야 합니다.

정좌를 하지 않았는데도 백회에서 기운이 흘러들어 오는 것은 의식적으로 운기조식(運氣調息)을 하지 않아도 대주천이 되면 자동적으로 운기가 되기 때문입니다. 수련이 비약적으로 잘될 때는 오히려 만사에 자중해야 합니다. 호사다마(好事多魔)니까요.

이마 한가운데를 인당(印堂)이라고 합니다. 인당은 상단전(上丹田)의 중심입니다. 인당이 조이는 듯한 느낌이 드는 것은 인당이 열릴 징조입니다. 가슴이 아프다가 풀리곤 하는 것은 중단전(中丹田)의 중심인 전중(膻中)이 열릴 징조입니다. 백회가 열린 후에 흔히 일어나는 현상입니다.

인당과 전중이 동시에 열리는 일은 흔하지 않은 경우입니다. 그만큼 마음이 열렸기 때문에 이런 일이 일어난 것이라 생각됩니다. 하늘이 크게 쓰려고 특별한 은총을 내리려는 것 같습니다. 축하받을 일입니다. 그럴수록 하늘의 섭리에 감사하고 늘 재계(齋戒)하는 마음으로 겸손하고 자중하시기 바랍니다.

〈73권〉

다음은 단기(2003)년 10월 1일부터 같은 해 12월 7일 사이에 있었던 필자의 수련 과정과, 필자와 수련생들 간에 오고간 수련과 인생에 관한 대화 그리고 이 메일 문답을 수록한 것이다.

신(神)이란 무엇인가?

우창석 씨가 느닷없이 말했다.

"선생님, 도대체 신이란 무엇입니까?"

"신이라뇨? 어떤 신(神) 말입니까?"

"제가 알고 싶은 것은 우주 전체를 주관하는 하느님, 즉 우주의식을 말합니다."

"그러한 신은 우주 전체입니다. 그리고 동시에 그 우주 안에 존재하는 모든 것이기도 합니다. 삼라만상은 무한대(無限大)와 무한소(無限小)의 결합체이기도 합니다."

"우주 안에 존재하는 모든 것이란 구체적으로 무엇을 말합니까?"

"우리들 자신을 비롯한 모든 것, 우리 눈에 보이는 일체의 동물, 식물, 광물들과 같은 것은 말할 것도 없고 우리의 육안으로는 보이지 않는 모든 것과 우리의 사고(思考)와 상상의 산물도 신의 모습을 일정 부분 표현하고 있다고 말할 수 있습니다."

"우리 눈에 보이는 모든 것이 다 하느님이라는 것은 범신론(汎神論)이 아닌가요?"

"옳은 말씀입니다. 하느님은 부분이면서도 전체이기 때문에 범신(汎神)도 되고 유일신(唯一神)도 됩니다. 그러나 범신론은 우리 눈에 보이는 모든 것이 다 하느님이라는 것은 인정하면서도 우리 눈에 보이지 않는 존재와 우리의 사고(思考)와 상상의 산물과 이 모든 것을 합친 전체를 신이라고 보는 경지에까지는 이르지 못했습니다."

"그렇다면 부분과 전체가 다 신이라는 말씀인가요?"

"그렇고말고요. 우주 전체가 신인 동시에 우주의 부분인 삼라만상 역시 신의 외부적이고 가시적 표현입니다. 동시에 신은 깨달음이요 인과응보입니다."

"신이 깨달음이란 것은 무슨 뜻입니까?"

"실례를 들어 구도자가 수행 끝에 크게 한소식하여 자기 자신 속에도 하느님이 확실히 존재한다는 것을 깨닫게 되었다고 칩시다. 그리고 자기 자신이 신(神)의 일부이면서 동시에 자신 속에 우주 전체가 들어있음을 깨닫게 됩니다. 결국은 자기 자신이 신이라는 것을 깨닫게 됩니다. 따라서 깨달음은 신이라고 말할 수 있습니다."

"신은 인과응보라는 것은 무슨 뜻입니까?"

"구도자가 수행 중에 자기의 존재 이유가 인과응보에 따른 것임을 알게 되는데 이것은 현상계를 지배하는 신의 섭리입니다. 따라서 인과응보야말로 신의 섭리임과 동시에 신 그 자체임을 알게 됩니다.

삼라만상은 전체이고 전체는 삼라만상입니다. 전체는 부분이고 부분은 전체입니다. 전체 속에 부분이 들어 있고 부분 속에 전체가 들어 있습니다. 먼지 알갱이 하나 속에도 우주가 들어 있다는 말입니다. 우리 몸속의 세포 하나하나에도 우리 몸 전체에 대한 정보와 유전인자가 모조리 다 들어 있습니다. 돌리 양과 같이, 양의 체세포로 복제가 가능한 것은 이 때문입니다.

예수가 말한 대로 ‘내 속에 하느님이 들어 있고 하느님 안에 내가 들어 있습니다’(요한 14 : 10-11). 부분은 색(色)이고 전체는 공(空)입니다. 그래서 석가는 색즉시공(色卽是空)이요 공즉시색(空卽是色)이라고 말했습니다. 그리고 관(觀)하는 사람의 깨어 있는 의식 역시 신입니다.”

“깨어 있는 의식이 신이라는 말은 무슨 뜻입니까?”

“여기서 말하는 깨어 있는 의식은 사물을 바르게 보는 지혜입니다. 이러한 지혜는 우주의식과 직결되어 있으므로 그로부터 무한한 지혜를 공급받을 수 있습니다. 따라서 깨어 있는 의식 즉 지혜는 바로 하느님과 통해 있으므로 신인일치(神人一致)라고 말할 수 있습니다. 그런 사람은 바로 신 그 자체입니다.”

“그럼 신과 하나 되는 지름길은 무엇입니까?”

“바르게 사는 것이 바로 신과 하나 되는 지름길입니다.”

“그렇다면 신은 바르게 사는 것이라고 말할 수도 있겠군요.”

“그렇고말고요. 그러나 보통 사람들은 바르게 사는 것이 고되고 힘든 것으로만 생각하므로 그것을 피하려고 합니다. 인생고란 그래서 생겨난 일종의 핑계입니다. 탐진치(貪瞋痴)와 오욕칠정(五慾七情)이 바로 그것입니다. 인생을 바르게 살려고 하지 않고 항상 삐딱하게 살려고 하는 데서 생겨난 것이 인생고(人生苦)입니다.

그러므로 인생고라는 본체(本體)가 따로 존재하는 것이 아니고 인간이 만들어 낸 허상에 지나지 않습니다. 이러한 인생고의 실상을 깨닫는 것이 바로 신이 되는 첩경이기도 합니다."

지척(咫尺)이 천리(千里)

우창석 씨가 또 말했다.

"선생님, 지척이 천리라는 말이 있는데 이게 무엇을 말하는 것인지 구체적으로 말씀해 주셨으면 합니다."

"지척이란 아주 가까운 곳 바로 옆이라는 뜻입니다. 지척이 천리란 몸은 바로 옆에 있는데도 마음은 천리나 떨어져 있는 것과 같다는 뜻입니다. 마음이 통하면 몸은 비록 멀리 떨어져 있어도 바로 옆에 있는 것과 같지만 마음이 통하지 않으면 몸이 바로 옆에 있어도 마음은 천리나 떨어져 있는 것과 같다는 뜻입니다.

나는 『선도체험기』 속에 나의 수행 과정과 수련에 관해서 내가 생각하는 모든 것을 기록합니다. 그러므로 『선도체험기』는 내 정신적 노력의 산물입니다. 이 책을 읽고 인생을 살아나가는 데 있어서 자기성찰(自己省察)을 하고 마음공부, 기공부, 몸공부를 일상생활화 하는 독자들은 몸은 비록 나와 천리만리 떨어져 있어도 마음만은 항상 내 곁에 있는 것과 같습니다.

그러나 나와 비록 일상생활을 같이 하는 가장 가까운 이웃이라고 해도 『선도체험기』라는 책이 있는 줄도 모르고 이 책을 전연 읽은 일도 없다면 그 사람은 정신적으로 나와는 그야말로 지척이 천리라고 말할 수 있을 것입니다.

실례를 하나 더 들겠습니다. 나는 매일 새벽이면 집 근처에 있는 선정릉(貞陵) 주위를 한 시간씩 속보로 걷습니다. 원래는 10년 전인 1993년부터 조깅을 시작했었는데 2년 전부터는 속보로 걷는 것으로 바꾸었습니다. 여름을 제외하면 어둑어둑한 새벽부터 걷기를 시작합니다.

나만 그러는 것이 아니고 주변에 사는 사람들도 그 시간대에 걷기 운동을 하는 사람이 많습니다. 그중에서도 매일 같은 시간에 만나는 사람들 중에 50대 후반쯤 되는 부인이 있습니다. 그런데 그 부인은 초가을에서 이듬해 늦봄까지 늘 흰 마스크를 하고 있었습니다. 작년 어느 초가을날 새벽에 우연히 같이 걷게 되자 내가 물었습니다.

'아주머니는 왜 그렇게 늘 마스크를 하고 다니십니까?'

'해소(咳嗽) 때문이라예.'

'해소라면 기침 말입니까?'

'야.'

'그래요?'

'우리 아들이 해군 군의관으로 있는데예. 우리 엄마 해소 병은 꼭 내 힘으로 고쳐 보겠다고 하는 바람에 좋다는 약은 다 먹어 보고 아들이 추천하는 병원에 가서 아무리 치료를 해 보아도 영 낫지 않는기라예. 양방으로 안 되자, 한방 치료도 해 보았지만 끝내 고치지 못했어예.'

'그럼 이제부터 내가 하라는 대로 해 보시겠습니까?'

'어떻게예?'

'돈은 하나도 안 드는 일이고 아주 간단한 일입니다. 그러나 꾸준한 인내력이 꼭 필요합니다. 한번 해 보시겠습니까?'

'해 보죠 뭐.'

'그럼 이제부터 내가 하는 말을 잘 듣고 꼭 실천해야 합니다.'

'무슨 서론이 그리 긴교? 어서 후딱 말해 보이소.'

'그러죠. 오늘 아침 식사 때부터 꼭 실천하셔야 합니다. 우선 새벽에 일어나서 아침 식사 때까지 일절 물을 마셔서는 안 됩니다.'

'아침에 일어나서 물 한 컵 정도 마시는 것은 좋다 하던데예.'

'그래서 아주머니는 새벽에 깨어나자마자 물을 한 컵씩 드셨습니까?'

'예에.'

'그럼 내일부터는 깨어나서 아침 식사까지는 절대로 물을 들지 마세요. 식전에 물을 마시는 것은 독을 마시는 것과 같다고 생각하고 물을 들지 마세요. 밑져야 본전이니까 꼭 한번 그렇게 해 보세요.'

'알았습니다.'

'그리고 식사하실 때 국이나 찌개나 물김치 같은 거 드실 때는 건더기만 들어야 합니다.'

'그럼 마른밥을 먹으라는 말잉교?'

'그렇습니다. 처음에는 굉장히 힘이 들 겁니다. 어머니 뱃속에서 태어나서부터 지금까지 수십 년 동안 들여 온 습관을 하루아침에 바꾼다는 것이 쉽지 않을 것입니다. 그럼 물은 언제 먹느냐 하면 식후 두 시간 뒤에 마시면 됩니다.

그리고 점심을 들고 나서도 저녁을 들고 나서도 식후 두 시간 뒤에 물을 마셔야 합니다. 그리고 식후에 마시던 차와 커피도 두 시간 뒤에 들어야 합니다. 그리고 식후에는 과일이나 입가심으로 몇 쪽 드는 것이 좋습니다.

과일을 많이 들고 싶으면 이것 역시 식후 두 시간 뒤에 들면 됩니다, 그리고 간식과 야식은 일체 들지 말아야 합니다. 그 대신 하루 세끼 식

사를 충분히 들면 됩니다. 이것을 음양식사법 또는 밥 따로 물 따로 식
사법이라고 하는데 이것을 꼭 실천해 보세요.'

내가 그녀에게 음양 식사법을 일러준 지 보름쯤 지나자 그녀는 마스크
를 벗게 되었습니다. 내가 가르쳐 준 대로 음양식사법을 철저히 이행한
결과 효과를 본 거죠. 새벽 걷기 때 만나는 사람들 중에는 그녀처럼 마스
크를 하고 다니는 사람이 한둘이 아닙니다. 나는 그들에게도 음양식사법
을 전수해 주었건만 그녀처럼 효과를 본 사람은 하나도 없었습니다."

"왜요?"

우창석 씨가 물었다.

"모두가 몇 번 해 보고는 중간에 걷어치워 버린 것입니다. 식사 도중
에 국물을 먹지 않는다든가 물을 마시지 않으면 목이 메어서 밥이 목
구멍으로 넘어가지 않는다는 것이 그 이유였습니다.

그러나 그녀는 그 어려움을 이겨낸 것입니다. 막상 효과를 보자 더
욱더 철저히 음양식을 실천하여 이제는 수십 년 된 해소 병에서 완전
히 해방되었습니다. 그녀는 요즘도 어둑어둑한 새벽에 나를 만나도 용
케도 먼저 알아보고 허리를 깊숙이 숙여 절을 합니다.

그런데 금년 가을에 접어들고 일교차가 벌어지기 시작하면서 아내도
기침을 하기 시작했습니다. 나는 음양식을 권했지만 아내는 물 없는
밥이 넘어가지 않는다고 실천을 못 하기에 그 여자 얘기를 했더니 오기
가 난다면서 애써서 음양식을 실천하더니 기침을 안 하게 되었습니다.
그러나 아내가 그 여자처럼 꾸준히 실행할 수 있을지는 의문입니다. 그
녀는 비록『선도체험기』독자는 아니지만 음양식을 일상생활에 실천하
는 점에서는 나와는 지적의 관계에 있다고 말할 수 있습니다."

세월 이기는 장사(壯士)

이영우 씨가 오래간만에 찾아와서 말했다.

"선생님, 저는 10여 년 전부터 나이 60이 넘어서야 『선도체험기』를 읽으면서 수련을 해 오고 있습니다. 수련 초기에는 운기조식(運氣調息)과 함께 등산도 열심히 하고 조깅도 하고 생식도 하여 기력이 남들이 부러워할 정도로 좋아졌었습니다. 동갑내기들은 환갑이 넘으면서부터 하루가 다르게 근력이 쇠해 가는 것이 느껴진다고 했지만 저는 수련 덕분에 도리어 힘이 세어지는 것 같았습니다.

동갑내기들에 비해 피부도 여전히 중년의 탄력을 유지하고 있었고 수련 이후에는 신경통도 위장병도 사라져서 동료들에 비해서 적어도 10년 이상은 젊어진 느낌이었습니다. 그런데 나이 70이 넘으면서부터는 눈이 침침해져서 신문을 읽기도 거북해지고 기력이 그전 같지 않습니다.

해가 바뀔 때마다 이제는 근력이 차츰차츰 쇠해 가는 것을 손에 잡힐 듯이 확연하게 느끼고 있습니다. 역시 세월 이기는 장사는 없다는 말이 요즘처럼 절실히 가슴에 와닿은 일이 없습니다. 아무것도 해 놓지 못하고 한평생을 허송한 것 같아서 쓸쓸하고 허전합니다. 이 쓸쓸함과 허전함을 이길 수 있는 묘책은 없겠습니까?"

"세월 이기는 장사가 없다고 생각하는 사람에게는 분명히 세월 이기는 장사는 없습니다. 그러나 세월 이기는 장사가 있다고 생각하는 사람에게는 세월 이기는 장사는 분명히 있습니다."

"이것은 저것이고 저것은 이것이라는 선문답(禪問答) 같기도 하고 이것도 아니고 저것도 아니라는 말씀 같기도 한데 과연 그럴까요?"

"그렇고말고요."

"저는 아무래도 선생님의 말씀을 이해할 수 없습니다. 좀 알기 쉽게 설명해 주실 수 있겠습니까?"

"세월 이기는 장사가 있는가 하면 세월을 못 이기는 장사도 있습니다. 그런데 이영우 씨가 세월을 이기지 못하는 장사 쪽을 택하면 세월 이기는 장사는 이 세상에 있을 수 없습니다. 그러나 그와는 반대로 세월을 이기는 장사가 있다는 쪽을 택한다면 세월을 이기는 장사는 분명히 있습니다."

"그럼 세월을 이기지 못하는 장사란 어떤 장사를 말합니까?"

"형체 있는 몸뚱이를 장사로 보는 사람에게는 세월 이기는 장사는 존재할 수 없습니다. 그러한 장사는 결코 세월을 이길 수는 없습니다. 그런 장사는 생자필멸(生者必滅)의 자연의 이치에서 벗어날 수 없으므로 세월이 흐르면서 생로병사의 과정을 거쳐 우리의 눈앞에서 사라지게 되어 있습니다."

"그렇다면 세월을 이기는 장사는 어떤 장사입니까?"

"형체 있는 일체의 것은 몽환포영로전(夢幻泡影露電)임을 깨달은 사람은 형체 없는 장사를 자기 것으로 만들었다고 말할 수 있습니다. 그는 자기 자신이 세월을 이기고 있으므로 그가 바로 세월 이기는 장사입니다."

"그러나 그러한 장사는 도를 얻은 사람, 형상 있는 모든 것 저쪽이 있는 유무(有無)와 생사(生死)를 초월한 자리에 있는 진리를 터득한 성현(聖賢)이나 부처나 신선을 말하는 것이 아닐까요?"

"성현이 따로 있는 것이 아닙니다. 자기 마음의 실체를 깨달은 사람은 누구나 성현이고 부처입니다. 그들에게는 죽음은 죽음이 아니고 삶은 삶이 아닙니다. 따라서 그에게는 삶도 죽음도 없습니다. 생사가 없는 곳에 어찌 '세월 이기는 장사는 없다'는 속언이 통할 수 있겠습니까?

형체 있는 것은 형체 없는 것에서 나온다는 것을 체득한 사람은 형체(形體)의 성주괴공(成住壞空)과 흥망성쇠(興亡盛衰) 따위에 개의치 않습니다. 모습 없는 마음이 우리의 알몸이라면 모습 있는 몸은 그 알몸을 가리는 옷가지에 지나지 않음을 알기 때문입니다.

늙음은 모습 있는 몸에게만 있는 겁니다. 그러므로 모습 없는 마음에는 늙음이 있을 수 없습니다. 생로병사에서 벗어난 참나를 깨달은 사람에게는 신체의 늙음은 자기가 입은 옷이 닳고 해지는 것과 조금도 다르지 않습니다. 옷이 낡고 해져서 더이상 입을 수 없으면 벗어 버리고 새 옷으로 갈아입으면 될 것입니다.

이러한 자기 마음의 실체를 깨달은 사람이야말로 다름 아닌 세월 이기는 장사입니다. 이것을 아는 사람은 더이상 몸의 노화 현상 같은 것을 쓸쓸해하거나 허망해할 빈틈이 없습니다. 그저 그날그날을 천년이 하루처럼 후회 없이 열심히 그리고 충실히 살아갈 뿐입니다."

"늙음에서 벗어나는 길, 다시 말해서 생로병사에서 벗어날 수 있는 가장 확실한 길은 무엇입니까?"

"마음을 깨끗이 비워야 합니다."

"어느 정도까지 마음을 비워야 합니까?"

"마음을 완전히 다 비우면 우주 전체를 품을 수 있게 될 것입니다.

그렇게 될 때까지 마음을 비우면 됩니다. 그러면 생로병사 따위는 손 안에 확실히 들어와 잡히게 될 것입니다."

"그러나 보통 사람들은 누구나 다 생로병사(生老病死)를 고통으로 생각하지 않습니까?"

"그건 사실입니다."

"보통 사람들이 그 고통을 이길 수 있는 방법은 무엇입니까?"

"수행을 하는 길밖에는 달리 뾰족한 수가 있을 수 없습니다. 사람의 탈을 쓴 우리는 바로 그 수행을 하려고 지구상에 태어난 것입니다. 지금의 내가 있게 된 것이 전부 다 내 탓임을 알고 나면 남을 원망하지 않고 자기 자신을 자책하게 될 것입니다. 이 자책에서 생명의 비약이 움트게 되는 것입니다.

생로병사의 고통 자체를 내 탓으로 돌릴 줄 아는 사람은 지상에서 수행을 하게 된 것을 도리어 고마워하게 될 것입니다. 그러한 사람은 생로병사의 과정을 겪게 된 것이 바로 내 탓이라는 것을 잘 알고 있으므로 그것이 바로 잊었던 참나를 찾는 출발점이라는 것을 알게 됩니다.

그런 사람은 노화의 고통은 말할 것도 없고 죽음의 고통마저도 섭리의 축복으로 생각하고 오히려 고마워하게 될 것입니다. 그런 사람은 자기가 생로병사의 윤회에 떨어지게 된 것이 바로 남에게 못할 짓을 한 업장(業障) 때문이라는 것을 수행 도중에 반드시 깨닫게 될 것입니다.

남을 먼저 배려하는 수련

이기심을 채우려고 남을 해친 결과가 지금의 자신의 처지를 초래했다는 것을 알게 되었으므로 이제 자기를 구원할 수 있는 길은 남에게 유익한 일을 하는 겁니다. 자기 자신보다는 남을 먼저 생각하고 배려하는 사람이 되어야 한다는 뜻입니다. 이것이 다름 아닌 수행입니다.

무슨 일을 만나든지 나 자신보다 남을 먼저 생각하는 사람, 이웃을 내 몸처럼 아낄 줄 아는 사람, 남을 도와주는 것이 바로 나 자신을 돕는 것이라는 것을 알고 그것을 일상생활에서 실천하는 사람이 되어야 할 것입니다.

이러한 사람이 되는 지름길은 마음에서 탐욕을 비우는 것입니다. 이렇게 하여 이타행(利他行)으로 끊임없이 마음을 비워 나가다 보면 자기도 모르는 사이에 어느덧 그 빈자리에는 우주 전체가 들어와 중심을 잡게 될 것입니다. 이렇게 되는 첫걸음은 매사에 나보다 남을 먼저 배려하는 사람이 되는 겁니다. 그것이 바로 영원히 사는 길입니다. 생사를 뛰어넘는 길입니다."

"그러나 그러한 이치를 깨닫는다고 해서 날이 갈수록 등산하기도 점점 더 힘들어지고, 걸음걸이도 느려지고 눈도 침침해지는 것과 같은 현실적인 노화의 고통에서는 벗어날 수 있는 것은 아니지 않습니까?"

"그야 그렇죠. 늙음의 고통을 이길 수 있는 지혜가 생기기 전까지는 말입니다."

"어떻게 하면 그런 늙음의 고통에서 벗어날 수 있겠습니까?"

"그것 역시 마음먹기에 달려 있습니다."

"세월이 흘러 몸이 쇠약해지면 그러한 현실에 마치 흐르는 물처럼 유연하게 그리고 재빨리 자기 자신을 적응해서 살아가면 됩니다. 그 실례로 공장에서 일하다가 산업재해를 당하여 양 눈을 잃은 박씨와 이씨의 경우를 살펴봅시다.

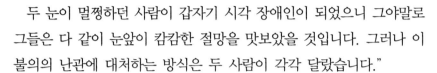

두 눈이 멀쩡하던 사람이 갑자기 시각 장애인이 되었으니 그야말로 그들은 다 같이 눈앞이 캄캄한 절망을 맛보았을 것입니다. 그러나 이 불의의 난관에 대처하는 방식은 두 사람이 각각 달랐습니다."

"어떻게 말입니까?"

"박씨는 생각했습니다. 지구상에 60억이나 되는 이 많은 인구 중에서 왜 하필이면 내가 그런 사고를 당해야 하는가 하고 한탄을 하기 시작했습니다. 나 같은 놈은 자빠져도 코가 깨지는 불행을 타고난 놈이라는 그는 자신을 저주했습니다. 그러다가 그는 그러한 위험한 일자리에 자기를 배정한 팀장을 원망했고 그 다음엔 공장과 회사를 원망했습니다.

원망은 원망을 낳아 끝내 사회와 국가를 원망하고 자기를 낳아 준 부모를 원망하고 지구를 있게 한 하늘을 원망했습니다. 그런 생각만 하면 할수록 하도 고통스러워서 심한 우울증과 절망 끝에 몇 번이나 자살을 하려고 했지만 그것도 뜻대로 되지 않았습니다. 자기의 인생을 원망한 그는 실의와 자포자기와 절망 속에서 헤어나지 못하고 고통스러운 나날을 보내다 보니 가족과 사회에 부담만 주게 되어 골칫덩어리인 폐인이 되었습니다.

그러나 똑같은 사고를 당한 다른 한 사람인 이씨는 어떻게 되었을까요? 처음엔 박씨와 똑같은 절망과 고통을 느꼈지만 얼마 지나지 않아 그는 새로운 현실을 자신의 운명으로 받아들였습니다. 어떻게 하든지 이 주어진 운명에 좌절하지 않고 정면으로 대처해 나가기로 작정했습니다. 넘어진 그 자리에서 좌절하지 않고 바로 그 자리를 바탕 삼아 새로 도약하기로 했습니다. 그가 이렇게 마음을 먹으면서부터 그의 앞에는 새로운 돌파구가 열리고 서서히 서광이 비치기 시작했습니다.

눈앞의 형상이 보이지 않는 그는 그 현상 이면의 더 깊은 진실을 투시할 수 있는 힘을 얻게 되었습니다. 그는 눈에 보이는 유한(有限)의 형상 대신에 눈에 보이지 않는 무한(無限)의 진리를 볼 수 있게 되었습니다. 그 결과 그는 전에는 생각지도 못했던 현상에 눈뜨게 되었습니다.

영국의 존 밀턴은 실명한 뒤에 더 많은 영감(靈感)이 떠올라 세계적인 고전이요 명작인 『실낙원(失樂園)』과 『복낙원(復樂園)』을 구술하여 쓸 수 있게 되었고 독일의 작곡가 베토벤 역시 실청한 뒤에 그의 불후의 명작인 '운명'과 같은 명곡을 내놓을 수 있었던 것입니다.

실명, 실청에 좌절하지 않은 그들은 새로운 경지를 개척할 수 있었습니다. 유한 대신에 무한을 볼 수 있는 영안(靈眼)에 눈뜰 수 있었던 것입니다. 이 영안은 그들에게 생동하는 영감(靈感)과 기발한 착상을 떠올릴 수 있는 능력도 갖게 해 주었습니다.

이씨는 점자를 공부하기 시작했습니다. 그는 점자를 습득하여 구술을 하지 않고도 타자로 글을 쓸 수 있게 되었습니다. 그는 눈을 떴을 때는 미처 몰랐던 문재(文才)를 구사하여 창작을 하기 시작했습니다. 그의 작품은 좋은 반응을 얻게 되었습니다.

똑같은 재난을 당했는데도 한 사람은 현실 적응에 실패하여 실의의 나날을 보내는 폐인이 되었는가 하면 다른 사람은 새로운 가능성을 개발하여 전보다 질적으로 향상된 창의적인 삶을 살 수 있게 되었습니다.

이들 두 사람은 젊은 나이에 그러한 재난을 당했지만 노화는 누구에게나 닥쳐오는, 예기했던 현상입니다. 눈이 침침해지면 안경을 맞추면 될 것이고 등산이나 걷기에 힘이 들면 그에 맞추어 운동량을 줄이면 될 것입니다. 노화를 이기는 길은 노화 현상에 재빨리 적응함으로써 그 속에서 새로운 균형과 안정과 행복을 찾는 겁니다.

　영국의 천재적인 천문학자 스티븐 호킹을 생각해 보십시오. 그는 안면과 두뇌 외에는 온몸이 마비되고 경직되어 있지만 그러한 장애를 극복함으로써 여전히 세계적인 대학자로서의 자기 소임을 수행하고 있지 않습니까? 더구나 저 유명한 헬런 켈러 여사는 보지도 듣지도 말하지도 못하는 삼중고(三重苦)를 극복하고 세계적인 위인의 반열에 오르지 않았습니까?

　그에 비하면 비록 노화는 되고 있지만 이영우 씨는 아직 팔다리가 멀쩡하고 이목구비(耳目口鼻) 온전한 것은 축복이 아닐 수 없습니다. 마음만 먹는다면 남들이 다 겪는 노화 따위는 능히 극복할 수 있습니다."

　"선생님 말씀을 들으니 창피한 생각이 듭니다. 흐르는 물처럼 유연하게 새로운 현실에 재빨리 적응하면 저 역시 마음의 안정을 다시 찾을 수 있을 것 같습니다."

　"마음의 안정이 바로 행복입니다. 그것이 또한 평상심(平常心)이고 부동심(不動心)입니다. 행복은 기력이 얼마나 강하냐에 따라 결정되는 것이 아니라 마음을 새로운 현실에 어떻게 적응시키느냐로 결정됩니다."

　"각골(刻骨) 명심하겠습니다."

　"그러나 기 수련을 일상생활에 하는 구도자가 명심할 일이 하나 있습니다."

　"그게 무엇입니까?"

　"기공부를 하여 수승화강(水昇火降)이 이루어져서 늘 아랫배는 따뜻하고 머리는 시원하고 빙의령을 단시간 안에 천도할 수 있을 만큼 자가발전(自家發電)이 되는 사람은 비록 노화가 온다고 해도 보통 사람들과는 확실히 다른 점이 있습니다.

실제로 눈이 침침해지고 기력이 쇠약해진다고 해도 일정 시간 예컨 대 한두 달 내지 석 달 정도 지나면 자동적으로 그전 상태로 회복이 되게 되어 있습니다. 그전처럼 눈도 밝아지고 기력이 회복되어 등산도 할 수 있게 될 것입니다. 그러니까 이영우 씨도 너무 실망만 하지 마시 고 좀더 기다려 보시는 것이 좋을 것입니다."

"잘 알겠습니다."

이런 일이 있는 후 두 달쯤 뒤에 이영우 씨가 다시 찾아와서 말했다.

"선생님 말씀이 맞습니다. 지난주부터는 눈도 다시 밝아지고 기력도 회복되어 그전처럼 등산도 다시 시작하게 되었습니다. 그렇다면 그게 명현반응이 아닐까요?"

"물론 명현반응(暝眩反應)입니다. 그러나 아무리 선도수련을 한다고 해도 노화가 오지 않는 것은 아닙니다. 노화가 오기는 오되 기공부를 하지 않는 사람보다는 확실히 더디게 올 것입니다."

"얼마나 더디게 올까요?"

"내 관찰에 따르면 짧으면 10년 길면 2, 30년은 되지 않을까 생각됩 니다."

"선도수련을 하면 무병장수(無病長壽)한다는 말이 빈말은 아니군요."

"대체로 그렇다고 말할 수 있습니다. 그러나 역시 인명(人命)은 재천 (在天)입니다. 사는 날까지 자식이나 이웃에게 폐 끼치지 않고 건강하 게 살다가 이 세상을 하직하는 날 한 점 미련 없이 홀연히 떠날 수 있 다면 그야말로 수련한 보람을 느낄 수 있을 것입니다."

"죽음을 말씀하시는군요."

"그렇습니다. 지금 우리가 말하는 죽음은 육체의 옷을 벗는 것을 말합니다. 육체의 옷을 벗는다고 해도 생명이 소멸되는 것은 아닙니다. 따라서 죽음은 삶의 종착점(終着點)이 아닙니다."

"그럼 무엇입니까?"

"오감(五感) 저쪽에 있는 새로운 삶의 출발점(出發點)일 뿐입니다."

마음의 짐을 정리하는 법

40대 중반의 대학 교수인 장국환 씨가 말했다.

"선생님, 인생 상담 하나 드려도 괜찮겠습니까?"

"말씀해 보세요."

"제가 6개월 전에 차를 몰고 경부 고속도로를 달리다가 충돌 사고로 뇌를 좀 다친 일이 있었습니다."

"그래요? 많이 다쳤습니까?"

"아닙니다. 그렇게 심하게 다치지는 않았지만 간단한 뇌수술을 해야 할 정도였습니다. 그런데 문제는 제가 입원하여 수술을 받고 아직 마취에서 깨어나지 못하고 혼수상태에 빠져 회복실에 누워 있을 때에 일어났습니다. 옆에서 저를 간호하던 아내가 제가 무의식 상태에서 이상한 소리를 하는 것을 유심히 들었던 모양입니다."

"무슨 소리였는데요?"

"제가 정아라는 여자의 이름을 애절하게 부르면서 금생에는 어쩔 수 없이 헤어진다고 해도 내생에는 반드시 부부의 인연을 맺자고 다짐을 두더라는 겁니다. 제가 퇴원한 후에 집사람은 기회 있을 때마다 그 여자가 누구냐고 속 시원히 실토하라고 다그치는 겁니다.

결혼 전에 있었던 과거지사라고 말했는데도 아내는 얼마나 한이 맺혔으면 내생에까지라도 인연을 맺자고 맹세를 했느냐면서 그렇게 죽고 못 살 정도였으면 그 여자하고 결혼할 것이지 무엇 때문에 엉뚱하게도 나 같은 사람하고 결혼을 했느냐고 암팡지게 따지고 드는 겁니다. 단순한 호기심 정도가 아니라 본격적으로 크게 한판 붙어 보자는 것이 아내의 속셈인 것 같습니다.

그것도 물론 문제이긴 하지만 그보다 더 큰 문제는 저 자신입니다. 사실 저는 그 여자에 대한 죄책감 때문에 마음속으로 늘 고민을 하여 왔습니다. 아직은 누구한테도 솔직히 털어놓고 말해 본 일은 없었지만 저 혼자서는 그 일로 계속 꿍꿍 앓아 온 것이 사실입니다. 그것이 뇌수술을 계기로 드디어 표면화한 것입니다."

"그 여자와는 언제 무슨 일이 있었습니까?"

"지금의 아내와 결혼하기 전입니다. 대학원에 다니고 있을 땐데 아직 직장도 없는 백수였습니다. 대학 동기 동창인 그 여자와 저는 결혼까지 약속한 사이였고 넘지 말아야 할 선까지도 넘었습니다. 그런데 양가에서는 우리의 결혼을 결사적으로 반대했습니다. 하도 반대가 심해서 헤어지려고 하니까 그 여자는 덜컥 임신을 했습니다. 부모님에게 그 사실을 말했지만, 그전보다 더욱더 극렬하게 반대하시는 바람에 중절 수술을 할 수밖에 없었습니다. 그리고 결국 우리는 눈물을 흘리면서 헤어졌습니다."

"헤어진 후에 다시 만난 일은 없었습니까?"

"네."

"그럼, 그 여자가 지금 어떻게 사는지 알고 있습니까?"

"전연 모릅니다."

"그렇다면 장국환 씨 자신이 먼저 마음을 정리해야 합니다. 마음을 일단 정리하면 지금의 부인과의 문제도 간단히 해결할 수 있습니다."

"어떻게 해야 마음을 정리할 수 있을까요?"

"물론 과거의 여자에 대한 가해자로서의 양심의 가책에서 먼저 벗어나야 합니다."

"그 여자에게도 씻을 수 없는 죄를 졌지만 중절 수술로 살해당한 태아에 대한 양심의 가책도 적지 않게 저를 괴롭혀 왔습니다."

"그 부담에서도 물론 벗어나야 합니다."

"어떻게 하면 그럴 수 있겠습니까?"

"그 여자와 그렇게 헤어진 것도 태아가 그렇게 된 것도 과거생의 업보 때문입니다. 장국환 씨는 지금의 부인과 결혼한 지는 얼마나 되었습니까?"

"10년 되었습니다."

"그럼 10년 전에 벌써 정리했어야 할 마음의 짐을 지금까지 내내 지고 있는 겁니다. 우선 그 여자가 지금 나타나 무엇을 요구하는 것이 아니므로 현실적으로 문제가 되는 것은 아닙니다. 단지 마음만 정리하면 됩니다.

10년 동안이나 그만큼 양심의 가책을 받아왔으면 그것으로 장국환 씨는 이미 자기 업보에 대하여 충분한 보상은 했습니다. 이제 남은 것은 앞으로 똑같은 일을 만났을 때 다시는 그러한 과오를 반복하지 않는다는 단단한 각오로 임하면 그것으로 마음은 깨끗이 정리가 되었다고 할 수 있을 것입니다.

과거에 얽매어 사는 것만큼 어리석은 일도 없습니다. 왜냐하면 과거는 이미 흘러간 것이고 아무리 애써 보았자 되돌이킬 수는 없습니다. 그런데 무엇 때문에 장국환 씨는 흘러간 과거에 구속되어 현실 생활에 지장을 초래해야 합니까? 부인이 문제를 삼는 것도 바로 그 점입니다. 남편이 과거지사에 속박당하여 지금도 헛소리까지 하니 도대체 그러한 남편을 좋다고 할 아내가 이 세상천지에 어디에 있겠습니까?"

"과연 그렇겠는데요. 선생님의 말씀을 듣는 사이에 저도 마음이 아주 많이 가벼워졌습니다. 마치 가슴을 짓누르고 있던 쇳덩어리가 갑자기 사라진 것 같습니다."

"그렇다면 이미 마음은 정리가 된 겁니다. 그렇게 마음이 깨끗이 정리가 되었다면 당당하게 그 사실을 부인에게 밝히세요. 그럼 부인도 더이상 그것을 문제 삼지는 않을 것입니다."

"이젠 확실히 감이 잡힙니다. 선생님 정말 고맙습니다."

저자 약력

경기도 개풍 출생
1963년 포병 중위로 예편
1966년 경희대학교 영어영문학과 졸업
코리아 헤럴드 및 코리아 타임즈 기자생활 23년
1974년 단편『산놀이』로《한국문학》제1회 신인상 당선
1982년 장편『훈풍』으로 삼성문학상 당선
1985년 장편『중립지대』로 MBC 6.25문학상 수상

저서로는 단편집『살려놓고 봐야죠』(1978년), 대일출판사, 민족미래소설『다물』(1985년), 정신세계사, 장편『소설 한단고기』(1987년), 도서출판 유림, 『인민군』3부작(1989년), 도서출판 유림, 『소설 단군』5권(1996년), 도서출판 유림, 소설선집『산놀이』①(2004년), 『가면 벗기기』②(2006년), 『하계수련』③(2006년), 지상사, 『선도체험기』시리즈 등이 있다.

약편 선도체험기 15권

2022년 01월 10일 초판 인쇄
2022년 01월 20일 초판 발행

지 은 이   김 태 영
펴 낸 이   한 신 규
본문디자인 안 혜 숙
표지디자인 이 은 영
펴 낸 곳   글터
주소   05827 서울특별시 송파구 동남로 11길 19(가락동)
전화   070 - 7613 - 9110 Fax02 - 443 - 0212
등록   2013년 4월 12일(제25100 - 2013 - 000041호)
E-mail geul2013@naver.com

ISBN 979 - 11 - 88353 - 38 - 5   04810   정가 20,000원
ISBN 979 - 11 - 88353 - 23 - 1(세트)